METAMORPHOSIS

Du même auteur

Un signe d'elle, 2021.
Les Ombres de Salem, 2022.

STÉPHANE GALAS

METAMORPHOSIS

Michel LAFON

Ce récit est une œuvre de fiction.
Les noms, les personnages, les lieux et les événements proviennent de l'imagination de l'auteur.
Par conséquent, toute ressemblance avec des situations réelles ou des personnes existant ou ayant existé ne saurait être que fortuite.

118, avenue Achille-Peretti – CS 70024
92521 Neuilly-sur-Seine Cedex

www.michel-lafon.com

« … Enfin, de façon plus obscure mais très puissante, agissait la conque. L'être qui avait soufflé dans cette conque et qui les avait attendus sur le plateau, assis sur un tronc, le fragile objet posé sur les genoux, cet être-là était différent des autres. »

Sa Majesté des mouches, William Golding

Les documents qui suivent sont extraits des archives du Cercle spirite Margaret Hamilton. Ce cercle, composé de médiums, de scientifiques, de témoins, de passionnés ou de victimes d'événements surnaturels, répertorie et enquête sur les phénomènes paranormaux. Les pièces de dossier rassemblées ici concernent l'affaire du « Démon écarlate ».

PIÈCES N°s 1 À 25

Transcriptions révisées
à fin de publication

Tommy, Noah, Peter et les autres
ou
Les Démons

PIÈCE N° 1

Tommy King
Extrait de sa déposition datée du 28 octobre 2022

11 janvier 2022
Massachusetts General Hospital, Boston, MA

Sa méchanceté, oncle Brett la portait sur son visage. Il ne s'embarrassait d'aucun masque. Il n'a pas toqué avant d'entrer. Sans même étudier un minimum la chambre d'hôpital, il a foncé droit sur moi. Comme en territoire conquis. Ça en disait long sur le personnage. Il m'a examiné, visiblement contrarié de se retrouver face à la descendance du frère ennemi. À chacun de ses gestes, son blouson de cuir noir crépitait comme une flambée de bois sec. Sa casquette, enfoncée jusqu'à la lisière des sourcils, lui donnait un air mauvais, hargneux. Ses yeux, disposés de travers sur son visage, me faisaient penser à une paire de binocles aux verres laiteux. J'avais toujours entendu parler de ce type, de cet inconnu, et ces quelques secondes avaient suffi à m'en convaincre : tout le mal que mes parents disaient de lui était mérité. Quatre jours que les médecins me gardaient en observation, et ce matin, au petit déjeuner, l'un d'eux m'avait annoncé la « bonne » nouvelle : j'allais pouvoir « rentrer ».

Très bien. Mais rentrer où ? Et avec qui ?

Devant moi, la réponse à mes questions se grattait la barbe, une barbe crasseuse poivre et sel. Au bout d'un moment, tout en faisant rouler son cure-dent entre ses lèvres, oncle Brett a dit, comme s'il se parlait à lui-même :

– Ça m'a pas bien l'air costaud, tout ça. Quand tu iras mieux, on te fera manger un peu plus. Prends tes affaires.

J'ai attrapé le sac en plastique près de moi et je l'ai suivi. Oncle Brett a marché sans se retourner, sans s'inquiéter de savoir si je tenais l'allure. Ses cheveux blancs, épais comme de gros spaghettis trop cuits, s'échappaient de sous sa casquette en lui couvrant la nuque et les épaules qu'il avait étroites et voûtées. Les talons de ses santiags claquaient sur le sol carrelé. Exprès. Il le faisait exprès, pour qu'on l'entende arriver de loin, pour que les gens se poussent et le laissent passer. Il adorait ça, oncle Brett, impressionner, intimider.

Il aimait renifler aussi. Beaucoup. Tout le temps.

Il m'arrive encore de l'entendre parfois. Et comme un idiot je me retourne pour voir s'il ne me suit pas.

Quand il a fallu monter dans son truck, mon corps a refusé de suivre. Le souvenir de leurs cris, de leur visage, de la résonance du métal m'a pétrifié. De l'intérieur, oncle Brett a crié :

– Qu'est-ce que tu fabriques ? Monte, j'ai pas la journée.

Impossible de bouger. J'étais tétanisé. Alors il est sorti en faisant claquer sa portière, pour bien me montrer qu'il était déjà en colère. Il s'est approché. Il a collé son visage près du mien. J'ai senti son haleine. Une odeur de pomme de terre rance.

– Monte dans ce putain de camion.

– J'ai peur, m'sieur.

– Peur ? Moi qui croyais que tu étais une forte tête... La peur, mon garçon, elle prend la place qu'on lui laisse. Conduis-toi en homme. Je sais que c'est un truc qui se perd, mais c'est ce que tu as de mieux à faire.

Je suis resté immobile. Il a attrapé mon blouson et tenté de me pousser dans le véhicule. Je me suis débattu. J'ai même saisi ses poignets. Venant d'un gamin de 14 ans, oncle Brett ne s'y attendait pas. Il m'a toisé, les joues en feu, surpris par ma résistance, et le coup de boule est parti. Sous le choc, j'ai reculé, titubé, en me tenant le front.

– J'ai été jeune et bagarreur bien avant toi. J'en ai gardé quelques réflexes. Tu sais pas sur qui tu es tombé. Monte. Maintenant.

Il a ramassé mes affaires pour les jeter sur le siège passager. Je me suis résigné, la peur au ventre. J'ai attaché ma ceinture. L'angoisse est montée si brutalement que j'ai été pris d'un vertige. J'ai enfoui mes poings entre mes jambes.

Tenir bon. Le temps du voyage.

Le moteur a rugi. La croix qui pendouillait du rétroviseur s'est mise à danser. Christ en souffrance faisait des bonds dans les airs à chaque bosse sur la chaussée, à chaque trou dans le bitume.

– Tu sais, Tommy, le ciel aide ceux qui s'aident.

– Je ne crois pas en Dieu, m'sieur.

– C'est peut-être pour ça qu'on en est là.

– Qu'est-ce que vous voulez dire ?

– La ferme. Ça me fatigue de causer.

C'était parfait. Je n'aurais pas pu tenir cette conversation plus longtemps. La voiture venait de s'enfoncer dans la frénésie des grands axes et la panique l'a emporté. Mon corps n'a plus obéi à aucune de mes volontés. À chaque véhicule que nous croisions, j'étais certain de finir percuté. Sans que je le décide, mon corps se déportait, se collait à la portière, avec l'envie furieuse de tirer sur le loquet et de sauter. J'ai fermé les yeux en espérant pouvoir les rouvrir.

J'ai eu si peur que tout recommence.

PIÈCE N° 2

7 janvier 2022
3-A North, Quincy, MA

Dans un crissement de pneus, une Nissan Frontier s'est rabattue devant notre voiture. À l'arrière du véhicule, des pièces de ferronnerie émergeaient de sous une banne qui claquait au vent. Un tendeur avait lâché. La cargaison n'était plus tenue. Mon père a klaxonné en faisant de grands signes pour prévenir. En retour, le conducteur lui a adressé un doigt d'honneur.

– Tant pis, a dit mon père. Espérons qu'ils ne rouleront pas comme ça pendant des heures.

Devant nous, la Nissan Frontier a enclenché son clignotant et a dépassé un poids lourd qui est devenu notre nouvel horizon. Un horizon bouché. Avec le Bluetooth de mon téléphone, je me suis connecté à la radio de la voiture. J'ai coupé GBH[1] – trop bavard, trop intello – et j'ai lancé *The Foundations of Decay* de My Chemical Romance, mon groupe préféré. Maman s'est tournée vers moi :

– Tommy, j'écoutais…

1. Station de radio publique.

J'ai haussé les épaules. Je m'en foutais. Le plaisir de n'en faire qu'à ma tête.

– Tommy, remets la radio !

– Nope.

Mon père s'en est mêlé :

– Tommy, sois cool au moins cinq minutes dans ta vie !

– Nope.

– Tommy, je te préviens, si tu...

J'ai appuyé sur la touche de mon téléphone et le volume poussé à son maximum a couvert leurs voix. Mais pas le hurlement de la sirène. Celle du camion devant nous.

La masse entière du poids lourd a sauté dans les airs avant de retomber sur l'asphalte. Étrangement, j'ai eu l'impression de voir ce mouvement au ralenti, tant les amortisseurs ont joué leur rôle à plein. Tout de suite après, notre véhicule a bondi lui aussi. Nous venions de rouler sur une pièce en métal tombée de la Nissan Frontier. Notre voiture s'est mise à zigzaguer. Ma mère a poussé un cri en s'agrippant à sa ceinture. Devant nous, le chargement du poids lourd vacillait lentement, très lentement, en dessinant des courbes de plus en plus amples. Mon père s'est mis à répéter : *« Mon Dieu. Mondieumondieumondieu... »* Et Gerard Way, le chanteur de MCR, lui a répondu :

Let the flesh submit itself to gravity[2].

La semi-remorque emportait progressivement la cabine du conducteur dans ses vacillements. Deux de ses roues ont fini par se décoller du sol. La cargaison a basculé. Le camion s'est écroulé sur le flanc contre le goudron dans des projections d'étincelles.

---

2. « Que la chair se soumette à la gravité. »

Let our blood in vain[3].

Mon père a freiné, braqué, et notre voiture s'est mise à tourner comme une bouteille de Coca pendant une partie de *Truth or Dare*[4].

You find God in pain, now[5].

La voiture a percuté la rambarde. Les airbags se sont gonflés. J'ai été projeté contre le siège de mon père. La voiture est montée sur la balustrade, qui s'est pliée dans un long grincement jusqu'à devenir une sorte de plongeoir au-dessus des eaux glacées de la Neponset River. Nous étions sur un pont, le nez vers le ciel, les roues avant suspendues au-dessus du vide. J'ai senti un liquide chaud couler sur mon front. Je l'ai touché du bout des doigts. Du sang.

– Tommy, ça va ? a hurlé mon père.

La musique continuait de résonner fort dans l'habitacle. Un peu comme si Gerard Way s'amusait de nous voir souffrir. Mon père a essayé d'actionner la boucle de sa ceinture. J'ai essayé d'actionner les portières. Sans succès. Nous étions piégés.

But it's much too late, You're in the race, So we'll press[6].

– Le pare-brise ! Tommy, derrière toi !

La vitre avait volé en éclats. Il aurait suffi que je la traverse pour être sauvé, mais m'extraire de cette épave signifiait abandonner mes parents…

Un grincement a retenti. Comme un long gémissement métallique sous la torture. La balustrade s'est brutalement affaissée. La voiture a accompagné le mouvement.

3. « Que notre sang soit vain. »

4. « Action ou vérité ».

5. « Tu trouves Dieu dans la douleur, maintenant. »

6. « Mais c'est beaucoup trop tard, tu es dans la course, alors nous ferons pression. »

L'avant du véhicule s'est rapproché dangereusement des eaux glacées du fleuve avant de se stabiliser. La radio, impassible, continuait de cracher des sons saturés de guitare et les mots de Gerard, puissants et effrayants :

And if by his own hand his spirit flies

Take his body as a relic to be canonized, now[7].

Mon père a secoué ma mère. Il espérait qu'elle revienne à elle. Devant ses gesticulations désespérées, j'ai eu une pensée horrible, de celles qui envahissent ceux qui n'ont plus aucun espoir : *C'est peut-être mieux si elle ne se voit pas mourir.*

Pitié ! j'ai crié dans ma tête, comme pris en flagrant délit d'abandon, *faites que ça n'arrive pas ! Je vous en supplie...*

Mais... À qui je parlais ? À qui je m'adressais ?

Visiblement, à personne, puisque la rambarde a cédé.

La voiture a basculé. Je me suis élevé dans les airs tandis que mes parents, eux, s'affaissaient vers les eaux sombres. J'ai vu les bras de ma mère, mous comme des boudins de chiffon, s'allonger devant elle, prêts à enlacer la rivière, le corps inexorablement attiré vers l'avant. De temps à autre, j'étais ébloui par les reflets du ciel que la rivière projetait entre les ballons d'airbags dégonflés. J'ai trouvé ça presque beau, tous ces scintillements. Mon père s'est tourné vers moi, le visage mouillé de larmes.

– Tommy ! Maintenant !

– Nope, Daddy ! Nope !

Je voulais rester. Rester avec eux. Mourir avec eux. Mais Daddy a pris sa grosse voix, la même qu'il prenait lorsqu'il m'engueulait pour les feuilles mortes du jardin

7. « Et si par sa propre main son esprit s'envole, considère son corps comme une relique à canoniser, maintenant. »

jamais ramassées, pour les poubelles jamais sorties, pour la voiture restée sale chaque fois qu'il me chargeait de la nettoyer.

– Pour une fois, fais ce que ton père te dit ! MAINTENANT !

J'ai grimpé sur le siège arrière, j'ai traversé la vitre brisée. Je me suis entaillé les bras, le ventre, sans éprouver la moindre douleur. L'adrénaline certainement. Au moment où je me suis extirpé, au moment où je me suis écrasé sur le pont, l'équilibre s'est rompu. Le poids s'est porté vers l'avant. Un long crissement de métal a accompagné le glissement de la voiture. Dans l'habitacle, un solo de guitare venait de démarrer.

Let our blood in vain.

La voiture s'est renversée. Elle a dégringolé. Avec elle, mes parents ont plongé dans la masse lugubre et agitée des eaux de la Neponset River. Dans une gigantesque explosion d'écume mon père et ma mère ont disparu entre ses lames argentées.

You find God in pain, now.

Accroupi sur l'asphalte, j'ai hurlé.

Hurlé.

Jusqu'à l'évanouissement.

PIÈCE N° 3

11 janvier 2022
1 Plover Road, Quincy, MA

Il nous a fallu près d'une heure pour rejoindre notre *Jibé* (집 에). « Maison » en coréen. Maman était née là-bas, en Corée du Sud, et on avait décidé d'appeler notre chez-nous comme ça. Pas besoin de chercher mes clés, oncle Brett avait les siennes. On avait dû les lui remettre quand il était venu reconnaître les corps. Moi, je n'ai pas reconnu la maison. C'était si étrange. Comme ces chansons sur lesquelles on danse et qui, lorsqu'elles sont reprises dans une version plus douce, plus lente, se révèlent d'une infinie tristesse, d'une mélancolie insoupçonnée. C'était ce qu'était devenu cet endroit : la version lente et infiniment triste de notre bonheur. Comme notre voiture au fond de la rivière s'était emplie d'eau, notre *Jibé* s'était emplie de chagrin. Cette maison n'était déjà plus la mienne. Il y manquait leurs mouvements, leurs voix, une promesse. Celle de leur retour. Notre maison s'était transformée en église, un lieu où il est impossible de parler fort, de rire aux éclats. Un lieu où tout est fait pour qu'on n'oublie jamais la mort et la souffrance. Chaque pièce dans laquelle j'entrais me faisait penser à ces scènes mécaniques souvent nichées dans les bras des transepts et qui s'illuminent ou s'animent à la seule condition qu'on y glisse une pièce de 50 cents. La voix d'oncle Brett m'a fait sursauter :

– Tu as dix minutes. Pas une de plus. Tu ne prends que le nécessaire.

Je suis monté vers les étages avec l'impression de grimper les escaliers d'une tour sombre. Un lieu silencieux où le temps se serait figé. J'ai appuyé sur l'interrupteur. La lumière du plafonnier a percé mes pupilles et pétrifié les objets de ma chambre. Voyage dans le temps. Saut en arrière de quatre jours. Au pied de mon lit traînaient encore des paquets de gâteaux, persuadé que j'étais, ce jour-là, de les finir le soir même. Ma couette, lourde et épaisse, continuait d'honorer sa mission : cacher ma fainéantise et les draps pêle-mêle planqués sous elle. *HellBoy: Seed of Destruction*[8], mon comics préféré, tenait en équilibre précaire sur un coin de la table de nuit. Depuis que mon père m'avait fait découvrir ce chef-d'œuvre, je le lisais et le relisais, inlassablement. Tout était resté en l'état, dans ce désordre habituel qui rendait ma mère folle de rage.

J'ai attrapé mon sac de sport. Je l'ai secoué pour en vider le contenu. Une paire de baskets puantes et une serviette de bain tout aussi pestilentielle se sont écrasées sur le sol. Depuis des jours, ces objets macéraient dans ma transpiration. J'ai empoigné le déodorant posé sur la commode et en ai aspergé l'intérieur du sac. Ensuite, je l'ai bourré de vêtements. Je me suis immobilisé en plein geste.

8. De Mike Mignola et John Byme, 1994.

Où était passée ma vie ?

Est-ce que quelqu'un pouvait me la rendre ?

Est-ce qu'on pouvait me ramener mes parents ?

Tout à coup, j'ai compris l'utilité de croire. Croire en un Dieu tout-puissant. À la vie éternelle. J'ai essuyé la moiteur de mon front. Mon cœur palpitait dans ma gorge. Gerard Way, encore lui, ne me lâchait pas du regard. Sur les murs, son visage se démultipliait, de poster en poster. *Salaud !* Je me suis approché. *Tu m'as trahi ! Pourquoi toi ? Pourquoi sur ta chanson ?*

En quelques secondes, j'ai réduit les images de mon idole en confettis. Pourtant, à la fin, sur le sol, au milieu des lambeaux de papier, il est resté un œil – celui de Gerard – qui continuait de me scruter. L'œil de la providence. Bien plus flippant que celui imprimé sur nos billets de banque. Un sanglot est monté. J'ai attrapé le roman graphique *HellBoy*, la figurine de Monkey D. Luffy[9], je les ai glissés dans mon sac et je suis sorti. Sans me retourner. En laissant ce qu'il restait de mon enfance derrière moi… Brusquement, un besoin viscéral m'a ralenti. La nécessité d'un recueillement. De récupérer quelques objets. Un peu d'eux. De la matière sans vie sur laquelle m'appuyer pour supporter la mienne et leur absence. J'ai rejoint la chambre de mes parents. J'y ai trouvé oncle Brett les mains plongées dans la boîte à bijoux de ma mère. Sans une once de gêne, il a dit :

– Faut bien prendre l'argent là où il est. Ça va nous coûter de t'élever.

J'ai vu les bagues et les colliers disparaître dans ses poches.

9. Héros de *One Piece*, série manga d'Eiichirō Oda.

Il m'a fait penser au capitaine Crochet. Je me suis promis de devenir son alligator. Son tic-tac. Son horloge infernale. Un jour, j'avalerai ce type ignoble, je n'en ferai qu'une bouchée.

Il a refermé le coffret. Il a ouvert les tiroirs, les placards. Il a sifflé, épaté par le nombre de costumes. Il a dodeliné de la tête comme si les vestes et les chemises partageaient avec lui quelques secrets sur mon père. Il a laissé l'armoire ouverte et a continué à visiter la chambre comme un touriste dans un musée. Quelqu'un a sonné à la porte. Oncle Brett est descendu ouvrir. Il est passé devant moi en reniflant, son cure-dent entre les lèvres. Je me suis penché par-dessus la balustrade. Une femme blonde, très chic, est entrée et s'est mise à parler fort, d'une voix artificiellement survoltée.

– Monsieur King ? Alicia Berry, de Stanton and Berry Real Estate. C'est vous que j'ai eu au téléphone ? Que puis-je faire pour vous ?

– Une estimation. Savoir combien je pourrais tirer de cette baraque.

– À mon avis, une petite fortune. Rien que de l'extérieur, on est sur un bien à fort potentiel.

Ils se sont avancés dans l'entrée. Leurs corps et leurs voix se sont effacés derrière les murs. J'ai pensé : *Rouge, ça veut dire stop*[10]. *Un jour, tu paieras, oncle Brett !*

Sur le perron, ils se sont serré la main, comme si Ms Berry et oncle Brett étaient devenus les meilleurs amis du monde. Elle a promis de le rappeler très vite. Oncle Brett a eu l'air ravi. Le prix annoncé devait le satisfaire.

10. « *Red means stop* », *HellBoy*, Guillermo Del Toro, 2004.

Moi, j'observais la scène depuis l'intérieur du truck, sac de sport et sachet plastique entre les pieds. Je m'étais résolu à monter dans son camion avant qu'il ne m'y force. Hors de question de lui offrir une nouvelle occasion de m'humilier. Dès qu'il m'a rejoint, j'ai attaqué, écœuré par son attitude :

– C'est écrit dans la Bible que vous pouvez faire ça, voler une famille, sans état d'âme ?

– Je ne vole rien, Tommy. Je suis ton tuteur. Je dispose de ton argent maintenant. Pour ton bien. La loi est la loi. Mais je suis heureux d'apprendre que ce que dit la Bible te préoccupe.

– Je comprends mieux pourquoi mes parents ne vous aimaient pas. Ils seraient fous de rage s'ils savaient.

– S'ils savaient quoi ? Que je reprends ton éducation en main ? Si ça avait été une idée si terrible que ça, mon frère et sa femme s'en seraient inquiétés. Pourtant ils n'ont rien fait. Il n'y a pas de hasard, Tommy. Dieu a d'autres projets pour toi.

– Je vous l'ai déjà dit, je ne crois pas en Dieu.

– Ne t'inquiète pas. Lui croit en toi.

J'ai voulu répondre mais il m'a coupé :

– Plus un mot maintenant. Terminé. Avec moi, tu vas comprendre ce que tes parents n'ont jamais été foutus de t'expliquer. Tu n'es qu'un gosse, Tommy. Et un gosse, ça ferme sa gueule et ça obéit. Dorénavant, tu feras ce que je te dis. Sans négocier. Et surtout, surtout… tu deviendras ce que Dieu veut.

Oncle Brett a pilé. Devant nous la barrière d'un passage à niveau venait de s'abaisser. Une mauvaise imitation de cloche a retenti. Un signal lumineux a jailli. La terre s'est mise à trembler. Mes poings se sont serrés plus fort.

Une masse grise et rugissante a fendu l'air. Des dizaines de wagons containers, affamés de vitesse, ont défilé sur des rails brûlés de corrosion. Un long coup de sirène m'a fait sursauter. Ce cri affreux et mécanique s'est superposé à celui du camion renversé sur le pont. Aux hurlements de ma mère. À l'ordre de mon père. *« Maintenant ! »* J'entendais tout, je voyais tout. Une dague a transpercé ma tête. Un fluide chaud s'est répandu le long de mon entrejambe.

– Saloperie d'enfoiré !

J'ai entendu le clic distinctif de l'ouverture automatique des portes et oncle Brett m'a jeté hors du truck. Je me suis écrasé sur le sol. Il est sorti à son tour. Les wagons continuaient de passer à vive allure. Les bourrasques qu'ils provoquaient projetaient sur nous des grains de terre, des feuilles mortes, et les détritus qui jonchaient le sol. Oncle Brett m'a relevé. Il m'a tiré vers l'arrière de son truck et m'a fait monter sur la plateforme.

– Tu finis le voyage là-dedans.

Un dernier coup de sirène et le train s'est volatilisé.

« Bienvenue à Granville. 1 538 habitants. »

Le truck d'oncle Brett a fini par quitter les routes goudronnées pour rejoindre une piste sablonneuse à travers une forêt dense percée d'une clairière qui s'ouvrait sur un lac. Les baraques en bois, au milieu, ne ressemblaient pas à celles d'une ferme. Nous n'étions pas chez oncle Brett. On aurait plutôt dit un camp de vacances.

Le véhicule s'est arrêté. Oncle Brett est apparu. Il m'a fait signe de descendre. Quelqu'un d'autre a hurlé des ordres. La porte de la plus grande des bâtisses s'est ouverte et des silhouettes en survêtements et chaussures noirs en sont sortis. Les capuches des sweat-shirts masquaient les visages. Deux hommes en tenue militaire, assis sur des vélos, ont imposé un rythme à coups de sifflet. Le footing a démarré.

Ce n'était pas un camp de vacances. C'était un camp militaire.

– Oncle Brett, qu'est-ce qu'on fait ici ?

Deux autres hommes, en treillis, aussi grands et costauds que des videurs de boîte de nuit, ont surgi de nulle part et m'ont saisi par les bras. Ils les ont pliés dans mon dos sans ménagement. Si je me débattais, je me brisais les articulations.

– Oncle Brett, qu'est-ce qui se passe ? Oncle Brett ?

J'ai protesté, tenté de me dégager, mais les deux monstres de muscles me tenaient fermement. Impossible de m'échapper. Oncle Brett s'est chargé de mes bagages et il nous a suivis, un étrange sourire aux lèvres.

– Si c'est parce que je ne crois pas en Dieu, je veux bien essayer, oncle Brett. S'il vous plaît ! Je vais essayer !

J'ai pensé à mes parents. À leur enterrement. On ne pouvait pas m'empêcher d'y assister. On ne pouvait pas me garder ici, contre mon gré, me voler ma liberté. C'était tout ce qu'il me restait. Qu'est-ce que j'avais bien pu faire pour qu'on m'en prive ? Qu'est-ce qu'on me reprochait ? Pendant que les deux malabars me poussaient devant eux, j'ai cherché à comprendre.

Et quand on cherche, on finit toujours par trouver.

Neuf mois
plus tard

PIÈCE N° 4

Retranscription du journal télévisé du 20 octobre 2022

News 22 (NBC), bureau local de Springfield, MA

Vous êtes sur News 22.
L'heure de vos informations locales.
Présentées en direct par Hannah Ayala.

Bonsoir.

Mystérieuses apparitions dans les villes de Granville, Westfield et Southwick. Depuis plusieurs semaines, toutes les nuits, les centres de secours et les postes de police locaux se retrouvent saturés d'appels provenant d'habitants affolés. Plus d'une vingtaine d'apparitions inexpliquées ont été recensées, particulièrement dans la commune de Granville. Beaucoup d'entre elles ont pu être filmées, faisant le bonheur des réseaux sociaux. Les autorités demandent à la population de garder son sang-froid. Une enquête est ouverte. Écoutons quelques témoignages recueillis cet après-midi par notre envoyée spéciale à Granville, Mila De Vito.

Ms Allen, Country Store, Granville • *« J'étais à la caisse, en train de régler mes achats. Je disais à Ms Wesley qu'il fallait que je me dépêche – je n'aime pas conduire la nuit tombée – et j'ai remarqué qu'elle ne m'écoutait pas. J'ai regardé dans la même direction qu'elle. Il y avait une silhouette derrière la vitrine du magasin. Une forme tout en noir, jogging, sweat-shirt, capuche noire, avec les mains gantées. On ne pouvait pas voir son visage, mais elle, c'est sûr, elle nous regardait. Ms Wesley, derrière sa caisse, a dit : "Qu'est-ce qu'il veut celui-là ?" et de l'autre côté de la vitre, à l'intérieur de la capuche, une lumière rouge s'est allumée. Ça nous a foutu une de ces trouilles ! On a eu le même réflexe toutes les deux. On s'est reculées. J'ai entendu Ms Wesley murmurer : "Je devrais appeler la police ?" Sauf qu'au même moment, la silhouette a pivoté et elle s'est éloignée. J'ai attendu un petit moment avant de sortir du magasin. Une fois dans ma voiture, j'ai bloqué les portières et j'ai vite démarré. Sans traîner. »*

Mr Diaz, Fernwood Road, Southwick • *« Je promenais mon chien quand il est sorti du bosquet. Il s'est planté face à moi comme s'il m'attendait, mains dans les poches, jambes écartées, le visage caché par sa capuche. J'ai senti qu'il ne me laisserait pas passer. Son corps faisait barrage. Kiki a commencé à aboyer. J'ai demandé : "Qu'est-ce que vous voulez ? On se connaît ?" Pas eu de réponse, mais d'un coup, à la place, une lumière s'est échappée de sous sa capuche. Une lumière aussi rouge qu'un feu de signalisation. Kiki a reculé en gémissant, la queue entre les jambes. J'ai pris Kiki dans mes bras et j'ai tourné les talons. Je n'ai pas insisté. Ça n'a l'air de rien, comme ça, ce que je vous raconte, mais rencontrer une silhouette pareille, en pleine nuit, ça vous colle des frissons sur tout le corps. »*

Ms Sanders, Joann Dr, Westfield • *« J'allais monter me coucher quand je l'ai remarqué. Au début, j'ai cru que c'était le voisin qui récupérait son courrier. Même si c'était pas dans ses habitudes de le faire si tard. Pis j'ai commencé à comprendre : l'ombre, à côté de la boîte aux lettres, elle était tournée vers chez nous. Elle nous observait. Là, j'me suis dit, Sanders, ma fille, y a quelque chose qui cloche. Le plus fort, c'est que le type était à contre-jour, pile devant la lumière du porche des Connors. Comme s'il voulait être sûr qu'on le voie. J'ai éteint les lumières de la chambre à coucher et j'ai filmé avec mon téléphone portable. Mon mari s'est réveillé. Il m'a demandé ce que je foutais à photographier le dehors. Quand je lui ai expliqué la situation, ni une ni deux, il a passé sa robe de chambre, il a pris son fusil, et il est sorti parler à la capuche. Il lui a demandé à quoi elle jouait. De la fenêtre, j'ai continué à filmer. Comme le type ne bougeait pas, mon mari l'a mis en joue, et c'est là que son visage s'est illuminé. Enfin, son visage… L'intérieur de sa capuche. On le voit bien sur le film, c'est comme si elle avait pris feu. C'est devenu incandescent dedans. Et ça a rendu la forme humaine inhumaine. Mon mari a hésité à tirer. Mais le type s'est barré, tranquillement, sans se presser. Comme pour dire : "J'ai tout mon temps. Je reviendrai." Depuis, je n'arrive plus à dormir. Je vérifie sans cesse que les portes et les fenêtres sont bien verrouillées. Mon mari dit qu'on l'accueillera à coups de chevrotine s'il revient, mais des gens comme ça, allez savoir de quoi ils sont capables… Mon Dieu, rien que d'en parler, j'en ai la chair de poule. »*

Mila De Vita • *Vous l'avez entendu, Hannah, beaucoup ici s'inquiètent. Réseaux sociaux, presse, télévision, dans les cafés et les* diners *de la région, tout le monde ne parle plus que de ces apparitions. Une rumeur, cependant, est en train de prendre de l'ampleur : tout cela ne serait qu'une simple campagne promotionnelle. On se souvient du long métrage* Blair Witch, *en 1999. Ses producteurs* *étaient parvenus à créer le buzz en faisant passer cette fiction pour un authentique documentaire. Le film avait engrangé des millions de dollars au box-office. S'agit-il du même procédé ? Assiste-t-on à une campagne de lancement ? Pour quel produit ? Le mystère reste entier. En attendant, les polices du comté de Hampden exigent de la population la plus grande vigilance. Les patrouilles de nuit vont être renforcées et il est demandé de ne pas approcher ou de ne pas tenter d'arrêter celui que l'on surnomme déjà « le Démon écarlate ».*

PIÈCE N° 5

Rapport de police
Description détaillée d'après CCTV[11]

24 octobre 2022
Carpenter Street, Westfield, MA

7.53 pm **– Caméra 1 – Cuisine.**

Ms Paula Ferguson, 41 ans, dépose sur l'îlot central le plat qu'elle vient de sortir du four. Candice Ferguson, 17 ans, grimace devant la peau parfaitement rôtie de l'animal.

Captation audio :

– Il n'y a que ça ?

– Tu as toujours adoré le poulet !

– Ça, du poulet ? Petit rappel, un poulet est un être « vivant ». Ça, c'est un cadavre.

– Candice, s'il te plaît.

– Un être sacrifié sur l'autel de ton capitalisme mortifère.

– Candice… Ça suffit !

– Non, maman. Pour satisfaire tes pulsions de carnivore sans éthique, tu as assassiné une vie animale.

– Je te fais une salade ?

11. *Closed-circuit television* ou vidéosurveillance.

– Je la mangerai dans ma chambre. Plutôt crever que de m'asseoir avec vous comme si on célébrait la mort.

Candice Ferguson pioche dans un saladier empli de chips et regagne les étages. Ms Ferguson retire ses maniques, s'essuie le front. Elle ouvre le mitigeur. Grand verre d'eau et longues gorgées. Ms Ferguson cherche visiblement à se calmer plutôt qu'à se désaltérer.

Un mouvement dehors attire son attention. Elle se penche au-dessus de l'évier et colle son visage à la vitre.

***7.56 pm* – Caméra 7 – Extérieure.**

Placée sous l'unique lampadaire, depuis le trottoir d'en face, une silhouette à capuche espionne la maison.

***7.56 pm* – Caméra 1 – Cuisine.**

Ms Ferguson attrape son téléphone portable. Elle cadre la forme immobile. Le flash se déclenche, se reflète sur la vitre. Ms Ferguson lâche un cri. Et son téléphone. L'appareil tombe dans l'eau stagnante de l'évier.

***7.57 pm* – Caméra 7 – Extérieur.**

Mouvement de la silhouette qui se fond dans les bosquets de Carpenter Street, une voie sans issue.

***7.57 pm* – Caméra 1 – Cuisine.**

Occupée à récupérer son téléphone et à jurer contre elle-même, Ms Ferguson n'a rien vu de ce déplacement. Mr Ferguson, 44 ans, entre dans la pièce, attiré par les odeurs. Sa femme enveloppe son appareil d'un chiffon.

Captation audio :

– Il y a un type dehors ! Il ressemble au Démon écarlate.

Mr Ferguson arrache avec désinvolture une cuisse du poulet. Sa femme est à nouveau collée à la fenêtre, à la recherche de la silhouette. Il demande :

– Sa capuche, elle brille ?

– Non. Mais tu devrais aller voir.

– Laisse tomber. Des gamins du quartier qui s'amusent. Faut garder son calme, ils ont dit.

Mr Ferguson sort une bière du frigo.

Ms Ferguson l'interroge, dépitée :

– Tu ne manges pas avec nous ?

Réponse inaudible sur l'enregistrement.

– Quand même, on ne dîne plus ensemble, tous les quatre. Je n'aime pas ce que devient cette famille.

Mr Ferguson mord dans sa cuisse de poulet, acquiesce d'un air résigné. Il décapsule sa bière et retourne au sous-sol. Ms Ferguson le regarde s'éloigner. Des tremblements nerveux parcourent son visage. Brusquement, elle attrape deux assiettes qu'elle se met à remplir d'aliments. Violemment. Elle y écrase les chips, qui se brisent sous ses mains. Elle arrache la seconde cuisse de poulet, mord dedans, la jette sur un des couverts. Elle écrase dans les assiettes des feuilles de salade prélavée qu'elle noie sous une sauce César industrielle. Elle se fige, la respiration courte, haletante. Un sourire naît sur son visage. Elle admire son travail puis emporte avec elle les plats dans les étages.

***8.04 pm* – Caméra 3 – Étage.**

Denis Ferguson, 8 ans, masque de réalité virtuelle devant les yeux, avance, recule, sautille, fend l'air de sa chambre de gestes amples. Ms Ferguson parvient à éviter les mouvements aléatoires de son fils et laisse derrière elle le plat à la cuisse de poulet. Direction le fond du couloir. Ms Ferguson passe devant une pièce plongée dans le noir. Anomalie. Elle stoppe sa marche. Elle se tourne vers l'espace obscur et béant. Elle le scrute comme s'il s'agissait d'une aberration. Elle allume, semble chercher quelque chose. Ou quelqu'un. Elle éteint, claque la porte, qu'elle tire à plusieurs reprises vers elle. Comme pour s'assurer qu'elle ne s'ouvrira plus. Alors qu'elle toque à la chambre de sa fille, Ms Ferguson jette un œil inquiet par-dessus son épaule. Candice Ferguson apparaît et se saisit du plat des mains de sa mère qui demande :

Captation audio :

– Tu es allée dans la chambre de Noah ?

– Qu'est-ce que j'irais y faire ?

– Comment va ta tarentule ? À elle aussi, tu lui as demandé de devenir végétarienne ?

Sa fille lui claque la porte au nez. Ms Ferguson reste là, sans bouger. Elle ferme les yeux, expire un grand coup. Tentative certainement vaine de se calmer les nerfs. Lorsqu'elle ouvre les yeux, une lueur rougeoyante provenant de l'extérieur attire son attention. Ms Ferguson s'approche d'une fenêtre. La scène qu'elle découvre la saisit d'effroi.

***8.07 pm* – Caméra 8 – Extérieur.**

Le Démon écarlate se découpe sur la pelouse du jardin. Une lueur rouge, intense, fiévreuse émane de l'intérieur de la capuche.

***8.08 pm* – Caméra 2 – Escalier et hall.**

Ms Ferguson dévale les escaliers et se précipite vers le sous-sol.

***8.08 pm* – Caméra 4 – Sous-sol.**

Ms Ferguson s'engouffre dans le bureau de son mari. Aussitôt, le bruit feutré de petites pressions spongieuses, mouillées, accompagne chacun de ses pas. Dans un mouvement qu'elle semble redouter, sa tête pivote vers le sol. Ses gestes se ralentissent. La moquette est imbibée d'une substance brunâtre, d'un liquide aux reflets sinistres qui évoque... du sang. Ms Ferguson tend un bras tremblant vers son mari, ou plutôt vers le siège qu'il occupe. La chaise opère une rotation. L'égorgement a eu lieu il y a déjà plusieurs minutes. Le sang ne coule plus. Une balafre nette et hideuse barre le cou de la victime. La tête est restée renversée, dans la position à laquelle l'a forcée l'agresseur. Ms Ferguson avale un cri, recule. Apparaissent les premiers signes d'une attaque de panique. Elle cherche son téléphone, se rappelle l'avoir laissé à l'étage. Prise de haut-le-cœur, de violents tremblements, elle s'oblige à revenir vers le corps inerte. Qu'elle fouille. Elle sort d'une poche un téléphone et compose le 911.

***8.09 pm* – Transcription archive audio :**

– 911. Quelle est votre urgence ?

– Venez vite ! Vite ! Oh, mon Dieu… Il y en a partout.

– Madame, calmez-vous. De quoi parlez-vous ?

– Mon mari… Il y a du sang partout.

– Votre mari ? Que lui est-il arrivé ? Est-ce qu'il respire encore ?

– Non ! Non, bien sûr que non, on l'a égorgé !

– Qui l'a égorgé ? Quelqu'un d'autre est avec vous ?

Un silence. La question ramène Ms Ferguson à une autre réalité. Tout aussi effroyable.

– Mon Dieu. Mes enfants ! Ils sont à l'étage !

Ms Ferguson lâche le téléphone.

***8.10 pm* – Caméra 1 – Cuisine.**

Ms Ferguson pénètre comme une furie dans la pièce. Elle se saisit d'un couteau.

***8.11 pm* – Caméra 2 + caméra 3.**

Ms Ferguson monte les marches quatre à quatre, scande, répète les prénoms de ses enfants, qu'elle réclame, la voix imprégnée de terreur. Arrivée en haut de l'escalier, la mère de famille se fige face à l'horreur du spectacle. Son fils gît sur le sol, à quatre pattes au pied de son lit.

Son casque virtuel a glissé et lui barre le visage. Du sang coule de sa gorge. Une plainte monte, devient un hurlement. Ms Ferguson se jette sur son enfant.

Au bout du couloir, Candice Ferguson s'extrait péniblement de sa chambre, sur les genoux, en se tenant la gorge. Entre ses doigts, du sang gicle, s'échappe, macule son torse. Dehors, les sirènes des véhicules de police se rapprochent. Candice Ferguson s'écroule dans un dernier gémissement rauque.

Dans la chambre de Denis, Ms Ferguson s'acharne à étreindre la dépouille de son fils, à le bercer comme pour l'endormir. Elle étouffe de douleur et ne pense pas à se protéger, à rester sur le qui-vive. Elle a lâché son couteau qui traîne dans le sang de l'enfant. Derrière elle, une ombre s'allonge. Le Démon écarlate approche, silencieux comme une nappe de brouillard. Le mouvement du bras armé est rapide, net. Entraîné. La gorge de Ms Ferguson s'ouvre. La plaie s'élargit, devient béante. Ms Ferguson ne lâche pourtant pas son fils. Elle ne fait que pivoter, mollement, vers son attaquant. La silhouette noire, penchée au-dessus d'elle, la domine, telle une vague funèbre prête à l'engloutir. Sous la capuche du Démon, une lumière incandescente palpite et teinte de reflets rougeoyants le visage dévasté de Ms Ferguson.

PIÈCE N° 6

Ms Amanda Lucia Pia Alvarez
Hypnose régressive sous polygraphe[12]

25 octobre 2022
85, Esmond Street, Dorchester, Boston, MA

Reinhard Krauss Jäger devine toujours lorsque je lui cache des choses. On s'était pourtant mis d'accord lui et moi : il m'enverrait un texto et il patienterait en bas de chez moi, dans sa Saab 99. Reinhard n'a pas tenu parole. Il sonne à ma porte. Je l'entrouvre. Il dit :

– Je suis là ! en m'adressant un large sourire, le regard caché derrière ses lunettes de soleil aviateur.

Je crois n'avoir jamais vu la couleur de ses yeux…

– Quelle tête, Amanda ! Qu'est-ce qui vous arrive ? C'est si grave que ça ?

– D'après toi. Si je veux tous vous voir en urgence.

Je le laisse devant la porte retenue par une chaînette en laiton. Curieux comme il est, Reinhard espionne par l'ouverture. Sans parvenir à en voir assez. Alors il pousse un

12. Plus connu sous le nom de détecteur de mensonges.

peu la porte. La chaîne se tend à son maximum. Houdini vient lui dire bonjour. Mon chat est si gros qu'il ne tente même pas de se faufiler par l'entrebâillement. Reinhard plie les genoux, passe la main, et gratte le menton du félin qui n'en a plus que le nom. Houdini se roule sur le sol.

– Amanda, je peux utiliser vos toilettes ?

Il a dû sentir l'odeur des bougies. Celles que je suis en train d'éteindre une par une dans chaque pièce. Je lui lance :

– Tu ne peux vraiment pas attendre ?

– Amanda, je vous ai connue plus hospitalière.

– Reinhard, je t'ai connu plus rusé.

Je libère la chaînette. Je retiens Houdini, du bout des pieds, pour éviter qu'il se sauve. Reinhard et ses larges épaules envahissent l'appartement. Mon bodybuilder connaît l'endroit. Il va vite comprendre. Il ne lui faudra que quelques secondes. Reinhard m'exaspère lorsqu'il contrarie mes plans.

– L'ampoule ne fonctionne plus ?

– Il faut que je la change.

Joder[13]*!* La boîte de pâtée pour chat laissée ouverte sur la table de la cuisine ! Je file planquer mon repas. Je vide la conserve dans la poubelle et plonge assiette et fourchette dans l'évier.

– Toutes vos ampoules ont lâché en même temps ?

Il appuie sur l'interrupteur à l'entrée de la cuisine. Les « clic » à répétition ne sont suivis d'aucun phénomène physique. Aucune lumière ne s'allume.

– Combien il vous faut ?

– Mêle-toi de tes affaires.

13. « Merde ».

– Ça fait combien de temps que vous vivez sans électricité ?

– J'attrape ma veste et je suis prête.

– Vous êtes chez Evergreen ? insiste-t-il. Je vais les appeler.

– *No te preocupes*[14]*!* J'attends un appel de chez Fallas. Ils sont à la recherche de caissières. J'ai bon espoir.

– Vous ? Caissière ? Je parie sur l'assassinat d'un client dès le premier jour.

– On peut y aller ?

J'envoie un baiser à Houdini, qui s'allonge au milieu du couloir en étirant ses pattes. Je ferme à double tour et mets mes pas dans ceux de Reinhard. Je sors de ma poche un paquet de Wrigley's Big Red. Pour me calmer, j'en gobe six d'un coup.

Ils sont un peu plus d'une dizaine dans la salle, tout ouïe, suspendus à mes lèvres. Les membres du Cercle spirite Margaret Hamilton occupent les tables centrales, les coussins épais qui jalonnent le sol, le canapé adossé aux fenêtres. À travers elles, on aperçoit le ciel et les toits du campus de Harvard, la cime des arbres. Hêtres et tilleuls. On dirait qu'ils se sont hissés jusque-là pour nous épier. Je sens la fébrilité de l'audience, son impatience. C'est comme un parfum capiteux. Si la présidente a sollicité un rassemblement, c'est qu'il se passe des choses importantes.

– *Muy bien, amigos*[15]... Depuis près de deux semaines, toutes les nuits, je suis assaillie par des images qui n'ont aucune logique entre elles. Depuis près de deux semaines,

14. « Ne t'inquiète pas ! »
15. « Très bien, les amis... »

je me réveille avec des traces lumineuses autour de moi. Des traces vives, véhémentes, résolues. C'est une âme jeune qui me visite. Une âme qui a quitté la vie dans ses premières années. Une âme qui ne sait pas encore comment interagir avec nous. Vous le savez, il ne suffit pas de mourir pour devenir un fantôme. Le défunt doit s'habituer à son nouvel environnement, en apprendre les règles. Cette communication balbutiante, plus facile à travers les rêves, signifie que la mort remonte à plusieurs semaines... peut-être plusieurs années. Trois, quatre ans. Guère plus.

Je sors de mon tote bag en coton un petit carnet. J'y ai décrit les images qui me sont envoyées. Dans l'auditoire, on se munit de blocs-notes et de stylos. D'autres repoussent l'écran de leur ordinateur portable. Les doigts se positionnent sur les claviers.

– D'abord, je vois trois maisons. Anciennes. Blanches. Proches les unes des autres. La plus grande porte des sortes de cônes très pointus au sommet de sa structure. Je pense à une église mais je n'en suis pas sûre. Devant flotte le drapeau américain et celui de Bay State[16]. A priori, cette fois, pas de longs déplacements à prévoir vers d'autres États. C'est déjà ça.

Un petit rire parcourt l'assistance.

– *Vale*[17]. Je vois aussi des chevaux, tombés au sol, qui agonisent. On les a marqués au fer rouge, sur le ventre. Des marques en forme d'étoiles. Sur eux, des oiseaux sautillent. Des oiseaux au plumage rouge feu. Avec des becs pointus, aiguisés comme ceux des perroquets. Et

16. Surnom donné à l'État du Massachusetts.
17. « Bien » ou « D'accord ».

puis je vois trois lettres. C C C. Un chiffre romain ? Un acronyme ? Pendant ces visions, une seule sensation : de l'humidité, du froid. Des odeurs m'envahissent : celles d'un sous-bois, de la mousse, du lichen… Et entre chaque image…

Il me faut boire un peu d'eau avant de leur raconter.

– Je vois un visage. Celui d'un garçon. *Pobre*[18]*!* Certainement le messager. Celui qui laisse des traces lumineuses autour de moi. Ses yeux sont emplis de terreur. Il hurle. À pleins poumons. Mais je ne l'entends pas. Toutes ces visions sont parfaitement silencieuses.

Mon audience l'est tout autant. On m'observe, perplexe.

– Amanda, que voulez-vous que l'on fasse de ça ? demande un des membres. Nous sommes à la recherche de quoi exactement ?

– *No lo sé*[19]. Mais on a déjà fait face à bien plus compliqué. Nous allons trouver. Je crois en vous.

---

18. « Le pauvre ! »
19. « Je ne sais pas. »

PIÈCE N° 7

Capitaine-détective Wilfried Bosco
Lettre authentifiée

25 octobre 2022
Massachusetts General Hospital, Boston, MA

11 pm. À cette heure, d'après le règlement, on n'autorisait plus aucune visite, mais Ms Frazier, l'infirmière principale, avait parfaitement conscience qu'il était bien compliqué pour un flic de planifier sa journée de travail, de la terminer à des heures régulières. J'avais donc reçu sa bénédiction. Grâce à elle, depuis deux mois, je pouvais rendre visite à ma mère à des horaires improbables, des créneaux tardifs lors desquels, malgré le peu de soignants présents, j'avais noté un détail troublant : on avait peu à peu remplacé le nom de ma mère par des éléments de son dossier médical. Dorénavant, dans les couloirs, le personnel hospitalier désignait Ms Sheila Bosco par des termes tels que : « le cancer du poumon », « le stade avancé », « la métastasée ». Parfois, elle devenait simplement « la 612 ».

Je l'ai découverte les bras tendus vers moi. Des bras squelettiques. Son teint se modifiait de jour en jour. Un teint beige de vieux savon. Sa peau s'était flétrie. Seuls ses yeux résistaient. Un regard concentré d'un vert intense. J'ai immédiatement noté ce nouveau tuyau, encore un, enfoncé dans ses narines. Je l'ai embrassée sur le front, un front strié de rides et pourtant doux comme du satin. Ma mère sentait les pancakes, la cannelle et la tarte aux pommes. Elle sentait mon enfance. Elle sentait l'insouciance. Ce temps béni où les mères sont éternelles.

Elle a posé la chaleur vacillante de sa main dans mon cou. Elle a murmuré comme si elle s'en voulait :

– Je pensais que tu ne viendrais plus.

Ma mère passait son temps à m'attendre. Ses secondes étaient pleines de moi.

Un fils est un fils.

Une mère est une mère.

On avait relevé le sommier de son lit afin qu'elle soit pratiquement assise. Téléviseur allumé, ma mère était prête pour une nouvelle nuit d'insomnie. Son corps répugnait à s'endormir. Ce qui, dans sa vie d'avant, ne l'avait pas aidée à diminuer sa consommation de cigarettes. Par nuit, ses poumons n'avaient connu que quelques heures de répit. Par jour, aucune. Trop tard pour le déplorer.

– Tu t'occupes de cette affaire ?

Elle a dirigé la télécommande vers l'écran. On y parlait d'une famille entière assassinée. Une famille de Westfield, dans le comté de Hampden.

– Boston, maman. Je m'occupe de Boston. Et crois-moi, avec ses onze districts, c'est largement suffisant.

– La journaliste a l'air de dire qu'ils sont un peu dépassés là-bas. Ils vont s'en sortir, tu crois ?

– Évidemment. Il faut leur laisser du temps. Westfield n'a pas l'habitude de ce genre d'affaire. Springfield devrait rapidement venir en soutien. Ils ont plus de moyens humains et techniques.

– Il manque un gamin. Le cadet de la famille. Ils ne savent pas où il est. Des gens pensent que le Démon écarlate l'a kidnappé. Dire qu'il y a encore quelques jours tout le monde s'amusait de ses apparitions. Des semaines à se laisser filmer, à troubler l'ordre public. C'est curieux, tu ne trouves pas ? Il aurait pu être arrêté dans l'intervalle. Ça aurait ruiné ses projets. Tu crois qu'il connaît quelqu'un dans la police ?

Ma mère tenait absolument à ce que ma vocation de détective vienne d'elle. Dès qu'elle le pouvait, elle jouait les enquêtrices. Elle n'hésitait jamais à partager ses intuitions, ses observations, et sa trop grande imagination. J'ai répondu :

– Rien qu'un chardon de plus dans le jardin des vanités.

J'ai compris à son regard qu'il fallait que je m'explique.

– Ce type est comme la plupart des assassins, obnubilé par sa personne, possédé par le souci de son image, par un ego démesuré. S'il s'est montré, c'est pour installer sa renommée, créer sa légende. Cette lueur dans sa capuche, c'est sa marque. Une mise en scène pour briller sur TikTok et autres Instagram. On dirait ces applications pensées pour fournir à ce genre d'individu la petite gloriole qu'ils réclament. De nos jours, les narcisses se noient dans le reflet de leurs écrans.

– Satanée époque, a bougonné ma mère en éteignant le téléviseur comme si elle prenait soudainement conscience des conséquences nocives de ce flux incessant d'images et de sons.

Elle m'a demandé, un peu comme si nous reprenions la conversation depuis le début :

– Et toi, mon Willy, comment vas-tu ?

Le même sourire. Celui qu'elle m'adressait à mon retour de l'école. Un sourire comme une main tendue, elle qui savait à quoi ressemblaient mes journées. Émaillées d'attaques répétées. Ma lunch-box jetée au sol. L'interdiction d'utiliser les toilettes des garçons. Ma place étant, pour mes harceleurs, dans celles des filles. Je me retenais d'uriner la journée entière. Il y avait les crachats, les pages déchirées de mes livres, mes cahiers piétinés. Aucun des garçons de ma classe n'acceptait de s'asseoir à côté de moi, de peur qu'on le prenne lui aussi pour ce que l'on supposait que j'étais : gay. Pourtant, Peyton m'avait brisé le cœur[20]. Lili, Joan et Esperanza aussi. Mais j'étais un petit garçon maniéré, efféminé, comme disent les misogynes, à la voix timide et voilée. On me le faisait payer. Les adultes par leur commisération maladroite. Les enfants par leur rejet et les insultes.

– Je vais bien, merci, ai-je répondu. Et toi ?

– Tu as vu mon nouveau tuyau ? C'est la fin, mon chéri.

– Ne dis pas ça.

– Pourquoi ? On le sait bien, toi et moi, ce n'est qu'une question de temps. Allez, ne fais pas cette tête. Après tout, peut-être qu'on ne disparaît pas vraiment ? Rien ne se perd, rien ne se crée, tout se transforme. Avec un peu de chance, on ne devient peut-être pas qu'un souvenir. Non… Je ne sais pas… Je pourrais bien devenir un fantôme. Une revenante.

Elle s'est mise à rire.

– Maman, que se passe-t-il ? Je ne t'ai jamais entendue parler de ces choses-là avant.

---

20. Voir *Les Ombres de Salem*, Michel Lafon, 2022.

– Eh bien, j'en parle maintenant.

– Tu n'y as jamais cru.

– Will, bon sang ! Tu ne comprends pas ? La mort me fait moins peur quand… quand je pense à cette possibilité. Voilà. Tu es content ?

On a toqué. Ms Frazier a passé sa tête dans l'entrebâillement.

– Détective, vous êtes là ! Je venais voir si vous aviez besoin de quelque chose, Ms Bosco.

Ma mère a posé sa main sur la mienne.

– Ça va, merci. J'ai tout ce qu'il me faut.

Le visage de Ms Frazier s'est illuminé d'un sourire et la porte s'est refermée. Ma mère n'a pu attendre une seconde de plus.

– Elle est jolie comme un cœur, tu ne trouves pas ?

– Maman, ne commence pas.

– Elle remonte à quand ta dernière petite amie ?

– On se regarde un épisode de *Cheers* ?

– Tu sais comment t'y prendre pour détourner l'attention.

L'écran posé sur ses jambes, ma mère a lancé sa série préférée via une plateforme de VOD. Sheila Mason était aux anges.

J'aimais appeler ma mère par son nom de jeune fille. C'était comme parler d'elle vraiment. N'en déplaise à mon père, ma mère n'avait rien d'une Bosco. Elle était née Mason et était restée Mason. Contrairement à Joe Bosco, Sheila se fichait de manger à heure fixe. Elle aimait les albums photo, les bougies parfumées et leurs odeurs chimiques. Elle aimait les roses tardives, dont elle avait saturé son jardin. Et par-dessus tout, elle aimait entendre dans le salon de la maison le carillon de l'horloge sonner les heures. Ce qui rendait fou son mari.

Alors que l'épisode touchait à sa fin, mon téléphone s'est mis à vibrer. Le lieutenant Jack Griffin tentait de me joindre. J'ai décroché :

– Ramène-toi, Bosco. La journée n'est pas finie.

– Il est bientôt minuit, Jack.

– Alors c'est une nouvelle journée qui commence. Le Démon écarlate est à Boston. Et il vient de faire une nouvelle victime.

PIÈCE N° 8

26 octobre 2022
Monument Square, Boston, MA

Autour d'un pylône électrique, la police scientifique avait érigé une tente en plastique. La tête du lampadaire, copie parfaite des becs de gaz du début du XIXe siècle, émergeait de cette cabane improvisée et éclairait d'une lumière blafarde la foule croissante de badauds qui, malgré l'heure tardive, s'agglutinait le long des rubans de polyéthylène avec l'espoir de « voir le corps ». À quelques pas de là, planté au milieu d'un parc de verdure, un obélisque de plus de 190 pieds[21] s'élevait dans les airs. Ce monument de granit commémorait la bataille de Bunker Hill. En rencontrant Tania Bell, je n'imaginais pas une seconde que nous nous trouvions nous aussi à la veille d'une bataille sanglante, d'une révolte, d'un incendie social.

Un photographe des forensiques s'est extrait de la tente. Courtois, il a retenu la bâche plastifiée, qui s'est

21. 60 mètres.

rabattue quelques instants plus tard derrière moi dans un froissement sec. La scène de crime était difficilement supportable. La position improbable du corps, quasi grotesque, entraînait douleur et compassion. La gamine s'était effondrée sur les genoux et son torse avait basculé vers l'arrière. Ses chaussures se trouvaient sous ses fesses, ses mollets, sous ses cuisses, et son torse, bombé au niveau des côtes, retrouvait contact avec le sol à la hauteur des épaules. Ses mains, portées à la base de son cou, donnaient cette impression insensée que l'adolescente cherchait à étirer la plaie, qu'elle souhaitait élargir l'entaille déjà profonde. Tania Bell semblait vêtue de sang tant ses vêtements en étaient imbibés. Sur le sol, la masse cramoisie de l'hémoglobine coagulée dessinait des sortes d'ailes dans son dos. Dans ses yeux grands ouverts, dans ce regard perdu vers le lointain, ses dernières pensées s'étaient fixées. Tania Bell semblait rêver à ces choses qu'elle n'accomplirait jamais. Pour autant, ses sourcils froncés, épais et sombres, pesaient sur ce regard évanescent, créant un étrange malaise. On aurait dit que l'adolescente s'adressait à nous :

Alors les gars, où étiez-vous ?

C'est un peu tard pour arriver, non ?

Sur le pylône, des traces de mains ensanglantées permettaient d'imaginer les derniers mouvements de la victime. La gamine s'était cramponnée, debout, luttant pour rester en vie. Mais d'autres marques de sang s'étiraient jusqu'au sol, indiquant que Tania Bell avait fini par s'écrouler. Quelqu'un lui avait volé son âme en pleine lumière.

Un des deux techniciens présents a lâché un juron. Il venait d'extraire de la bouche de la victime une boule de papier froissé. L'officier l'a dépliée avec précaution. Trois signes y étaient inscrits :

J 1 7

Il m'a interrogé du regard. J'ai répondu :

– Aucune idée. Et vous ?

En réponse, j'ai eu droit à une moue dubitative.

– Pour tout vous dire, détective, les tueurs et leurs devinettes sordides m'emmerdent profondément. Les savoir en train de se pignoler parce que nous nous creusons les méninges sur leurs énigmes dégueulasses me donne la nausée. Ce type veut être vu. Observé. Filmé. Il a massacré cette gamine sous une caméra de vidéosurveillance, sous la lumière d'un réverbère, au milieu des joggeurs nocturnes, des flâneurs tardifs, des touristes et de la circulation qui ne cesse jamais par ici… Des comme elle, il y en aura d'autres.

Un bruissement de plastique nous a fait nous retourner. Jack Griffin venait d'entrer dans la tente.

– Bosco, on a un témoin direct. Elle habite à deux rues d'ici.

Le mari s'était enfermé dans une des chambres de l'appartement avec pour mission de distraire les enfants, de les occuper. Dans la cuisine, Nora Cole ne parvenait pas à se calmer. Un tueur diabolique était en visite à Boston et cette idée la terrifiait. Elle n'était pas la seule. Jack m'a présenté à elle :

– Ms Cole, voici le capitaine-détective Wilfried Bosco. Vous voulez bien lui montrer ?

La témoin a attrapé son ordinateur portable. Elle

l'a posé sur la table et a cliqué sur la touche espace du clavier. Une vidéo s'est lancée. Il s'agissait des images d'une caméra GoPro placée sur un casque. Le casque de Ms Cole. On y voyait le bout de sa roue de vélo filer silencieusement sur les pistes cyclables de la ville. La vidéo n'avait pas de son. Ms Cole a commenté :

– Je suis à quelques rues de chez moi. Une jeune fille complètement paniquée va bientôt m'accoster.

En effet, sur l'image, Ms Cole ralentit. Elle quitte la route, monte sur le trottoir, cherche ses clés devant la porte de son immeuble, quand Tania Bell l'accoste.

– Elle me demande si elle peut rester un moment avec moi parce que depuis plusieurs minutes un type la suit. Je regarde dans son dos et… Là ! Vous voyez… au coin de la rue. C'est lui.

Le Démon écarlate, capuche sur la tête, bras le long du corps, mains gantées, fixe les deux femmes, impassible. La forme ne cherche pas à se cacher, à se dérober. Une assurance impitoyable émane d'elle.

– Au bout d'un moment, a repris Ms Cole, il a fait demi-tour, pour disparaître sur Warren Street.

– Il ? ai-je relevé. Vous avez vu son visage ?

– Non. Mais cette silhouette dégageait de la masculinité. Une virilité nocive. Celle que tout le monde redoute. Quelque chose de primitif, de sauvage.

À l'image, Tania semblait remercier Ms Cole.

J'ai fait de même. D'abord pour le sang-froid dont elle avait fait preuve, ensuite pour ces images détaillées et précieuses du Démon écarlate. Nous allions les décortiquer avec la plus grande minutie.

– Maintenant, a continué Ms Cole, je lui propose d'appeler quelqu'un pour qu'on vienne la chercher. Elle m'explique qu'elle n'est plus très loin, que ça devrait aller. La pauvre. Pauvre petite.

Sur les images, Tania Bell reprend sa route.

– Je l'ai regardée remonter Soley Street, tourner sur Monument Square. Le temps de prendre mes clés, d'ouvrir la porte de l'immeuble, d'y pousser mon vélo, mes pensées n'ont pas quitté cette gamine. Et puis… J'ai entendu un hurlement. Je n'ai pas réfléchi. J'ai couru voir.

Les images vibrent sous les pas de course de Ms Cole. Quand elles redeviennent nettes, quand la cycliste s'immobilise, c'est pour faire face à une scène d'horreur. Sous le lampadaire, la jeune Tania Bell s'écroule. Ses mains quittent le pylône et viennent se coller à la base de son cou. Son torse se renverse sur le trottoir où s'étend un liquide visqueux et miroitant. La silhouette noire, un poignard à la main, enfonce la boule de papier dans la bouche de la victime. Sous la capuche du Démon, des lueurs rouges se mélangent, s'agitent, des brillances qui rappellent de la lave en fusion. Dans un mouvement animal, le Démon tourne la tête. Il se dresse, semble grandir comme une flamme qu'on attise. Aux soubresauts de la caméra, on devine que Ms Cole recule. La témoin repart en sens inverse, au pas de course, vers son immeuble. Sur l'écran, les doigts de la cycliste manient le trousseau de clés pour tenter de retrouver la bonne. Coups de caméra paniqués vers l'arrière. Le Démon écarlate est à ses trousses. Ms Cole est devenue sa nouvelle cible. L'intérieur de la capuche donne l'impression d'être en flammes tant la lumière qu'elle contient s'intensifie.

– À ce moment-là, avoua Ms Cole, j'ai prié Dieu.

Face à nous, dans cette cuisine, dans la chaleur de cet appartement cosy, les doigts de la mère de famille tremblaient aussi fort que sur la vidéo.

La clé pénètre la serrure. La silhouette n'est plus qu'à quelques pas. Le Démon lève un bras. La lame de son couteau scintille dans la nuit. J'ai pensé à Zeus maniant la foudre. Ms Cole se jette dans l'entrée, referme la porte en y portant tout le poids de son corps, en y appuyant son épaule. Au moment où le système de fermeture s'enclenche, la silhouette noire percute la porte. Dorénavant, seule l'épaisseur d'une vitre les sépare. Malgré les arabesques en fer forgé qui la protègent, la forme sombre, pleine de fureur, frappe à coups de poing hystériques, quitte à se briser les phalanges. La GoPro filme, plonge dans le creux de la capuche. L'aspect de la lumière qu'elle renferme se modifie, son intensité diminue. Le visage d'un adolescent surgit en flottant comme un mirage. Aucune rage, aucune espèce de satisfaction. Au contraire. Le visage pleure, comme s'il subissait l'instant, comme s'il était effrayé, révulsé par ce qu'il est en train de commettre.

Dernier coup de poing ganté contre la porte. Les épaules du Démon écarlate trahissent le rythme de sa respiration haletante. Ms Cole recule. Le Démon se réduit dans l'image…

La vidéo s'est arrêtée.

Ms Cole nous observait, les yeux mi-clos, comme si elle tentait de deviner les questions à venir, nos résistances face à ce que nous venions de voir.

– Je vous jure, a-t-elle balbutié, je n'ai pas eu le temps de bidonner ces images, de les passer à travers je ne sais quel filtre. Et ce n'est pas un problème de caméra. Ce visage, c'est exactement comme ça que je l'ai vu. Et ce que j'ai vu… ce visage… Il m'a semblé que…

Elle s'est effondrée en larmes.

– Il m'a semblé venir des enfers.

PIÈCE N° 9

26 octobre 2022
10, Cross Street, Charlestown, Boston, MA

Parfois, l'urgence d'une situation ne laisse pas d'autre choix que de brusquer les protagonistes d'une enquête. Jack et moi avions décidé de présenter aux parents de Tania Bell une partie des images filmées par Ms Cole. Nous voulions les entendre à propos de cette figure encapuchonnée, déformée par les pleurs et les regrets.

– Voici l'assassin de votre fille. Ce visage vous dit quelque chose ?

Mr Bell a repoussé la tablette que Jack lui tendait.

– Évidemment. Il s'agit de notre fils, a répondu le père de famille en plongeant son regard dans celui de sa femme.

Nous nous sommes tournés vers le petit garçon de 7 ans, assis dans un des fauteuils du salon. L'enfant nous écoutait sagement, les mains sur les accoudoirs de son siège. Un siège si large qu'il lui donnait des airs de marionnette. Un pantin posé là et oublié par ses propriétaires.

– Pas celui-ci, nous a corrigé Mr Bell. Je parle de notre premier fils. Celui dont nous n'avons aucune nouvelle. Peter. Il a fugué il y a un peu plus d'un an maintenant.

Nous aurions dû nous trouver face à des parents dévastés, en état de choc, incapables d'aligner la moindre phrase cohérente. Rien. Rien de tout cela. À la place, la fragrance tranquille d'un parfum français émanait de la chemise blanche et immaculée du père de famille. Quel genre d'homme se parfume après avoir appris la mort de sa fille ?

– Tes pieds, Lincoln ! s'est agacée Ms Bell.

Les pieds du petit ont cessé de se balancer. Parfois, saisir le fonctionnement d'une famille est aussi simple que de lever le nez vers le ciel pour obtenir la météo du moment. Ici, tout n'était que règles, maintien et tension. J'ai demandé en sortant mon carnet Moleskine, un par enquête :

– Votre fils serait donc le Démon écarlate… Vous êtes formel ?

– Peter était le mal incarné, a froidement asséné Mr Bell. Un délinquant. Une plaie.

Les Bell ont échangé un regard. La colère affleurait, sourde et mal dissimulée, dans les tressaillements des lèvres maternelles. Mr Bell, compatissant, a pris dans ses mains celles de sa femme. Il était 7 heures du matin. Le meurtre remontait à quelques heures à peine et pourtant, la maîtresse de maison était aussi impeccablement mise que son mari ; pull mohair, jupe longue sans un pli, bottines de cuir ocre et onéreuses. La chevelure, épaisse, d'un noir intense, sublimait un maquillage parfait et discret. Comme le couple restait silencieux, je suis passé à la question suivante :

– Lorsque le Démon écarlate est apparu dans les médias, avez-vous immédiatement pensé à Peter ? Ce costume, cette mise en scène, cette lueur qui émane de sa capuche, cela a-t-il un sens pour lui, pour vous ? Une référence que vous pourriez partager avec nous ?

– Nous n'avons jamais compris Peter. Cet enfant est notre plus grand regret, nous a signifié Mr Bell sans faiblir. Il ne supportait pas l'autorité. Il refusait de suivre la moindre règle.

– Même les plus essentielles, a insisté sa femme.

– C'est-à-dire ? Développez, Ms Bell. Développez...

– Il n'y a rien à ajouter, a répondu Mr Bell à la place de sa femme. Tout ce qu'il y a à savoir, c'est que nous étions sans cesse en conflit avec lui. Constamment. C'était un combat permanent.

Autour de nous, la décoration ne laissait planer aucun doute sur la foi catholique de la famille. Des tableaux de scènes bibliques ornaient les murs. Ève et Adam chassés du paradis. La crucifixion du Christ. Le sacrifice d'Abraham. Entre ces peintures, des croix de bois ou de fer solennisaient les murs.

– Quel âge a Peter ? ai-je demandé.

– Quatorze ans.

J'ai croisé le regard de Jack, dépassé par la nouvelle. Comment pouvait-on égorger sa propre sœur et une famille entière à seulement 14 ans ?

– J'étais en train de parcourir les fichiers du NamUs[22], a rebondi mon collègue en tenant sa tablette dans les mains. Il semblerait que votre fils n'y apparaisse pas. Vous n'aviez pas déclaré sa disparition ?

---

22. *National Missing and Unidentified Persons System* : registre national des personnes disparues et non identifiées. Chaque année, aux États-Unis, 600 000 personnes disparaissent et 4 400 corps non identifiés sont découverts.

Ms Bell a rejeté ses cheveux en arrière :

– Vous croyez que c'est facile de se rendre à la police pour y étaler ses échecs ? C'est ajouté de la honte à la honte.

Comme pour calmer sa femme, Mr Bell s'est mis à caresser sa main.

– Nous pensions qu'il finirait par rentrer, a-t-il ajouté. Ça n'est jamais arrivé.

– Que s'est-il passé ? ai-je insisté. Quel est le conflit qui vous opposait au point qu'il décide de fuir ?

Mr Bell a levé la tête vers le ciel en soupirant, comme si nos questions lui étaient intolérables. Je me suis obstiné :

– Et Tania ? Peter s'est servi d'elle pour vous atteindre ? Était-il en conflit avec elle ?

Ms Bell a voulu ajouter quelque chose mais les doigts de son mari ont serré sa paume, comme pour la mettre en garde.

Jack a renchéri :

– Peter a attaqué Tania sous un lampadaire à proximité d'une caméra de vidéosurveillance. Dans une rue fréquentée. Quand Peter s'en est pris aux Ferguson, il n'a pas détruit les caméras disposées dans la maison. Il les a laissées tourner. On dirait que l'idée, pour lui, c'est d'être le plus visible possible. De se montrer.

Toujours aucune réaction.

– J, 1 et 7, ai-je tenté, cela vous évoque-t-il quelque chose ?

En face de nous, aucun mouvement, aucun commentaire. Simplement un maintien des corps plus tendu qu'auparavant.

– Que veut nous dire Peter ? a tenté Jack. Pour l'amour de Dieu, s'il vous plaît, parlez si vous savez.

Bien joué, Jack. Si bien joué que Mr Bell a réagi.

– Un grand danger nous guette. Tous.

– De quel danger parlez-vous, Mr Bell ?

Le visage du père s'est subitement fermé. Ms Bell, elle, s'est signée. Elle a embrassé son pouce.

– Si vous savez quelque chose, aidez-nous, ai-je insisté. Votre fils détient peut-être le cadet des Ferguson. Le moindre élément pourrait se révéler d'une aide précieuse.

– Vous connaissiez les Ferguson ? a suspecté Jack. La vie de cette famille sera passée au crible. Si vous avez eu le moindre contact, nous le saurons.

Mouvements négatifs et synchronisés de la tête de nos deux interlocuteurs.

Je me suis juré qu'il s'agissait de ma dernière question.

– Ms Bell ? Mr Bell ? Quel est ce danger ? Avez-vous une idée de ce que votre fils prépare ? Ses prochaines actions ? Une intuition de ce qu'il a derrière la tête ?

La voix du petit Lincoln Bell, haut perchée, fluette, a détoné dans la pièce :

– Il a le diable derrière la tête. Il est revenu avec.

– Lincoln ! s'est égosillée sa mère.

– Revenu ? Qu'est-ce que tu veux dire par là ? D'où est revenu Peter ?

Le petit garçon aurait répondu à la question de Jack si sa mère ne l'avait pas stoppé d'un simple regard.

– Lincoln, dans ta chambre, lui a-t-elle lancé, cinglante. Messieurs, nous aimerions nous retrouver seuls maintenant, mon mari et moi. Nous allons prier pour Tania.

Nous nous sommes levés. Jack a informé la famille Bell que nous les placions sous protection policière. Au cas où Peter n'en aurait pas fini avec eux.

– Si des choses vous reviennent, ai-je ajouté sans trop y croire, vous savez où nous trouver.

Nous avons rejoint notre voiture de service. Jack n'a pas immédiatement démarré le moteur. Il n'en revenait toujours pas :

– Quatorze ans. Assassin à 14 ans. Et ces larmes. Je n'ai jamais vu ça. Tu crois qu'il est possible d'assassiner et de le regretter tout à la fois ?

– *Dearie me!* Qu'est-ce qui a bien pu arriver à ce gosse ?

– Tu lui cherches déjà des excuses, Bosco ?

– Jack, ne me dis pas que tu crois à la pureté du mal. Ce gosse n'est pas né intrinsèquement mauvais.

– Bosco, ne me dis pas que tu crois à la corruption d'une bonté originelle, que même le pire des salauds au début était un ange !

Nous nous sommes observés. Bien malin qui avait la réponse. Jack a tourné la clé de contact. L'essence injectée dans le moteur et ses pistons s'est transformée en une énergie prête à être lâchée. Un peu comme la fureur et la haine contenues dans cette machine à tuer de 14 ans.

– Jack, je pense te laisser la main.

– Comment ça ?

– Je te laisse enquêter sur Tania Bell. Assure-toi que l'officier de garde enregistre les moindres faits et gestes de cette famille. Moi, je pars pour Westfield. Leur malaise m'en a persuadé. Les Ferguson et les Bell ont une histoire en commun. Reste à découvrir laquelle.

PIÈCE N° 10

26 octobre 2022
Carpenter Street, Westfield, MA

Il m'a fallu parcourir 88 miles pour arriver à Westfield, Massachusetts. Deux heures passées sur une route des plus monotone. Une suite sans fin d'arbres brûlés par l'automne, de forêts aux allures de territoires incendiés. Les bois du comté de Hampden n'étaient plus que de longues et larges coulées orange, beiges, moutarde, comme si un étrange fléau dévorait la moindre des autres couleurs sur son passage.

Après un ralentissement dont je n'ai pas compris la raison, j'ai quitté l'Interstate-90 pour rejoindre l'US-202. Westfield s'est annoncée par l'intermédiaire d'une pancarte en bois blanc. Je n'ai pas eu à rejoindre ou à dépasser le centre-ville. Très tôt, j'ai bifurqué sur Notre-Dame Street, pour rejoindre ma destination.

À l'inverse de Colin Street, plus large et plus empruntée, Carpenter Street, située dans son prolongement, était une ruelle modeste, autrefois paisible et terminée par un cul-de-sac, une impasse boisée. Impossible de ne pas y repérer les voitures de police garées devant la maison des Ferguson ni les rubans jaunes qui ornaient l'entrée de la façade. J'ai supposé qu'on m'attendait à l'intérieur. Une fois passé les scellés, je me suis annoncé. La capitaine Pamela Patel, de la police de Springfield, est venue à ma rencontre. Elle m'a tendu la main. Patel n'a pas échappé à la règle. Elle a vérifié d'un coup d'œil rapide si elle avait bien saisi ma paume. Je ne serrais pas les mains comme on l'attend d'un flic. J'avais cessé depuis longtemps de me plier à ce jeu absurde et usant : rassurer en prétendant être un autre. Cette comédie ne rendait service à personne.

– Vous avez fait bonne route ? s'est-elle empressée de demander pour dissimuler son trouble.

J'ai acquiescé en admirant la couleur ivoire de ses cheveux retenus en queue-de-cheval. J'ai remarqué une alliance à son doigt. Dans son dos, le shérif de Westfield, Lary Jarvis, est apparu. Il m'a salué d'un geste à l'ancienne, en soulevant son chapeau. Les pans de sa veste s'écartaient en suivant la courbe d'un ventre dodu. Ses épaules carrées, son cou large, ses cuisses puissantes trahissaient une époque sportive que j'imaginais, peut-être à tort, révolue. La bouille avait dû être joviale, jusqu'à ce que le meurtre de quatre administrés, une famille entière, ne vienne hanter les nuits du fonctionnaire.

Pour m'inviter à la suivre, Patel a donné un coup de tête vers l'intérieur de la maison.

– Grâce au système de vidéosurveillance installé depuis peu par les Ferguson, nous connaissons le déroulé exact du massacre.

– Ce qui donne ? ai-je demandé, impatient.

– L'individu est entré sans effraction par une des portes situées à l'arrière de la maison. Elle était ouverte. Comme la plupart du temps, d'après ce que nous en ont dit les voisins. À aucun moment on ne voit l'individu hésiter sur le chemin à prendre. Il semble parfaitement connaître la maison. D'abord, il s'est occupé du mari, au sous-sol. Mr Ferguson y avait installé son bureau. Ensuite, il s'est rendu là-haut, dans les chambres, et il s'en est pris aux gamins. Le cadet reste introuvable. Et pour cause…

– Quoi ? Du nouveau ?

– Venez…

Nous avons emprunté l'escalier. La décoration, l'éclairage, les meubles, contrairement à l'intérieur des Bell, appartenaient à ce siècle. Il y flottait une modernité, un esprit cocooning apaisant. À peine arrivé dans le couloir de l'étage, j'ai repéré une tache brunâtre sur le sol. Elle semblait ronger le parquet. Pamela Patel l'a désignée de son index.

– Candice Ferguson s'est vidée de son sang là, devant la porte de sa chambre. Le Démon écarlate s'est ensuite occupé du jeune Denis.

– Le Démon s'appelle Peter Bell, ai-je annoncé. Il a été identifié. Il n'a que 14 ans.

Jarvis s'est tenu à un mur. Patel a regardé ses pieds en remuant la tête de gauche à droite. L'un et l'autre étaient sous le choc. Jarvis a demandé :

– On est sûrs que c'est lui ? Westfield, Boston, ce n'est pas la porte à côté. Surtout à 14 ans.

– Le gamin a pu faire du stop. Prendre un bus. Un train. On est en train de vérifier tout ça.

– Et pour sa capuche, la lumière à l'intérieur, vous savez comment il fait ?

– Aucune idée. J'ai pensé à des diodes électroluminescentes placées autour du visage, sous la capuche.

– Des LED ? s'est étonnée Pamela Patel. Je ne sais pas comment fonctionnent ces machins, mais comment fait-on pour faire varier l'intensité de ces lumières pendant qu'on égorge ou qu'on enfonce un morceau de papier dans une bouche ?

– Très bonne question, ai-je admis en sortant mon carnet Moleskine. À propos, pourriez-vous me dire ce qu'il y a d'écrit sur les derniers messages récupérés ?

– Le père a eu droit à un C, un 6 et un 10, m'a répondu Patel de mémoire.

– Attendez… J'ai gribouillé sur mon Moleskine. C, 6, 10… pour le père.

– C'est ça. G, 19 et 24 pour la mère, a-t-elle continué.

La capitaine avait donc une très bonne mémoire.

– L, 18, 22 pour le fils. Leur fille a eu droit à L, 20 et 13.

– Encre noire et chiffres imprimés à l'aide de tampons ?

– Exact. Tampons et papier type cahier d'écolier. Tout ce qu'il y a de plus basique. Impossible de remonter la moindre piste avec ça. On analyse tout de même les feuillets, en espérant une trace digitale ou, encore mieux, un peu d'ADN. Mais avec tout le sang dans la bouche des victimes… Celle de Boston, d'ailleurs…

– Tania Bell, l'ai-je interrompue.

– Tania Bell. Elle y a eu droit elle aussi, au bout de papier ?

– J, 1 et 7. J'imagine que vous avez tenté de reconstituer l'arrivée et le départ de Peter Bell par le maillage des caméras de la ville ?

– C'est en cours. Mais le réseau n'est pas très dense. Ça va être difficile.

– Et la téléphonie ? Bell a pu laisser une trace de son

passage au moment de l'attaque. On pourrait même potentiellement suivre ses déplacements.

Patel s'est tournée vers Jarvis, qui nous a certifié que c'était en cours. Elle a ensuite désigné du bout de son index une porte close.

– La chambre du cadet. Noah Ferguson. On a d'abord imaginé qu'il avait eu de la chance. Qu'il avait échappé au massacre grâce à un *sleepover*[23]. L'enquête de voisinage a révélé une tout autre histoire. Le gamin a fugué. Il y a des mois. Ce que confirment les images vidéo des jours précédents. D'aussi loin que l'on remonte, le gamin n'habitait plus ici.

– Peter Bell a fugué lui aussi, soulignai-je, troublé.

Être flic m'avait appris à ne plus croire aux coïncidences.

– Toujours d'après les voisins, Noah Ferguson était une forte tête. Continuellement en conflit avec ses parents. Il leur aurait volé de l'argent, se serait retrouvé impliqué dans différentes bagarres au lycée, aurait été surpris en train de fumer de l'herbe. Plusieurs témoins ont assisté à ses accès de colère, à des altercations entre lui et son père. Extrêmement violentes, toujours d'après eux.

– Un casier judiciaire ? Des condamnations ?

– Dossier vierge, a assuré le shérif Jarvis. Nous ne sommes jamais intervenus à leur domicile et Noah ne s'était jamais retrouvé impliqué dans la moindre affaire. Jusqu'à aujourd'hui.

Larry Jarvis s'est approché d'un miroir, l'a repositionné, et tandis qu'il reculait pour s'assurer du parallélisme entre le cadre et le sol, il a précisé :

23. Pratique courante et socialement très importante aux États-Unis, vue comme un rite de passage vers l'indépendance, où les enfants s'invitent mutuellement à dormir entre camarades de classe.

– C'est triste à dire mais ses parents répétaient fréquemment à leurs voisins qu'ils se sentaient bien mieux sans Noah. Leur vie de famille était plus apaisée.

– Savez-vous si les Bell et les Ferguson se connaissaient ? Peut-être que le jeune Peter est venu régler un contentieux.

Jarvis a retiré son chapeau. Il s'est gratté la tête, ému d'évoquer le souvenir de ses administrés.

– Détective, si je peux me permettre… Les Ferguson étaient très appréciés à Westfield. C'étaient de bons chrétiens, toujours prêts à rendre service. Ils ne manquaient jamais aucun office religieux, et leurs enfants, Noah excepté, participaient activement à la vie de l'église, à l'organisation du catéchisme, de la chorale. Ms Ferguson et sa fille Candice préparaient des repas pour les plus démunis. Eux-mêmes avaient connu des années de vaches maigres, et maintenant que les choses allaient mieux, ils mettaient un point d'honneur à venir en aide aux plus pauvres. Difficile d'imaginer ce que Peter Bell pouvait leur reprocher.

On ne voyait plus grand-chose à l'intérieur de la maison. À pas de velours, la nuit approchait. Patel m'a demandé :

– Vous restez par ici, détective ? Besoin d'un hôtel ?

– Merci, mais on m'attend à Boston. Capitaine, shérif Jarvis…

Jarvis a soulevé une nouvelle fois son chapeau et j'ai regagné ma voiture, des questions et des doutes plein la tête. Deux fortes têtes en rébellion contre leur famille. Deux fugueurs de 14 ans. Dont un tueur…

Alors que j'allais me glisser dans l'habitacle, j'ai vu Patel sortir de la maison en m'adressant de grands signes.

– Détective ! J'ai un retour sur les images des CCTV du périmètre. Le meurtrier est venu se positionner pile sous une caméra, là-bas, au croisement de Notre-Dame Street et de Crown Street. L'image est floue mais l'équipe de visionnage est formelle : il s'agit du jeune Ferguson. Peter Bell n'a rien à voir dans ce massacre.

Deux fugueurs de 14 ans. Et deux tueurs, donc.

Même âge. Même accoutrement. Même utilisation de lumières LED pour rendre leur visage éblouissant. Même façon d'assassiner.

– Capitaine Patel, il va falloir reconstituer le parcours de ces mômes. Trouver où ils se sont rencontrés. Savoir ce qui s'est passé dans et entre leurs familles. Il faudrait aussi…

Je me suis arrêté. Le shérif Jarvis venait de passer sous les scellés en maugréant comme s'il venait de se donner un coup de marteau sur les doigts :

– *Bloody Hell!* Ça vient de recommencer… Un carnage au Country Store de Granville.

PIÈCE N° 11

Daphné Major Moore
Déposition du 27 octobre 2022

26 octobre 2022
Granby Road, Granville, MA

Maman avait promis de me payer si je l'aidais à faire briller son argenterie. Maman a cru qu'elle pouvait me prendre pour une carotte parce que je n'ai que 9 ans. Elle m'avait proposé 5 dollars de l'heure. Je lui ai rappelé que dans le Massachusetts le salaire minimum était de 14 dollars 25 et que je ne travaillerais pas pour moins. C'est quand même scandaleux de voir sa propre mère essayer de vous exploiter. J'ai dit à maman que le capitalisme nous rendait sordides. Maman m'a souri et elle m'a fait remarquer que si je tenais à ce qu'on parle salaire plutôt qu'argent de poche, un peu comme si j'avais 21 ans et que plus aucune obligation légale ne pesait sur elle, alors il fallait qu'on parle du coût de mes repas, du loyer à verser pour l'occupation régulière de cette chambre au troisième étage, gratuitement nettoyée chaque semaine, du prix de l'eau et de l'électricité consommées quotidiennement. Ces retenues ont ramené mon salaire à moins de 3 dollars. Et encore, maman me faisait cadeau des habits que je portais et du chauffage dont je bénéficiais. Finalement, j'ai considéré que 5 dollars d'argent de poche, ce n'était pas si mal. On s'est serré la main et on a ouvert la boîte tapissée de velours, celle qui contenait l'argenterie.

Ça nous a pris un temps fou. Maman m'avait dit que ce serait vite réglé parce qu'elle avait son arme magique avec elle, la fameuse Silver Cream de la marque Wright's, mais ça n'a pas changé grand-chose. Il nous a fallu presque deux heures pour venir à bout des 64 pièces : couteaux, fourchettes, cuillères, petites cuillères, fourchettes à dessert, pelle à tarte, cuillère à sucre, cuillère à sauce, fourchette à viande. Des gens se servent vraiment de tout ça ? Pendant qu'on frottait, maman s'est mise à me raconter l'histoire de cette ménagère. Olivia Moore, mon arrière-arrière-arrière-grand-mère, l'avait gagnée en remportant le prix de la meilleure tarte à la citrouille. Alors qu'elle détestait les courges et les potirons. Depuis, les femmes de la famille se refilaient la recette du gâteau et la garde de l'argenterie. Un jour, maman me l'a fièrement annoncé, cette vieillerie me reviendrait.

Je n'ai pas voulu la rendre triste, alors je n'ai rien dit à propos d'eBay.

Dès que maman m'a donné mon argent, j'ai mis ma veste direction le Country Store de Granville pour y acheter des Pop Rocks. Maman m'a conseillé d'attendre avant de dépenser mes 5 dollars. C'est idiot, elle a dit, de dépenser son argent sur un coup de tête ! Je lui ai rappelé que c'était moi qui avais gagné ces pièces et que j'en faisais ce que je voulais. Des Pop Rocks, tout de suite, maintenant, un point c'est tout !

J'aurais dû écouter maman.
Ça m'aurait évité de rencontrer le diable.

Ce n'est pas très grand, le Country Store de Granville. Les bonbons, généralement, sont entreposés près de la caisse, entre les paniers en osier emplis de pâtisseries sous vide. Mais cette fois, bizarrement, les Pop Rocks n'étaient pas rangés là. J'ai dit bonjour à Ms Wesley et je me suis dirigée vers le fond du magasin, près des frigos. C'est souvent là-bas, en face des sodas, qu'ils rangent les sucreries. Avec les chips et les pretzels. Ms Wesley était si concentrée qu'elle n'a pas levé le nez de son téléphone. Elle regardait une vidéo qui la faisait rire, tellement qu'elle en oubliait ses clients. Pour rejoindre l'arrière du magasin, je suis passée devant un rayonnage rempli de Twizzlers et ça m'a fait hésiter. J'aime bien les Twizzlers. J'en ai pris un dans les mains, indécise. J'ai tourné la tête, perdue dans mes pensées. C'est là que j'ai vu le Démon écarlate. Il est arrivé de l'autre côté de la route, depuis le parking. J'ai trouvé qu'il était grand. Plus grand que sur les vidéos qui tournent en boucle sur Internet. Je n'ai pas réussi à bouger. Mon corps ne voulait plus. Sauf mes yeux. Mes yeux étaient encore mobiles. Je les ai tournés vers Ms Wesley. Elle était toujours sur son téléphone et elle riait. J'ai murmuré plusieurs fois : *« Ms Wesley… »* en déglutissant. *« Ms Wesley… »* Mais elle riait toujours, avec les épaules qui remuaient, les dents qui se montraient, et elle ne m'a pas entendue. Le Démon a ouvert la première porte, celle qui donne sur le sas. Mon corps s'est d'un coup décoincé et je me suis enfoncée dans l'allée la plus proche, celle des boîtes de conserve. Le Démon a ouvert la seconde porte. La sonnette au-dessus de lui a retenti. Ça n'a pas fait bouger Ms Wesley. Alors il a attendu. Elle est restée concentrée sur son téléphone, un grand sourire aux lèvres. Alors le Démon a longé le buffet installé contre la vitrine, celui où on trouve le café en libre-service. Sa capuche sombre fixait Ms Wesley. Il est passé devant les piles de gobelets, les Thermos de café. Il a viré à droite pour remonter le long du comptoir. Et il s'est planté devant Ms Wesley. Qui a fini par sentir sa présence. Elle avait déjà dû voir des vidéos du Démon écarlate parce qu'elle a immédiatement perdu son sourire. J'ai entendu sa salive passer dans sa gorge. L'intérieur de la capuche s'est éclairé et le visage de Ms Wesley s'est teinté de rouge comme si elle s'était mise en colère. Son œil droit a cligné. Il se fermait tout seul. Je l'ai entendue dire : *« Je peux vous aider ? »* C'est ce qu'elle a dit, mot pour mot, mais à la place, à cause de sa voix qui tremblait, j'ai entendu : *« Pitié, allez-vous-en. »* Et si je l'ai entendu, le Démon a dû l'entendre aussi. J'ai eu peur de sa réaction, au Démon. Si peur. Je ne voulais pas qu'il fasse du mal à Ms Wesley. Elle a toujours été si gentille avec moi. Je crois que j'ai commencé à pleurer à ce moment-là. J'ai même fait pipi sur moi. Quand le bras du Démon est parti d'un coup sec vers le cou de Ms Wesley. Mais elle a eu un réflexe inattendu et la lame ne l'a pas touchée. Ms Wesley a ouvert un tiroir, juste sous la caisse enregistreuse. Elle a mis sa main dedans. Je ne sais pas ce qu'elle voulait y trouver, mais la lame du Démon s'est plantée dans son avant-bras. Ms Wesley a hurlé. Et j'ai eu mal avec elle. J'ai cru que c'étaient des larmes qui coulaient sur son visage, mais en vrai, c'était de la sueur. Ms Wesley a dit : *« Laissez-moi tranquille. Pitié. Je ne vous ai rien fait. »* Maman m'a toujours dit de prier si un danger arrivait. Alors j'ai arrêté de regarder. J'ai collé mon dos contre le rayonnage, j'ai joint mes deux mains, et j'ai prié, les yeux fermés, pour que le Démon s'en aille. Pour qu'il nous laisse tranquilles. À partir de là, je n'ai plus vu ce qui se passait, mais j'ai entendu. C'est peut-être pire. J'ai entendu Ms Wesley pousser un hurlement et des choses sont tombées sur le sol. Des bocaux ont roulé. L'un d'eux m'a touchée. Je me suis demandé ce que c'était, alors j'ai ouvert les yeux. Et j'ai jeté un œil. Ms Wesley gisait aux pieds du Démon, comme s'il l'avait attrapée, soulevée par-dessus le comptoir et jetée par terre devant lui. Ms Wesley reculait sur les fesses. Elle s'est levée et s'est mise à courir. Elle est passée devant moi. Le Démon aussi. Ils ont disparu tous les deux dans la réserve. Ms Wesley a crié. Plusieurs fois. Des choses lourdes sont tombées. J'ai pensé au couteau à fromage. Le gigantesque, posé derrière le comptoir, celui qui sert aux employés du Country Store à couper les meules de cheddar. Celles qu'ils font vieillir dans la cave, juste en dessous de l'épicerie. Tout le monde adore le cheddar du Country Store. Les gens viennent de loin pour en acheter. Je me suis imaginé prendre ce couteau et le planter dans le dos du Démon. J'ai couru. Je suis passée derrière le comptoir. J'ai attrapé le manche. J'ai été surprise parce que c'était lourd. Il y a eu un hurlement. Je me suis baissée pour me cacher et Ms Wesley est revenue dans l'épicerie. Elle essayait de courir mais elle se cognait partout, comme la serpillière de maman quand elle la passe sur le sol. Ms Wesley avait le visage strié de lignes rouges qui s'agrandissaient en coulant sur son visage. Comme de la soupe à la tomate. Le Démon est sorti de la réserve lui aussi. Sa capuche était illuminée. Incandescente. J'ai passé les yeux au-dessus du comptoir. La sonnette a tinté. Ms Wesley avait réussi à atteindre la première porte mais la tirer vers elle lui avait coûté quelques secondes. Le Démon écarlate l'a rattrapée. Ms Wesley a juste eu le temps de pousser la porte d'entrée, de lever la main vers la voiture qui passait, et le Démon a joué avec elle comme s'il était un musicien et Ms Wesley un violoncelle. Son couteau est devenu un archet. Le coude de son bras plié est parti d'un grand coup sec sur la droite. Ms Wesley a voulu crier, mais je n'ai entendu que des gargouillis. Dans la voiture, Mr Mulligan avait levé la main pour dire bonjour, parce que c'est toujours ce qu'il fait. Mr Mulligan passe son temps dans sa voiture. Mais quand Ms Wesley s'est effondrée, quand il a vu le sang couler, il a blêmi et il a pilé. La porte s'est refermée sur Ms Wesley en lui cognant la tête. Le Démon s'est accroupi. Il l'a retournée et il lui a enfoncé quelque chose dans la bouche. Je me suis cachée. Je n'ai plus bougé. J'ai prié pour que Mr. Mulligan vienne me sauver. Accroupie, avec mon couteau dans les mains, j'ai attendu, j'ai espéré, mais le sol et mes vêtements sont devenus tout rouges. J'ai levé la tête. Au-dessus de moi, penché par-dessus le comptoir, la capuche me regardait, avec dedans de la lumière.

Pourquoi ça fait si peur quand on ne voit pas le visage de quelqu'un ?

Ma joue s'est mise à brûler. J'ai crié. J'ai lâché le couteau et j'ai posé mes mains sur ma joue. C'était pire que lorsque Jonathan me tire les tresses pour faire rire les autres. Pire que quand mamie Julia m'avait renversé par accident, en se retournant trop vite, de l'eau bouillante sur la cuisse. Mille fois pire. Une bouteille dans un rayonnage a explosé. Le Démon a couru dans la réserve. La douleur à la joue a cessé. Mr Mulligan venait de louper le Démon mais il l'avait fait déguerpir, sans savoir que j'étais là.

Mr Mulligan est resté avec Ms Wesley jusqu'à ce que les secours arrivent. Moi, je n'ai pas bougé. Jusqu'à ce que le shérif Ford me trouve.

Quand j'ai été de retour à la maison, j'ai donné mes 5 dollars à maman, et je lui ai demandé qu'elle les garde, pour les utiliser quand ce serait le moment d'aller acheter des fleurs pour la tombe de Ms Wesley.

PIÈCE N° 12

Capitaine-détective Wilfried Bosco
Lettre authentifiée

26 octobre 2022
Granby Road, Granville, MA

Étendu sur un brancard, dans un fourreau de plastique blanc, le corps de la victime est passé de la scène de crime au camion du légiste. Deux voitures de police, une ambulance, trois véhicules de la forensique étaient positionnés en barricade autour de l'entrée. Les huit agents qui protégeaient l'épicerie parvenaient difficilement à contenir la foule. Remontés comme un jour de révolution, les habitants scandaient : *« La police à l'action ! À mort le Démon ! »*, le tout filmé par les caméras de News 22 et de quelques autres journalistes. Lorsqu'ils nous ont repérés, les lumières se sont braquées sur nous. Nous nous sommes précipités à l'arrière du bâtiment. Les officiers ont retenu la horde.

En pénétrant dans la salle principale, j'ai compris pourquoi, dans le comté de Hampden, on qualifiait cet endroit de mythique. C'était comme faire un voyage dans le temps, un saut dans le passé. À part les articles proposés, tout respirait 1851, date d'ouverture de l'épicerie : rayonnages en bois noble, tables en hêtre, chaises à dossier à barreaux, vieux fourneau. Au plafond, un ventilateur plus récent brassait l'air du magasin. Un air gorgé de senteurs ; café brûlé, fromage frais, meubles cirés, farines et vieilles poussières… Dans le sas, les équipes scientifiques de Springfield étaient sur le pied de guerre. Mains sur la ceinture, visage tendu, le shérif de Granville, Hector Ford, écoutait attentivement les propos de celui qu'il interrogeait. Ses yeux sombres irradiaient d'une sorte de colère qu'on devinait permanente. Les os de son visage saillaient sous la peau et ses lèvres fines, presque inexistantes, bien trop grandes pour ce faciès étroit et anguleux, s'ouvraient sur de longues dents pointues. Le témoin s'est arrêté en nous voyant approcher.

– Tu peux continuer, Mulligan, lui a assuré Ford. Y a que des oreilles autorisées par ici. Enfin, je crois.

Son regard s'est braqué sur moi, une tête qu'il ne connaissait pas. Le témoin a repris. Ford a détourné les yeux.

– Le temps de prendre mon Beretta dans la boîte à gants et j'ai couru jusqu'à Emily, mais quand j'ai vu ce salaud penché au-dessus du comptoir, j'ai tiré.

– Pour toi, ce fils de pute est un ado ?

Patel s'est raclé la gorge. Visiblement, elle n'appréciait pas le vocabulaire employé. Jarvis, tout aussi contrarié, a grimacé en regardant ailleurs.

– Quand Ms Wesley s'est effondrée, a réagi le témoin, j'ai vu qu'il y avait quelqu'un derrière elle. C'est là que sa figure a rayonné du fond de la capuche. Un visage entièrement lumineux. Ça m'a foutu les jetons. Mais le pire, c'est que la petite ordure chialait. Le gamin venait d'égorger une femme et il chialait… ! Un barjot, shérif. Un barjot.

La capitaine Patel s'est approchée en présentant son téléphone portable au témoin.

– Ce visage vous dit quelque chose ?

– Lui. C'est lui. Je suis formel.

Patel s'est tournée vers Jarvis et moi. Elle venait de présenter au témoin la capture d'une image vidéo de Noah Ferguson sur Notre-Dame Street.

– Le petit enculé… a murmuré Ford en déglutissant.

Même avec beaucoup d'indulgence – nous étions tous bouleversés –, ce vocabulaire n'était pas acceptable. Les textes qui réglementaient l'attitude d'un officier de police étaient très clairs là-dessus. Ford a frappé l'épaule du témoin.

– Merci, Ernie ! Tu restes dans les parages. On pourrait avoir besoin de toi.

Le shérif s'est avancé vers nous. Il m'a fixé. Il attendait que je me présente. Patel l'a fait pour moi.

– Ford, voici le capitaine-détective Wilfried Bosco, Boston Police Department.

– La capitale est comme nous à ce que je vois, a-t-il ricané. Sur les dents.

– Peter Bell, 14 ans, y a fait une victime, a enchaîné Patel. Il se pourrait bien que ce gosse soit de mèche avec notre suspect, Noah Ferguson.

– On va les choper, ces petits pédés. Comptez sur moi.

Nouveau malaise. En sortant mon carnet, j'ai demandé au shérif Ford :

– La victime s'appelait Emily Wesley, c'est bien ça ?

– Correct. Une femme extra.

– Savez-vous si on a trouvé quelque chose à l'intérieur de sa bouche ?

– Yep. Un petit morceau de papier. Dans un sale état. Malgré l'hémoglobine et le reste, on a pu lire ce qu'il y avait dessus. J, 1 et 7.

J'ai compulsé les pages de mon Moleskine.

– Le même message que pour Tania Bell. Shérif Ford, une idée sur la signification de ce contenu ?

– Pourquoi donc que ça m'dirait quelque chose ?

Je n'ai pas compris sa soudaine animosité. La poche de mon imper s'est mise à vibrer. J'ai demandé qu'on veuille bien m'excuser et me suis éloigné. J'ai immédiatement reconnu sa voix. Malgré la panique.

– *Cariño*[24], on a besoin de toi. Nous avons trouvé des os. Un tas d'os. Une fosse pleine de squelettes.

24. « Mon chéri » ou « mon mignon ».

PIÈCE N° 13

26 octobre 2022
State Forest, Granville, MA

Ford n'arrêtait pas de pousser des jurons. Jarvis et Patel étaient livides : deux linges passés à la Javel. C'est aussi à ça que je devais ressembler. Depuis bientôt une heure, les forensiques recueillaient des restes humains. On les voyait évacuer la terre, gratter les os, frotter des carcasses ternies par le sol, tels des archéologues essayant de reconstituer les squelettes de créatures oubliées.

– Une médium, répétait Jarvis, vous travaillez avec une médium ?

– C'est arrivé. Sans le vouloir vraiment. Ms Alvarez est la présidente d'un club de passionnés. Ces gens répertorient et étudient les événements surnaturels qui leur sont rapportés.

– Vous y croyez ?

– Pas du tout. Il n'empêche que les intuitions de cette femme se sont souvent révélées très utiles.

Le jour déclinait. Au milieu des ballons phosphorescents et des lampes nomades FoxFury, la responsable des équipes scientifiques de Springfield, Melissa Callman, s'est approchée, engoncée dans une combinaison blanche.

– On est déjà à six corps. Il va nous falloir des heures pour faire le tri et nettoyer la zone. On est à plus d'un mètre de profondeur. Ce qui a préservé les corps des saccages animaux. On a des crânes perforés, os pariétaux et frontaux, sans doute par arme à feu. D'autres semblent avoir été carbonisés. À de très hautes températures. Il va nous falloir du temps pour démêler tout ça. Une certitude, ces pauvres gens ont été enterrés nus. Pas un seul morceau de tissu restant. Pas un seul bout de semelle ou de chaussure. Pas un bijou. On les a entièrement dévêtus.

– Depuis combien de temps sont-ils là ? ai-je demandé.

– On affinera les datations dès notre retour au labo, mais l'avancée des décompositions n'est clairement pas la même pour l'ensemble des cadavres. Certains semblent dater de plusieurs années quand d'autres sont visiblement là depuis moins d'un an. L'un d'eux, particulièrement, a encore des os gras et odorants. Avec des parties molles non encore momifiées. On l'a enterré à l'écart, comme si le fossoyeur ne se souvenait plus de l'emplacement exact. C'est la différence de densité de végétation, à la surface du sol, qui a attiré notre attention.

– Ce qui peut vouloir dire que cette fosse est encore en activité, en ai-je conclu.

– Et qu'elle se remplit au gré des besoins. Si vous postez un de vos gars par ici, tôt au tard quelqu'un devrait débarquer avec une pelle et un corps sur l'épaule.

Je me suis tourné vers Patel, Jarvis et Ford.

– Si vous le voulez bien, écoutons ce que Ms Alvarez a à nous dire.

Surveillés par un officier de police, Amanda Lucia Pia Alvarez et ses quatre acolytes étaient retenus dans leur voiture. Tout près de nous, leurs bêches, plantées droit dans la terre, remplaçaient les croix et les stèles que ces morts auraient été en droit d'attendre. Patel s'est tournée vers Ford.

– Amenez la médium. Laissez les autres dans la voiture.

En s'approchant de l'épicentre de l'horreur, Ms Alvarez multipliait les signes de croix. Une nouvelle fois, comme à chacune de nos rencontres, tout chez elle avait changé. Son épaisse chevelure ressemblait à présent à une barbe à papa rose et filandreuse, piquée de barrettes en plastique, ornées de toutes sortes de fleurs, exotiques, champêtres. Sur ses joues, un fard rose cochenille dessinait deux cibles grossières, à l'instar du reste de son maquillage, tout aussi désastreux. Si je ne la connaissais pas, j'aurais juré qu'elle se maquillait ivre morte, à dos de dromadaire. Le violet criard de son pull au col roulé lâche et sans forme tranchait avec le blanc de sa veste en faux poils de lapin. Sa jupe à volants, imprimée de fleurs multicolores, flottait au-dessus de bottes à talons fabriquées dans un patchwork de tissus à motifs floraux. La fourrure interne, en se rabattant sur l'extérieur, formait sur le haut de la chaussure une sorte de collerette moelleuse.

Les trois policiers ont posé leur regard sur moi. On me laissait ouvrir le bal :

– Ms Alvarez, comment avez-vous découvert ces corps ?

– *Mis pesadillas*[25]. Et les traces lumineuses, autour de moi. Le signe qu'une âme voulait me parler.

J'ai surpris Ford et Jarvis se retenant de rire.

25. « Mes cauchemars. »

– *Mira*[26]… Les trois bâtiments blancs aperçus en rêve, c'étaient ceux de la Congregational Church sur West Granville. À quelques pas de là, sur une pancarte, il était indiqué l'existence d'écuries : les Starry Night Stables[27]. Et dans mes cauchemars, je voyais des chevaux, le ventre marqué par des fers en forme d'étoile. C'était un jeu de piste. Nous l'avons suivi. En face, un autre panneau menait à la forêt d'État de Granville. Je ressentais de l'humidité dans mes rêves et des odeurs de sous-bois. Alors on a emprunté cette longue route. Rapidement, on a repéré les panneaux installés le long de la chaussée. Ceux qui racontent aux randonneurs l'histoire de ces forêts. Sur l'un d'eux, on a retrouvé les lettres C C C…

– Civilian Conservation Corps[28], a coupé Ford. C'étaient les années trente. Roosevelt cherchait à atténuer les effets de la grande dépression. Pour ça, il a créé des milliers d'emplois en zone rurale. Des hommes jeunes, peu qualifiés, ont donné leur visage à nos forêts.

J'étais impressionné :

– Merci, shérif Ford. Continuez, Ms Alvarez.

– Derrière cet écriteau, il y avait un sentier. On l'a emprunté pendant une bonne vingtaine de minutes, jusqu'à cette colonie de becs-croisés.

Elle a montré du doigt la cime des arbres. Au-dessus de nous, une ribambelle d'oiseaux au plumage de feu virevoltait bruyamment d'un arbre à l'autre. Nous étions encerclés de sapins et d'épicéas.

– Ils se nourrissent des graines contenues dans les cônes des résineux. Au moment où j'ai posé le pied ici,

26. « Écoute » ou « Regarde ».
27. « Écuries de la nuit étoilée ».
28. « Unités civiles pour la conservation ».

son visage m'est revenu. Je l'ai vu hurler dans un flash aveuglant. *Pobre*. Il était là. Sous nos pieds. J'en ai eu la certitude. Reinhard et Max sont retournés à Granville acheter des pelles et des pioches, et nous avons creusé… Le gamin demande réparation.

– Un gamin ?

– *Si!* Presque un enfant. La peur dévore la beauté de son regard. Je crois qu'il veut nous prévenir. Il nous met en garde. Quelque chose est en train de se produire, quelque chose qui se répète, et il veut que ça s'arrête.

Je l'ai vue sortir de sa poche un mouchoir en tissu. Elle l'a déplié. Dedans, il y avait un appareil auditif, avec son embout de plastique blanc.

– Nous avons trouvé ça dans la terre. À côté d'un des crânes. C'est pour ça que mes cauchemars sont silencieux. Celui qui m'appelle est sourd. Il y a un enfant sourd parmi ces morts.

Elle m'a tendu l'objet comme une petite fille rendrait un bijou volé.

– Vous n'y avez pas touché ?

– *Claro que no*[29]. Je ne suis pas idiote.

Patel a saisi une pochette transparente pour y emprisonner l'objet.

– Qu'est-ce qu'on fait maintenant, mes amis et moi ? a voulu savoir Ms Alvarez.

– Le shérif Ford va prendre votre déposition. Vous pourrez ensuite rejoindre Boston. Mais vous devrez rester joignable et vous rendre disponible si l'enquête ou la justice avait besoin de vous.

29. « Bien sûr que non. »

– C'est ce gamin qui a besoin de justice, *Cariño*. Il faut la lui rendre. Je suis heureuse que ce soit toi, à nouveau.

Je l'ai remerciée d'un mouvement de tête. Mon téléphone s'est mis à vibrer. L'écran annonçait Jack Griffin. Des informations à venir ? J'ai décroché :

– Du nouveau sur la famille Bell ?

– Absolument rien. Une vie réglée comme du papier à missel. Église. Boulot. Dodo. Dis-moi, tu n'es pas sur le chemin du retour ?

– Aucun risque. On vient de découvrir un charnier.

– Un charnier ? Une fosse avec des corps dedans ?

– Oui, Jack, un charnier humain. À ma connaissance, une première pour l'État du Massachusetts.

– Merde ! Quelle horreur… Mais… Quel est le lien avec notre affaire, Bosco ?

– Aucun. Celle qui l'a découvert s'appelle Amanda Lucia Pia Alvarez.

Il y a eu une absence au bout de la ligne.

– Bon sang, c'est pas vrai ! Elle ne nous lâche plus. Promets-moi de ne pas lui parler du Démon écarlate.

– *Des* Démons écarlates, Jack. Ils sont deux. Peter Bell et Noah, le cadet des Ferguson. On en a la preuve. Les gamins règlent leurs comptes. Reste à savoir lesquels.

– Merde, Bosco, ça colle parfaitement ! Une femme vient de se présenter au poste de police. Elle dit avoir rencontré Noah Ferguson en décembre 2021. Le gamin lui a confié s'être échappé d'un camp de redressement basé à Granville. La Révélation.

– Un camp ? À Granville ? Je ne savais pas…

– Parce qu'il n'a jamais été identifié comme tel. Il a été déclaré comme camp de vacances pour jeunes chrétiens. Si Noah Ferguson dit vrai, il y a tromperie sur le contenu du bénitier. Tu devrais recevoir d'ici peu un mandat de perquisition en bonne et due forme. Le procureur général n'a jamais été aussi complaisant avec nos demandes. On suit l'affaire de très près dans les hautes sphères. Ils tiennent à ce que ça se règle rapidement. Bonne visite, Bosco. Et ne me remercie pas, c'est cadeau.

PIÈCE N° 14

Déposition de Ms [redacted]

26 octobre 2022
Boston Police Headquarters, MA

Oui, c'est vrai, j'aurais pu me rendre au poste de police de Southwick, où j'habite, mais vous savez comment ça se passe dans les petites villes. À peine levé, tout le monde sait qui a chié mou la veille.

Une chose, d'abord : promettez-moi un anonymat total. Je veux être certaine que mon nom n'apparaîtra ni dans la presse ni à la télévision, nulle part. Je ne veux pas que les employés du camp sachent que je vous ai parlé. Je veux que ma vie à Southwick continue comme elle est. Sinon, si ça risque de devenir un enfer, dites-le-moi, honnêtement… Que je me prépare.

Quand je l'ai surpris, caché derrière les bottes de foin, celles qu'on réserve à Thunder, notre vieux canasson, j'ai poussé un cri terrible, et le gamin, il a crié lui aussi. De trouille. Et il ne m'a pas sauté dessus. Il ne m'a pas rouée de coups. Non, il s'est excusé. Il a demandé pardon, avec son visage tout amoché, les joues en feu. Et ce n'était pas dû au froid. C'était de l'émotion. On était en décembre. Décembre 2021. Quelques jours après Noël. Peut-être le 27. Je ne sais plus. J'étais venue dans la grange pour lire mes romans. Des romans que Bow, mon mari, n'approuverait pas. Des romans érotiques. Ça doit Le faire sourire, le bon Dieu, quand il me voit faire ça. Je suis sûre qu'Il ne m'en veut pas. Je lis ces livres planquée dans la grange, pour vivre des vies dont je ne voudrais pas. Pour rien au monde. Je ne suis pas charpentée pour ça. J'aurais aimé l'être… Sentir à ce point son corps vivant, comme les femmes dans ces romans, ce doit être euphorisant. Le mien est en sommeil. Il n'est plus qu'une machine réduite à ses fonctions essentielles. Mon corps n'a plus l'attention de personne. Pas même la mienne. Quand Bow rentre du travail, c'est pour boire, manger, et s'encrasser les méninges avec les théories de Tucker Carlson[30]. C'est sa grande messe, le show de Carlson, son prédicateur préféré. Il l'adore. Il faut dire qu'il sait y faire, Carlson. C'est un bon dealer. Il sait rendre les gens accros à leur dose journalière de colère. De rancœur. On peut se shooter au ressentiment. Pour Bow, la rogne, c'est devenu sa came. Une journée sans un bon coup de gueule, ce n'est pas une journée réussie. Tout ça pour vous dire qu'il n'y a que deux façons de se sentir en vie. L'amour ou la haine. Tout le reste, toutes les autres façons, ce ne sont que des dérivés.

Excusez-moi, mais, ça va rester, ça, dans ma déposition ?

---

30. Éditorialiste et présentateur de 2016 à 2023 d'une émission de télévision sur Fox News.

Le gamin, il avait dû s'endormir parce qu'il avait de la paille dans les cheveux et une joue marquée par le foin. Il m'a suppliée :

– S'il vous plaît, le temps que la neige s'arrête… Je ne vous volerai rien. Je veux juste me reposer. Je ne suis pas là pour causer des ennuis.

– Qu'est-ce qui est arrivé à ton visage ?

– Rien. Rien d'important. Alors ? Je peux rester ? Promis, je ferai pas d'histoire. Demain, quand je serai parti, vous vous demanderez si vous n'avez pas rêvé.

Il avait les yeux cernés de noir, les joues creuses comme des assiettes à soupe. Quand il parlait, il gardait la tête baissée, une main devant la bouche. J'ai compris pourquoi plus tard, quand je lui ai apporté à manger. Une de ses dents était fendue. Il devait souffrir le martyre. J'ai demandé s'il était tombé. J'ai vu une ou deux larmes lui échapper. Vous pensez vraiment qu'un petit caïd qui égorge des gens pleure devant une inconnue ? Il a dit :

– Les instructeurs de La Révélation. C'est eux qui m'ont fait ça.

– Le camp de vacances ?

Il a fait non de la tête.

– C'est pas un camp de vacances. C'est un camp de rééducation.

– Oh. Je ne savais pas. Qu'est-ce que tu as fait de mal ?

Il a baissé les yeux comme s'il regrettait que j'en sois arrivée à cette question. Il ne m'a pas répondu. Je lui ai promis de revenir dans la soirée, avec un peu de nourriture. J'ai demandé s'il voulait que j'appelle ses parents, pour qu'ils viennent le chercher, mais Noah m'a dit qu'il ne s'entendait pas avec eux et qu'il préférait rejoindre Worcester. J'ai demandé s'il connaissait des gens là-bas, mais j'ai entendu mon mari rentrer et j'ai dû écourter. Je savais qu'il ne fallait pas que je parle de ce gosse à Bow. La suite m'a donné raison.

Comme convenu, le soir, je lui ai apporté des biscuits et les restes de notre repas. Vous auriez vu son regard. La gratitude qu'il y avait dedans. Mais le lendemain, je sais pas ce qui lui a pris, Bow est allé dans la grange, peut-être pour apporter du foin à Thunder. Quoi qu'il en soit, il a trouvé le gosse. Le gamin m'a protégée. Il a dit qu'il était dans la grange depuis peu et que la bouffe et les paquets de gâteaux, il les avait piqués en rentrant dans la maison. Mon mari a décidé d'appeler La Révélation. Le gosse a supplié. Mais Bow n'a rien voulu savoir. Pas même quand le gamin nous a montré son torse. Il était couvert d'hématomes. Avec des points noirs partout sur le corps. Des croûtes comme des taches de café. S'il ne l'avait pas dit, je n'aurais jamais pu imaginer. Des brûlures de cigarette. Des supplices qu'on ne voit que dans les films. J'ai dit à Bow :

– On peut pas laisser ce gosse repartir là-bas.

Mon mari a répondu :

– J'veux pas d'histoire.

Il a appelé les gens du camp. Quand Bow leur a parlé des brûlures, ils lui ont dit que le gamin était arrivé dans cet état à La Révélation, qu'il avait de graves problèmes psychologiques. Que c'était lui qui se brûlait. Ils ont dit que le môme était dangereux pour lui-même et pour les autres, et que de toute façon, ils allaient le renvoyer dans sa famille parce qu'ils étaient dépassés par son cas. Ils ont dit qu'ils prieraient fort pour lui et qu'ils nous invitaient à faire de même.

Une heure après, le shérif de Granville, Hector Ford, et le responsable du camp, le père Montgomery, sont arrivés. Noah a essayé de résister. Il s'est débattu. Il m'a fait penser à un condamné qu'on emmène à son exécution.

Quand on s'est retrouvés seuls, j'ai dit à mon mari qu'on avait fait une bêtise. Il a cru me moucher avec une formule à la con. Une formule à la Tucker.

– Il faut être dur avec les durs.

La bêtise, c'est contagieux, vous ne pensez pas ?

PIÈCE N° 15

Capitaine-détective Wilfried Bosco
Lettre authentifiée

26 octobre 2022
La Révélation, Granville, MA

La nuit était tombée depuis une bonne heure. Nos voitures ont quitté la MA-57 W pour emprunter une piste sablonneuse. Nous avons longé une longue veine d'eau, une craquelure dans la terre qui s'était remplie de pluie dans l'espoir qu'on la prenne pour une rivière. Nous nous sommes engouffrés dans une jungle de charmes et de hêtres avant de déboucher dans une clairière née de la main de l'homme, une trouée abritant trois baraques en bois. À l'arrière, un lac se fondait dans la nuit. C'était l'éclat de la lune, en miroitant à sa surface, qui révélait sa présence. Pas un bruit n'émanait de ses eaux sombres ni même des logements. Aucune lumière ne filtrait des persiennes. Tout était bien trop calme. Les portières des voitures ont claqué dans ce silence oppressant. Nos lampes torches se sont allumées. Patel et Jarvis sont partis devant. Ford m'a retenu. Il s'est placé face à moi, sourcils levés.

– Détective, je vous observe depuis tout à l'heure et… Je me pose une question. C'est pas commun de voir quelqu'un… comme vous… parmi nous… Pas commun du tout. Je voulais savoir si…

Il attendait une réponse. Mais aucune question n'avait été posée. Je devinais où il voulait en venir, mais je n'allais pas lui faciliter la tâche.

– Je vous écoute, shérif Ford.

– Allez. Vous savez bien. Me poussez pas à la faute.

– Allons plutôt rejoindre les autres.

– Vous en êtes ou pas ?

– Des gamins assassinent, des gens meurent et c'est ça qui vous travaille ?

– Alors ?

– Négatif.

– Vraiment ? Bordel, vous en avez tout l'air.

– Ford, quel est le souci exactement ?

– Vous ne vous simplifiez pas la vie, détective. Je connais un tas de collègues qui vont refuser de bosser avec vous en pensant que… Alors que… Vous n'êtes pas… Vous ne l'êtes vraiment pas ?

J'ai accéléré le pas en laissant le shérif à sa médiocrité. Patel s'introduisait déjà dans le baraquement principal. L'endroit était sombre et parfaitement désert.

– Merde, a fait Ford, ils se sont barrés !

Nous avons passé un sas. Deux portes se faisaient face. Celle de droite s'ouvrait sur un large réfectoire. Une longue table cernée de bancs dominait l'espace. Sur la gauche, trois portes flanquées de larges fenêtres donnaient sur ce qui ressemblait à des salles de classe : tables, chaises, bureau et tableau blanc magnétique. Des rideaux permettaient de dissimuler ce qui pouvait s'y dérouler. Dans l'une de ces salles, Jarvis a tenté d'actionner les interrupteurs, sans succès. Toutes les ampoules du bâtiment avaient explosé. Des bouts de verre jonchaient le sol un peu partout, crissaient sous nos chaussures. Les faisceaux de nos lampes se croisaient et révélaient par leurs tremblements la tension grandissante dans laquelle cette exploration improvisée nous plongeait. Le sol, un parquet en pin, étouffait les sons de nos déplacements. Au fond du réfectoire, la pièce s'ouvrait sur un vestibule, flanqué d'un secrétaire en bois, qui menait à une autre salle, un dortoir, composé de douze lits de camp. Au pied de chaque couchage, un coffre de métal. Les lits, organisés en file indienne de chaque côté de la pièce, se succédaient jusqu'à deux cordes à linge tendues entre les murs. L'espace libre, entre les cordes et les rangées de lits, créait une sorte de couloir vers une gigantesque salle d'eau à l'allure de gymnase. On y trouvait quatre lavabos sans miroir, quatre douches ouvertes et trois toilettes à utiliser à la vue de tous. Comme dans une gigantesque cellule de prison.

– Où sont-ils passés, bordel ?

Ford avait l'air stupéfait.

– Vous n'en avez aucune idée, vraiment ? ai-je contesté.

– Qu'est-ce que c'est que cette question, Bosco ?

– Est-il possible, shérif Ford, qu'à votre connaissance, ce camp de vacances pour jeunes chrétiens ait eu une autre utilité ?

Les yeux de mon interlocuteur se sont plissés.

– Crachez le morceau, détective.

– Saviez-vous qu'il s'agissait d'un camp de redressement ?

Jarvis et Patel se sont approchés. Les lèvres de Ford se sont compressées en un gribouillis rougeâtre. Il hésitait à l'admettre, alors même qu'il était démasqué.

– Tout le monde savait, a-t-il fini par concéder. Au début, personne n'en voulait, de ce camp. Les habitants craignaient que ces gosses n'apportent que des ennuis.

– Pourquoi ne pas l'avoir déclaré pour ce qu'il était ?

– Aucune idée. C'est le maire et les services de la ville qui se sont occupés de l'autorisation. Moi, je n'ai fait que ce qu'on m'a demandé : rassurer les habitants et faire en sorte que l'ouverture se passe bien.

– Intéressant, shérif. Ne vous arrêtez pas, développez...

– Développer, développer... Qu'est-ce que vous voulez que je vous dise ? Je ne sais pas ce qui s'est passé, moi, administrativement, mais ce que je peux vous dire, c'est que la population connaissait le profil de ces jeunes. J'en ai effectué, des rondes, à l'ouverture du camp ! Le jour, la nuit, tout ça pour tranquilliser les habitants. Et puis, au bout d'un moment, ils s'en sont rendu compte. La Révélation n'a rien changé à la douceur de vivre de Granville. Ils ont fini par s'habituer. Surtout quand La Révélation a proposé à la population d'employer ces jeunes gratuitement. Pour des petits travaux d'entretien. Jardin, clôture, abris. Les gens étaient ravis. Et finalement, depuis 2011, pas un seul problème à déplorer.

Sans en avoir l'air, La Révélation avait acheté le silence des riverains.

Mon téléphone a émis une notification. Jack venait de m'envoyer une photo confiée par le témoin de Southwick, celle qui avait croisé la route de Noah Ferguson. Sur le cliché, on apercevait une rue de Granville traversée par un groupe de gamins en pleine séance de jogging. Les gosses couraient sur la route principale, capuche sur la tête, bottes de cuir aux pieds, suivis par deux adultes à vélo en treillis militaire. Le groupe faisait penser à une colonne de soldats… ou à des clones du Démon écarlate. J'ai partagé cette photo avec mes collègues.

– Ces silhouettes ne vous rappellent rien ?

Patel s'est mise à transpirer. Elle s'est essuyé le front et s'est emportée :

– Merde, shérif. Regardez-les, ça n'aurait pas dû vous échapper !

– Quoi ? a fait Ford tandis que son visage s'empourprait.

Patel a soupiré, longuement, entre désespoir et irritation.

– Noah Ferguson est passé par ce camp, ai-je clarifié. Et maintenant, il assassine, accoutré comme ces gosses sur cette photo. Pourquoi personne à Granville n'a mentionné la ressemblance entre ces jeunes et les Démons écarlates ?

Ford a trouvé une justification grotesque.

– La lumière dans la capuche. Ça fait une énorme différence.

– Patel, montrez-nous le portrait de Noah Ferguson. Regardez-le bien, Ford. Mieux !

– Doucement l'ami, je n'aime pas votre ton ni la tournure que prend cette conversation. Si vous avez quelque chose à me dire, allez-y franchement.

– Shérif Ford, ce visage ne vous dit vraiment rien ?

– Tu me fais payer ma franchise, c'est ça ? Bah, en réalité, j'étais loin d'être honnête. Tu m'inspires plus que du malaise. Tes manières de *fagot*[31] me donnent la nausée.

– Ford ! Patel s'est avancée vers lui, mâchoire contractée. Reprenez-vous.

– La vérité, Ford ! ai-je assené. Dites-nous ce que vous savez de ce camp et de ces gosses !

31. « Tapette » ou « tafiole ».

– La vérité, c'est peut-être que vous n'êtes pas le bon flic pour cette affaire.

Il cherchait à envenimer la conversation, pour ne pas parler du fond, pour échapper à ses responsabilités. Je l'ai affronté, sans détour :

– Vous saviez qu'il se passait des choses anormales. Vous aviez reçu des appels à l'aide.

– Jamais, affirma-t-il. Le père Montgomery savait tenir ces gosses. Et puis, merde, c'est le monde à l'envers. On cherche deux assassins et c'est moi qu'on emmerde !

– Vous connaissiez Noah Ferguson. Vous avez vu les coups sur son visage, sa dent cassée. Vous l'avez pourtant ramené de force dans ce camp.

– D'où vous sortez ça ?

– Il s'est débattu. Il a demandé de l'aide.

– Encore une fois, on parle de délinquants. Je ne pouvais pas le laisser dans la nature.

– Noah Ferguson n'avait aucun antécédent judiciaire. Il aurait suffi de vérifier. Ce gosse tentait d'échapper à de la maltraitance. L'avez-vous questionné ?

– Je n'allais pas remettre en cause la parole du père Montgomery. Un religieux ne ment pas.

Il y a eu un long silence. J'ai gardé pour moi le scénario qui se dessinait de plus en plus clairement. Ferguson avait été envoyé de force par ses parents à La Révélation. Il avait appelé à l'aide. Personne n'était venu à son secours. Aujourd'hui, le gamin se vengeait. Aidé de Peter Bell.

Patel nous a sortis de notre stupeur :

– Jarvis, Ford, fouillez les douches et le dortoir ! Bosco, allons explorer le réfectoire et les salles de classe !

Je l'ai suivie. Nous sommes repassés par le vestibule et Pamela Patel s'est dirigée vers les salles d'étude. Elle a fouillé les casiers métalliques, les tiroirs des bureaux. Elle est revenue dans le réfectoire chargée de quelques fioles, de trois seringues et de petits paquets carrés, argentés, attachés les uns aux autres dans des plis en accordéon. De mon côté, je n'avais rien découvert de pertinent. Patel a commenté :

– Tout a été vidé, mais ça a été fait dans la précipitation. Sédatifs et tranquillisants. Ils droguaient les gamins pour éviter toute contestation.

J'ai attrapé les pochettes argentées.

– Des préservatifs ? Dans un camp de redressement ?

Patel a émis une théorie.

– Vous avez entendu Ford. Les petits travaux d'entretien. Ces gosses étaient en contact avec les habitants. Ils ont certainement préféré en distribuer. Pour éviter tout incident avec des gamines de Granville.

Incident.

Le mot m'a ramené à mes douze ans. J'ai cligné des yeux comme si un reflet sur le badge cousu à la veste de Patel m'avait ébloui.

Incident.

J'ai ressenti un besoin brutal de sortir de cet endroit. Sans explication, j'ai quitté Patel et rejoint le hall. Alors que je passais devant la porte au verre dépoli, celle-ci a éveillé ma curiosité. Une curiosité plus forte que mon malaise.

Cette nouvelle pièce était étroite mais profonde. À en croire le nombre d'armoires métalliques et le large bureau au fond de la pièce, elle devait servir à gérer l'administratif. Les tiroirs jetés sur le sol renforçaient l'impression générale de départ précipité. Une large vitre donnait sur la première des salles de classe. Des stores, qu'il suffisait de faire pivoter, en occultaient au besoin la vue. J'ai baladé le cercle lumineux de ma torche dans la pièce. Sur un des murs triomphait un tableau imposant à la toile lacérée. Une voix m'a fait sursauter :

– La Transfiguration. Un épisode important de la Bible.

– Ms Alvarez, que faites-vous là ?

– *Cariño*, tu sais aussi bien que moi ce que je fais là. Cette histoire, on l'a commencée ensemble, on la finira ensemble.

– De quelle histoire parlez-vous ?

– Un adolescent enterré en pleine forêt attire mon attention sur un charnier, et quelques heures plus tard, tu découvres un camp de redressement pour adolescents. Tu crois vraiment qu'il n'y a que du hasard là-dedans ?

– Comment êtes-vous arrivée jusqu'ici ?

– Mon ami Reinhard. Il n'a pas son pareil pour intercepter les messages radio.

Elle s'est avancée vers le tableau. Malgré la longue déchirure en diagonale, la scène représentée restait lisible. On y voyait le Christ s'élever dans les airs. Son visage, paisible, presque effacé, brillait d'une lumière irréelle, ses vêtements, d'une lueur céleste.

– Tu connais cet épisode de la Bible ? m'a-t-elle demandé. Jésus sait qu'il va périr sur la croix. Il sait aussi que ses disciples ne comprendront pas que celui qui prétend être le fils de Dieu, le fils de Celui qui peut tout, ait à endurer les épreuves qui l'attendent. Alors, pour que ses apôtres ne se détournent pas de lui malgré les événements qui vont suivre, le Christ décide de laisser entrevoir, pour un instant, son caractère divin. Son visage se transforme. Ses vêtements s'illuminent. À ses côtés apparaissent Eli et

Moïse qui flottent dans les airs. À ses pieds, Pierre, Jacques et Jean assistent à la scène, médusés. C'est beau, n'est-ce pas ? C'est un de mes moments préférés de la vie du Christ. Sa puissance réside dans son abnégation. Jésus fait ce qu'il a à faire. Il se sacrifie pour éclairer et guider l'humanité. *Cariño?*

Je n'avais pas écouté jusqu'au bout. Au fond de la pièce, une porte en métal venait d'attirer mon attention. On aurait dit une immense porte de frigo. À une différence près : la façade se fermait à l'aide de quatre énormes verrous. En m'approchant, j'ai constaté que ce que j'avais pris pour des marques d'usure, des entailles profondes à la surface de la porte, était en réalité de l'alphabet latin. Pourtant, impossible de lire. Ce fatras de capitales n'avait aucun sens pour moi. Mais il en avait apparemment pour Ms Alvarez. Depuis plusieurs secondes, elle examinait ces inscriptions, la bouche grande ouverte, abasourdie.

– *Miseria*[32] *!* Ces caractères… Ce sont ceux de la médaille de saint Benoît. On a imposé à ces gamins des séances d'exorcisme.

32. « Misère ! »

PIÈCE N° 16

Reproduction d'après photo

Inscriptions sur la porte dite du « cachot »
La Révélation, Granville, MA

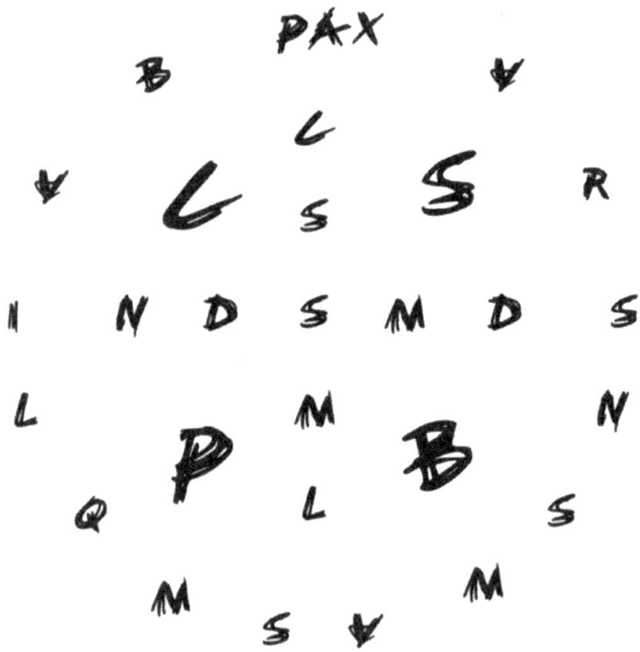

Médaille de saint Benoît

PIÈCE N° 17

Ms Amanda Lucia Pia Alvarez
Hypnose régressive sous polygraphe

26 octobre 2022
La Révélation, Granville, MA

Je m'approche de la porte en métal. Je passe le faisceau de ma lampe torche sur la surface de la porte et avec tout le respect qui leur est dû, je caresse du bout des doigts ces lettres sacrées. La médaille de saint Benoît est reconnue par les institutions catholiques comme une arme précieuse et efficace pour libérer de la possession. Ici : C S S M L. *Crux Sacra sit mihi lux.* Que la Sainte Croix soit ma lumière. Là : N D S M D. *Non draco sit mihi dux.* Que le dragon ne soit pas mon guide. Et le fameux : *Vade retro Satana.* Suivi de *Numquam suade mihi vana.* Retire-toi, Satan, ne me conseille jamais tes vanités.

– Que vient faire une médaille d'exorcisme dans un camp de redressement ? s'interroge *Cariño.*

J'ai tout entendu de leurs échanges. Bosco, Jarvis, Patel, et ce shérif Ford, je les épie depuis de longues minutes. Ils l'ont dit : c'était un religieux qui s'occupait de La Révélation.

– Le père Montgomery considérait peut-être qu'un adolescent en révolte était un adolescent possédé par le Malin. Ou alors… La Révélation s'est retrouvée face à un cas de possession. Ils ont eu à gérer la présence d'un démon.

– Un démon, Ms Alvarez…

Je crois qu'il va me rire au nez, mais non. Son visage se fait même plus grave.

– Le tableau, me dit-il. Regardez le tableau…

Inspector[33] revient vers l'imposante peinture. Il pointe sa lampe vers le visage luminescent du Christ.

– Noah Ferguson a vu cette image. Il a eu tout le temps de l'étudier. La lumière qui sort de sa capuche. Ça ne vous rappelle rien ? C'est comme s'il nous proposait une version inversée de ce tableau. Des LED rouges en guise d'illumination diabolique.

– *Valé!* Tu t'es déjà débarrassé de l'idée d'un démon.

– Ms Alvarez. Fantômes, sorcières, et maintenant le diable et ses démons ?

– Ces inscriptions sont les preuves d'une pratique de l'exorcisme dans ces murs ! *Joder!* C'est aussi évident que de diagnostiquer une varicelle.

Impassible, *Inspector* s'approche d'autres signes, écrits cette fois au feutre directement sur le mur qui soutient la porte de fer. Une lettre : M, cernée de croix. Trente-quatre au-dessus d'elle. Huit en dessous. Une croix, plus longue, tracée au feutre rouge, termine l'ensemble.

Inspector me demande :

– Et ça, vous savez ce que c'est ?

33. « Inspecteur ».

– Pas cette fois, *Cariño*.

Avec mon téléphone portable, je capture l'étrange graffiti.

– Ici ! Venez tous !

Jarvis s'est mis à hurler.

– À l'arrière du bâtiment !

– Restez là, Ms Alvarez. Et ne touchez à rien.

Cariño Bosco sort en courant. Je le talonne, mais à bonne distance. Il retrouve Ford et Patel à proximité des pontons qui avancent sur le lac. Jarvis a braqué la lumière de sa torche à l'intérieur d'un fût métallique. Dedans, une cendre épaisse, presque crayeuse. On y a brûlé des dossiers, des documents administratifs, des chemises truffées de fiches. Qu'y avait-il de si compromettant sur ces pièces ? Pendant que Jarvis et les autres fouillent les débris, à la recherche d'informations encore utilisables, moi, je retourne dans le baraquement. La curiosité me brûle. Est-ce que je prends un risque en ouvrant cette porte ? Qui a bien pu leur venir en aide pour s'opposer à une puissance démoniaque ? Ils sont peu à maîtriser ces pratiques. Il y a toute une liturgie à connaître. Des règles et des formules à respecter. Une erreur peut être lourde de conséquence.

J'inspecte les verrous. Ils n'ont pas été enclenchés. La porte a simplement été repoussée. Impossible dans ce cas qu'un démon s'y trouve encore.

Du moins, je l'espère…

Je pose ma lampe de façon à diriger sa lumière vers la porte en métal. Je me signe. Je soupire, anxieuse. Je tire à bout de bras vers moi la lourde porte.

Un cri de femme déchire la nuit.

J'ai hurlé, sans même m'en rendre compte. Jamais je n'ai eu à me confronter à quelque chose d'aussi abominable, d'aussi inhumain. Oui. L'humanité avait déserté cet endroit.

Les quatre flics déboulent dans la pièce. Quatre rayons de lumière viennent s'ajouter à celui qui éclaire déjà l'intérieur de la cellule. L'odeur fétide et âcre de la mort amplifie l'indicible de la scène. Une mêlée sordide s'élève depuis le sol. Des corps, tête-bêche, forment un amoncellement en couches irrégulières de vêtements et de chairs. Un tumulte noir, un nuage tourbillonnant, une nuée vrombissante de mouches entoure les corps écrasés les uns par les autres. On a empilé la mort. Mon estomac se contracte. Mon repas remonte jusque dans ma gorge. J'attrape ma lampe, pousse un des flics, et cours vers l'extérieur.

Joder... J'ai bien failli vomir. Appuyée contre le mur du baraquement, je sors un mouchoir de ma poche. L'air est brassé par une brise dont la fraîcheur fait du bien. Je me tamponne le front, essuie la sueur de mon visage. Je tente de retrouver une respiration normale. Autour de moi, la nuit est muette. Étrangement silencieuse. Je scrute la nature sèche aux allures de terre volcanique. Les troncs aux écorces rugueuses, dressés en rond autour des maisons, me font l'effet de veilleurs, de sentinelles. Le vent dans les arbres imite leur chuchotement. L'endroit est des plus lugubre. Mes mains tremblent. Mes jambes vacillent. Il n'y a qu'un démon capable d'un tel massacre. Et il a sévi dans ce camp...

Je m'installe sur les marches. J'expire profondément, pour évacuer ce dégoût vivace qui ralentit mes pensées et freine mon corps.

Des coups sourds et répétés.

Comme lorsqu'on toque à la porte d'un château.

Le bruit provient du second bâtiment.

Je m'en approche. Automatiquement, les battements se rapprochent eux aussi. C'est une porte de hangar qui bat sous les coups du vent. C'est étrange. La brise du soir, trop légère, ne peut pas être responsable de ces chocs sonores. En la faisant coulisser, je découvre un gigantesque foutoir, un bric-à-brac de vélos, de tables de ping-pong, de canoës entassés les uns sur les autres, de malles en métal pleines à ras bord d'équipements de sport : raquettes de tennis, ballons, filets, gilets de sauvetage. J'éclaire autour de moi. Je me fraye un passage jusqu'au fond de la cabane, jusqu'à un vieux pédalo. Un effluve putride, râpeux, vient cogner mon odorat. Un furet se décompose, coincé sous le poids d'un bateau à pédales qui a dû lui tomber dessus. Tout près, dans le sol sablonneux, quelque chose scintille, renvoie la lumière de ma lampe. L'objet métallique est à moitié enfoui. Sa forme fait penser à une gousse d'ail. Le même appareil auditif que celui trouvé dans le charnier. Sa seconde partie ? Mon cœur s'emballe, tambourine dans ma poitrine. Je suis émue aux larmes. Je revois le visage de ce gamin qui appelle. Avec précaution, j'attrape l'appareil en utilisant la manche de mon pull. En me relevant, je constate les variations de couleur sur le mur. À hauteur d'homme, sur les rondins de bois, un liquide pâteux a été projeté. Il a ensuite dégouliné en laissant des traces sombres derrière lui. Je décèle un impact. Celui d'une balle. Je découvre que la munition est toujours là, plantée dans l'aubier. Une image abominable me traverse l'esprit : celle d'une exécution sommaire. Et d'un corps jeune qu'on jette par la suite dans une fosse.

Je cours avertir *Inspector*.

PIÈCE N° 18

Capitaine-détective Wilfried Bosco
Lettre authentifiée

26 octobre 2022
Home Town, Granville, MA

Deux hommes robustes manipulent le corps du Christ. Pour descendre Jésus de la croix, un drapeau américain est utilisé telle une sangle passée autour du corps supplicié. Faisant de son être un rempart, Marie protège la dépouille de son fils, un pistolet-mitrailleur Uzi entre les mains. Près d'elle, tout aussi déterminée, Marie-Madeleine pointe son AK-47 vers ceux qui oseraient approcher le fils du Seigneur. Son corps est enserré par la bandoulière de son arme, empêchant sa robe en lin de claquer au vent. À l'inverse du châle qui lui couvre la tête. Près d'elles, deux hommes en tunique romaine implorent pardon, bras écartés vers les cieux. Au-dessus du groupe, des anges en magnificence exhibent une banderole éclatante sur laquelle l'esprit Saint proclame : « *In Guns We Trust*[34]. »

34. « Nous faisons confiance aux armes. » Reprise de la devise nationale des États-Unis d'Amérique « In God We Trust. »

Par l'entremise de cette scène biblique revisitée, installée en évidence au-dessus de son bureau, le maire de Granville, Henry Hinton, donnait le ton. Malgré l'heure tardive, il avait accepté de nous recevoir, Patel et moi.

– Allons, allons, détective. Il faut savoir raison garder. Jamais rien de problématique ne nous a été remonté à propos de ce camp. N'est-ce pas, Ford ?

Appuyé contre une fenêtre de la pièce, jambes et bras croisés, Ford a acquiescé mollement, manifestant par là même une forme de lassitude à notre égard.

– *Mayor*[35] Hinton, ai-je tenté, c'est un cataclysme d'ampleur qui secoue votre ville. Nous parlons de cadavres entassés dans un réduit. D'un charnier en pleine forêt. Ces morts sont liées. Nous avons retrouvé un appareil auditif dont une partie provient du camp et une autre du charnier.

– Est-on vraiment certain que ces… événements… aient un rapport ? Qui vous dit que ces appareils n'ont pas été déposés là pour détourner l'attention ? Qui vous dit que l'on n'a pas utilisé ce camp déserté pour y entreposer des corps qui n'ont rien à voir avec…

Je l'ai interrompu, excédé :

– Parmi les huit corps retrouvés dans le réduit, l'un porte une soutane et un col romain. Nous ne serions pas surpris qu'il s'agisse du père Montgomery. C'est bien le nom de celui qui dirigeait le camp ?

Le maire a cligné des yeux en guise d'approbation.

– Trois autres corps portent les vêtements des jeunes pensionnaires du camp, ai-je continué. Quatre autres, des armes à feu, des sifflets, des talkies-walkies, et même pour

35. « Maire ».

certains, des shockers[36]. Les visages de ces cadavres ont été carbonisés. *Antemortem* ou *postmortem*. Des analyses sont en cours pour le déterminer. *Mayor* Hinton, des enfants innocents ont été assassinés dans un camp de jeunesse de votre ville.

– Que savez-vous de leur innocence ?

J'ai manqué m'étouffer.

– Que voulez-vous dire ? Vous savez ce qu'on reprochait à ces gamins, *mayor* Hinton ? Éclairez-nous. Qu'avait donc fait Noah Ferguson pour être considéré comme un délinquant sévère ?

Petite crispation sur les lèvres du maire.

– Ses parents ont considéré qu'il était de leur devoir de le soumettre à une rééducation. À un enseignement solide, tourné vers des comportements vertueux et sans violence. Une attitude guidée par les lois de Notre Seigneur.

– Aucun dépôt de plainte, ai-je repris sans céder, aucun démêlé avec la justice, aucun problème avec son établissement scolaire. Nous avons tout épluché, *mayor* Hinton. Des expériences ésotériques ont peut-être été pratiquées à La Révélation. Des visages brûlés. Des victimes assassinées d'une balle en pleine tête. Jetées nues dans la terre.

– Nous pensions accueillir de jeunes chrétiens. Ce fut des adolescents difficiles. Au vu de leur petit nombre, et comme le camp était tenu par un homme d'Église, il ne nous a pas semblé nécessaire d'en modifier les statuts. Ni même de placer ce camp sous une surveillance accrue. C'est peut-être là notre seule faute. Granville ne peut pas

36. Armes à impulsion électrique. Taser étant la marque la plus connue de shockers.

être tenue pour responsable de ce qui s'est produit par la suite.

Avec un dédain empreint d'aversion, l'élu a attrapé un dossier, un stylo, et il s'est remis au travail. Il a clos la conversation par un :

– Si vous avez d'autres questions, notre avocat se fera un plaisir d'y répondre, et ce dans les meilleurs délais. Patel, ravi de vous avoir revue.

Ford s'est redressé. Il a positionné ses mains sur sa ceinture, comme s'il attendait le signal du maire pour nous jeter hors de la salle à coups de pied aux fesses.

C'est sur la pelouse de la mairie que Patel m'a retracé le parcours d'Henry Hinton. Fervent catholique, il s'était fait élire sur la défense de valeurs traditionalistes : le drapeau, la nation, la famille, mais aussi la supériorité des lois de Dieu sur celle des hommes. Hinton prônait un retour aux « fondamentaux ». Une stricte application des lois bibliques. Selon lui, le christianisme n'était plus la religion dominante parce qu'il avait perdu de sa radicalité. Seule la radicalité inspirait le respect.

– Autre point important, a-t-elle poursuivi, Hinton ne risque rien. Il a la loi pour lui. Un maire et son équipe peuvent parfaitement louer ou prêter un terrain de la commune à qui ils le désirent, dans les conditions qu'ils fixent. Tant que cette décision est votée par le conseil municipal et qu'elle est rendue publique. Hinton a été berné. Il portera plainte contre La Révélation. Rien ne peut lui être reproché.

J'ai soupiré. Lourdement. Patel avait raison.

– Très bien. Concentrons-nous dans ce cas sur le parcours du père Montgomery. Je vais mettre le lieutenant

Griffin sur le coup. Essayons, de notre côté, de trouver les ramifications administratives de ce camp. Les relais. Les mouvements d'argent. Vérifions qu'il n'existe pas d'autres camps de ce type dans d'autres États. Des camps où se mélangent rééducation et délire mystique.

– Toujours pas d'hôtel pour la nuit, détective ?

J'ai jeté un œil à mon téléphone. 9 heures du soir. Si je prenais la route maintenant, je pouvais espérer être à Boston vers 11 heures. Un horaire décent pour Sheila Mason.

– Toujours pas. Merci Patel.

– La vie de famille vous appelle ?

– Ça en fait malheureusement partie.

Elle a froncé les sourcils avant de gentiment insister :

– Un petit dîner au moins… avant de reprendre la route ? On fait un très bon *fish and chips* chez les Patel. Mes gamins seraient ravis de vous rencontrer.

– Vous leur avez parlé de moi ?

– À eux et à mon épouse. Vous êtes un policier hors norme. Vous brouillez les lignes. Ça me plaît. Soyez prudent sur la route, détective.

Au lieu de lui dire combien j'étais touché, j'ai acquiescé en silence. Nous nous sommes éloignés et avons regagné nos véhicules. Nos phares ont lacéré la nuit et nous avons rejoint les nôtres.

PIÈCE N° 19

26 octobre 2022
Massachusetts General Hospital, Boston, MA

Sheila dormait. Ce qui ne lui ressemblait pas. Posée sur ses jambes amaigries, sa tablette déroulait dans le vide un épisode de *Cheers*. J'ai observé son expression dans son sommeil. Sa tête avait glissé sur un côté du coussin. Sa peau s'était poudrée de vert. Son crâne apparaissait sous le peu de cheveux qu'il lui restait.

Ma mère était mourante.

Quelque chose dysfonctionnait dans cette phrase.

En la prononçant, une terreur indicible a envahi ma tête, broyé mon cœur. À quoi ressemblait une vie sans mère ? Enfant, j'étais consolé dès qu'elle embrassait mes yeux mouillés. Un regard sur moi et je me sentais respecté, accepté, aimé pour ce que j'étais.

Je ne sais pas ce qui l'a réveillée, mais Sheila est revenue à elle. Elle a battu des paupières, pesté contre elle-même en manipulant son iPad. J'ai murmuré :

– Maman ?

Elle a eu un léger sursaut.

– Mon Dieu, Will, tu es là…

Ses mains se sont aventurées à travers les quelques mèches de ses cheveux gris. Elle a tenté de se recoiffer. Elle a attrapé le verre déjà rempli d'eau sur sa table de nuit. Elle est parvenue avec peine à le porter à ses lèvres.

– Ça fait combien de temps que tu es là ?

– Je viens d'arriver.

J'ai retiré mon foulard, mon imper. Il faisait une chaleur infernale dans cette chambre.

– 11 h 30. Elle a tapoté ma main. Tu es sûr que tu ne recules pas au maximum le moment de venir pour éviter de le croiser ?

– Sheila Mason, vous réfléchissez trop.

– Que veux-tu, je n'ai plus que ça à faire de mes journées.

Elle a tourné son visage vers moi, sourcils arqués.

– Ça fait combien de temps que vous ne vous êtes pas parlé, lui et toi ? C'est ton père tout de même…

Depuis mes 12 ans, la situation n'avait fait qu'empirer.

– Tu as toujours envie d'avoir des enfants ? L'incident ne t'en empêchera pas, n'est-ce pas ?

Je n'ai jamais compris ce que représentait exactement pour ma mère le terme « incident » : ce qui m'était arrivé ou l'homme qui l'avait provoqué. J'ai retiré mes lunettes pour me masser les yeux. J'en ai profité pour vérifier la propreté des verres.

– Pourquoi ça m'en empêcherait ?

– La peur de reproduire ce qu'on t'a fait subir.

– Maman, pas ça. Pitié. Pas ce cliché dégueulasse.

– Et tes enquêtes ? Cette histoire d'adolescents tueurs, et toutes ces horreurs que tu vois tout le temps, ça ne t'en dissuadera pas au bout d'un moment ? Il y aurait de quoi. Le monde va beaucoup trop mal. On a même outragé le Capitole. Qui aurait pu imaginer ça ? C'est dommage de partir si tôt. J'aurais aimé te voir fonder une famille.

– Une famille. Pour ce que ça vaut.

J'ai instantanément regretté ce tacle imbécile. J'ai posé le dos de ma tête sur le haut de mon siège. J'ai fermé les yeux.

L'obscurité et sa voix :

– L'incident. Il faudra qu'on en discute. Je veux régler ça. Avant mon départ.

– Alors, dans ce cas, nous avons encore un peu de temps.

– Je ne crois pas, Will.

J'ai ouvert les yeux. J'ai senti ma gorge se serrer. C'était si éprouvant de l'entendre que je me suis fourvoyé en prononçant cette phrase idiote, comme si ma mère pouvait en décider :

– Ne m'abandonne pas. S'il te plaît.

Quelque chose a scintillé au coin de ses yeux.

– Je ne t'abandonnerai pas. Si c'est possible, de là-haut, je t'aiderai.

– De là-haut ? Maman, s'il te plaît.

– On ne sait jamais... S'il y a un là-haut, je t'aiderai. Sois-en sûr. Tu mérites d'être aimé, Will. D'être aimé pour ce que tu es. Tu mérites qu'un jour un enfant t'appelle « papa ». Tu verras, il n'y a pas plus bel instant, pas plus joli son que celui-là. Moi, je n'ai oublié aucun de tes « maman ». Aucun. Je les porte tous en moi.

Les vibrations du téléphone m'ont réveillé en sursaut. En me redressant, je me suis aperçu que Ms Frazier avait déposé sur moi une veste polaire d'un rouge vif brodée du logo de l'hôpital. Ma mère, elle, dormait profondément.

De son nez s'échappait un petit sifflement de marmotte. Je me suis frictionné le visage. J'ai décroché.

– Ms Alvarez, je n'aurais jamais dû vous donner mon numéro de téléphone.

Silence au bout de la ligne. Je l'entendais déglutir, renifler. Elle m'a expliqué, la voix étranglée :

– J'ai fait un rêve atroce. Puissant. Un mouton noir. Des cadavres. Et son visage en flash, qui hurle en silence, de plus en plus fort. J'aimerais tellement connaître son prénom.

– Désolé, Ms Alvarez, mais il est 3 heures du matin…

Elle m'a interrompu :

– J'ai fait mes recherches. Il y a une ferme qui s'appelle The Black Sheep[37] à Granville. Vous devriez envoyer des hommes là-bas. Il pourrait s'y passer des choses terribles.

Je n'ai pas immédiatement répondu. Je connaissais les talents de Ms Alvarez. J'avais loué la qualité de ses intuitions, mais là, on était dans la prémonition. Elle jouait à la diseuse de mauvaise aventure.

– Comment voulez-vous que je justifie une mise en faction de policiers ? Par un cauchemar de Ms Alvarez ?

Une main m'a touché le bras. J'ai sursauté. Ms Frazier s'est excusée :

– Pardon, capitaine. Il faut que je vous parle.

– Ms Alvarez, je dois vous laisser. Merci de votre appel.

J'ai lu dans les yeux de Ms Frazier qu'elle n'était pas passée par la chambre de Sheila Mason par hasard.

– Je profite qu'elle soit assoupie pour vous prévenir. Le Dr Wells a laissé quelques papiers que votre mère va devoir signer.

---

37. Le Mouton noir.

Son regard a décroché du mien. Ce qu'elle s'apprêtait à m'annoncer n'allait pas être simple à formuler. Encore moins à entendre.

– Votre maman souffre terriblement. Ses journées sont devenues un véritable enfer. Bien sûr, nous l'aidons autant que nous le pouvons, mais cela implique d'injecter dans son corps plus de substances chimiques. Ce qui engendre plus de phases de sommeil. Des phases qui vont aller en s'allongeant.

J'ai aidé Ms Frazier à en finir :

– Et de l'une d'elles, ma mère pourrait ne jamais revenir, c'est ça ?

– Son état s'est brusquement aggravé. On dirait qu'elle abandonne. Votre maman n'en a plus que pour quelques jours. Peut-être moins. Soixante-douze, quarante-huit heures.

– Pardon ? Mais… Elle n'a pas l'air si…

– Désolée, capitaine-détective. Je devais vous prévenir.

PIÈCE N° 20

27 octobre 2022
Boston Police Headquarter, Boston, MA

– Je veux bien croire que ton métier te passionne, Griffin, mais tout de même, à 4 heures du matin, tu devrais être chez toi, assoupi au fond de ton lit.

Jack a levé sa tasse, comme pour m'inviter à trinquer.

– Je te retourne l'observation, Bosco.

Je me suis laissé tomber sur ma chaise. Mes orchidées, installées sous la lampe d'architecte, ont trembloté.

– Jack, généralement, quand on ne trouve pas le sommeil, c'est que les soucis, eux, nous ont trouvés… Tu veux en parler ?

Il a hésité en touillant son café froid.

– Je suis amoureux.

– Intéressant. Développez, Griffin. Développez.

Jack s'est amusé de me voir aussi conscient de mes tics de langage.

– Elle est drôle, sublime, pleine d'énergie. Elle a la tête sur les épaules. Elle s'intéresse à tout sans imposer d'avis définitif sur rien. Elle s'interroge, doute, écoute, même quand elle n'est pas d'accord. Ça fait un bien fou. Et puis… sexuellement… ça se passe vraiment bien.

– Parfait. Où est le problème ?

– Elle veut des gosses. C'est con.

Jack a grimacé en dodelinant de la tête. Je n'ai pas eu envie de l'interpeller sur cette décision. Une vie sans enfant. Ses raisons devaient être aussi discutables qu'irréfutables. Il a attrapé son bloc-notes qu'il s'est mis à feuilleter.

– J'ai parlé en début de soirée avec le sergent Walter de la police d'Anchorage.

– Anchorage ? Pourquoi Anchorage ?

– Les empreintes de Montgomery matchent avec plusieurs identités. Dans plusieurs États. Dont l'Alaska.

– Comment est-ce possible ?

– Figure-toi que la jonction des fichiers informatisés sur l'ensemble du territoire ne s'est faite qu'en 1999. Dingue, n'est-ce pas ? Avant ça, on pouvait arrêter un individu sans qu'il soit inquiété pour les crimes et les délits qu'il avait pu commettre dans d'autres États. Qui plus est quand l'individu changeait de nom. Wallace Mitchell s'est appelé tour à tour Walter Fence, Daniel Wallis, et surtout Doug Lawson. Quand j'ai pointé ses empreintes digitales, ces identités sont toutes remontées. Et l'une d'elles apparaît dans le fichier des délinquants sexuels d'Anchorage. Wallace Theodore Mitchell, né en 1959. Attentat à la pudeur sur mineur de moins de 12 ans. À deux reprises. C'était en 1989. Mitchell alias Doug Lawson a été arrêté, jugé, et envoyé en prison pour trois ans. Là-bas, les détenus recevaient le soutien d'une association religieuse. Pour lui, ce fut une révélation. Mitchell a clamé avoir trouvé la foi. Son comportement est devenu exemplaire. Il est sorti un an plus tôt.

– Jack. On a retrouvé des préservatifs dans ce camp. Je déteste ce que ces informations sont en train de suggérer.

– Écoute la suite… À sa sortie de prison, Doug Lawson était sous le coup d'un protocole très strict qui l'obligeait à se signaler régulièrement aux autorités. Mars 1991 : Mitchell ne s'est plus présenté au pointage. On a perdu sa trace. Je l'ai retrouvé sept ans plus tard. Sur Cape Cod. Une contravention pour mauvais stationnement. Le véhicule était la propriété d'une église de la région, The Church of the Transfiguration[38], mais c'est bien un certain Daniel Wallis alias Wallace Mitchell qui la conduisait. Nous sommes en 1998. Le type utilisait la générosité de cette communauté religieuse et sa tradition bénédictine d'hospitalité pour s'y planquer. La communauté n'a pas voulu me dire pour quelles raisons elle s'était séparée de lui, mais je ne serais pas étonné que son exclusion ait été liée à des comportements problématiques avec de jeunes enfants. C'était il y a vingt ans et à cette époque, on solutionnait par le silence plutôt que par la dénonciation. La peur du scandale. Éjecté de sa planque, Mitchell s'est fait discret jusqu'en 2011, date à laquelle La Révélation a été inaugurée. Wallace est devenu celui qu'on connaît. Le père Montgomery. En utilisant un titre totalement usurpé. Idem pour La Révélation, un camp monté de toutes pièces sans l'aval de la moindre organisation chrétienne mais qui s'est mis à promettre de métamorphoser de jeunes délinquants en bons chrétiens. Et pas gratuitement. En multipliant les comptes bancaires et leur domiciliation pour ne pas se faire repérer. Son capital est monté jusqu'à 150 000 dollars et puis, progressivement, les rentrées

---

38. « L'Église de la Transfiguration ».

d'argent se sont taries. Du moins, en apparence. Les familles, tout comme Montgomery, ont fini par préférer ce qui ne laisse aucune trace : du cash.

– Comment as-tu eu toutes ces informations ?

– Je bosse, Bosco. C'est tout.

Jack m'a adressé un clin d'œil avant de s'étendre, pieds croisés devant lui, sur sa chaise de bureau.

– Je suis parvenu à faire parler la famille Bell. Ils m'ont avoué avoir envoyé de force Peter dans ce camp. Un camp qu'ils savaient illégal et quasi paramilitaire. D'où leur petite omission lors de notre rencontre. En août 2021, les Bell ont payé 8 000 dollars pour qu'on leur rende six mois plus tard un gamin obéissant et prêt à embrasser les dogmes catholiques. Mais ça n'a pas pris. En février 2022, Montgomery les convainc de poursuivre la démarche et de payer six mois supplémentaires. Pour le bien de Peter. Et puis brusquement, en mars 2022, plus de nouvelles, ni du gamin ni de La Révélation. Jusqu'à la réapparition de Peter en Démon écarlate. Les Bell avaient eu l'adresse du camp par d'autres croyants. Dès qu'un adolescent se montrait hermétique aux préceptes religieux, entre paroissiens, on se recommandait les méthodes du père Montgomery.

– Du pain bénit pour un délinquant sexuel. Un lieu clos. Des enfants qu'on isole du reste du monde. Et lui, drapé dans la probité qu'offre un titre d'homme d'Église, le voilà qui peut abuser en toute impunité d'adolescents qu'on ne veut plus écouter.

– Ce monde me désespère, Bosco.

– Je désespère de ce monde, Jack.

PIÈCE N° 21

27 octobre 2022
Interstate 90, MA

Après un passage d'à peine quarante-cinq minutes à mon appartement – douche, poubelles, plantes vertes –, j'ai repris la route vers Springfield. Il avait été convenu d'un débriefing matinal à 10 heures tapantes. Alors que j'arrivais sur le parking de la station de police, deux ambulances, sirènes hurlantes, ont traversé le temps d'un claquement de doigts le miroir de mon rétroviseur, talonnées par trois véhicules de police qui avaient eux aussi enclenché leurs alarmes. Aucun besoin de posséder un instinct particulier pour flairer l'impératif. J'ai lancé mon gyrophare, braqué le volant, et enfoncé l'accélérateur.

Un carnage. À l'intérieur d'une maison en verre. De l'hémoglobine. Partout. En éclaboussures. En longs filets. Sur le sol. Les vitres. Répandu sur les cultures, le long des lignes de semis, le sang s'étendait jusqu'au fond de la serre. Le rouge-brun du liquide coagulé contrastait avec le vert clair des fanes sortant de terre, avec le violet lumineux des betteraves, la chair orange des carottes, le beige sable des potirons. Au milieu des rangées de légumes, les corps égorgés s'étaient fracassés sur le sol dans des positions invraisemblables nées de l'affolement dans la fuite. Les bras, les jambes, les torses étaient tordus par la panique. Prostrée à l'entrée des serres du Black Sheep, Patel retenait ses larmes. De là où elle se tenait, elle ne quittait pas des yeux un corps en particulier. Patel connaissait l'une des victimes. Josie Holeson. La capitaine veillait à la façon dont la scientifique se comportait avec le corps.

– Je suis sincèrement, profondément désolé, Patel.

Elle ne pouvait pas deviner qu'en réalité, je lui présentais mes excuses. Plus encore : je lui demandais pardon.

– Ça va aller ?

Je lui posais la question tout en me la posant à moi-même. Je grelottais. La tête me tournait. Une sueur épaisse, glacée, engluait mon corps. De temps à autre, des flashs blancs m'aveuglaient comme si mon cerveau court-circuitait sous le poids de la culpabilité.

Patel a répondu :

– Ça ira mieux quand nous aurons arrêté ces gosses.

Elle a sorti son téléphone portable, déverrouillé l'écran. Elle m'a tendu l'appareil. Un enregistrement a démarré.

Josie Holeson est à terre. Elle a reçu une balle dans la jambe. On l'entend souffrir, dents serrées : *« C'est bon. Je filme. Vous êtes en direct. Ne me faites pas de mal. Je vous en prie… »* Le Démon écarlate range dans son dos son arme de tir. Dans l'autre main, il tient fermement un couteau de chasse parfaitement reconnaissable. Explorer Survival. Acier inoxydable. Manche antidérapant. Lame 8 pouces[39]. Sous la capuche noire, la lumière vibre, donne l'impression

39. 21 centimètres.

d'une combustion. Le Démon s'agenouille sur le torse de Josie. La lumière dans la capuche diminue en intensité. Un visage auréolé d'un halo carmin apparaît. Un visage que je ne connaissais pas.

– Song Gomez. 17 ans. Il est de Southwick, une ville à 10 miles[40] d'ici, m'a indiqué Patel. Ce gamin est connu des services de police.

– Un autre Démon écarlate ?

Sur l'écran, l'adolescent se penche pour agripper les cheveux de la victime. Le téléphone tombe à terre et filme le toit de la serre. Un cri s'élève, s'éteint dans des grognements liquides, empêchés, qui s'affaiblissent. Jusqu'au silence. Le Démon écarlate réapparaît dans l'image. Le téléphone est à ses pieds et le grand angle filme le monstre dans toute sa hauteur. Il paraît immense. Sa jambe se lève. La semelle des rangers vient manger une bonne partie de l'image avant que le pied ne s'abatte sur l'appareil. La vidéo se coupe.

J'ai tendu le téléphone à sa propriétaire. Patel a partagé sa stupéfaction :

– Josie était une femme sans histoire, lumineuse, ouverte aux autres. Elle ne méritait pas de mourir comme ça. Ils ne peuvent pas l'avoir choisie. Elle et les autres. C'étaient des gens bien. Ces gamins tuent au hasard. Sans raison.

– Si c'est exact, c'est le pire des scénarios, ai-je ajouté.

– Capitaine Patel !

Un officier de Springfield se dirigeait à pas rapides vers nous.

– Il y a une petite nouveauté. Une des victimes n'a pas de code dans la bouche mais une facture. Une commande

40. Près de 17 kilomètres.

de légumes passée par La Révélation. On a vérifié les livres de comptes. The Black Sheep fournissait régulièrement La Révélation.

Je me suis adressé à l'officier.

– Gomez a dérobé de l'argent ? Des vêtements ? A-t-il détruit du matériel ?

– Négatif, détective.

Je me suis tourné vers Patel :

– La violence des gamins se focalise sur les individus. C'est une affaire personnelle. Ces gosses sont mus par la haine. Ça va être difficile à entendre, Patel, mais il va peut-être falloir envisager que votre amie Josie ait pu fermer les yeux sur ce qu'elle savait de La Révélation. Sur la maltraitance des adolescents. Même chose pour les autres employés et pour Emily Wesley, du Country Store. Imaginez, Patel. La Révélation a peut-être connu une insurrection. Et si les pensionnaires du camp avaient liquidé Montgomery et ses complices ? Et si, livrés à eux-mêmes, ces gamins avaient décidé de déverser leur colère sur tous ceux qui ont fermé les yeux ? Sur les habitants d'une ville entière…

Patel a posé ses mains sur ses hanches, une expression douloureuse plaquée sur le visage. Avant qu'elle ne baisse la tête, j'ai vu le bout de sa langue venir se coincer à la commissure de ses lèvres. Patel souffrait, le corps et le mental mis à rude épreuve.

– C'est dur ce que vous demandez, détective. Très dur. Juger les victimes pour comprendre les possibles motivations de… de ces…

À la place, Patel a reniflé.

– C'est une démarche qui me dégoûte… mais il va falloir le faire.

C'était au tour de la capitaine de se parler à elle-même. Pour canaliser sa colère, son chagrin. Pour garder la tête froide. L'atmosphère de Granville devenait oppressante, asphyxiante, comme si nous nous trouvions au beau milieu d'un épandage et de ses fumées âpres.

– Ce n'est pas pour excuser ces gamins, a-t-elle tenté de se convaincre, ni pour minimiser leurs gestes. Il faut comprendre leurs objectifs. Pour les devancer. Et les arrêter. N'est-ce pas, capitaine-détective ?

À travers ses yeux brillants j'entendais : *« Donnez-moi du courage. Donnez-moi la force. »*

Afin de ne pas flancher, j'ai immédiatement enchaîné :

– Demandez à vos hommes de fouiller la campagne de Granville, ses fermes abandonnées, ses maisons en ruine, ses grottes et ses forêts. Les campings fermés pour la saison hivernale. Tout ce qui peut servir de base de repli. On va ratisser la moindre parcelle de ce territoire. On va les débusquer et mettre un terme à cette boucherie. Suivez-moi, Patel. Allons interroger les parents du jeune Song. Et finalement, si vous avez un hôtel à me conseiller, je suis preneur.

Entre le temps passé sur l'enquête et mes allers-retours à Boston au chevet de ma mère, cette chambre ne serait occupée que quelques heures. Mais des morts et des vies pesaient lourd sur ma conscience. Je me devais de me tenir au plus près des opérations.

En sortant de la serre, je me suis juré qu'il n'y aurait plus d'erreurs commises. Plus une seule.

PIÈCE N° 22

27 octobre 2022
Thurgood Road, Southwick, MA

D'une dizaine de mètres de long, la maison avait été bâtie de plain-pied. Il s'agissait de l'une de ces constructions rapides, peu onéreuses, dont on percevait au premier coup d'œil la fragilité et la minceur des murs. Devant la maison, sous les fenêtres, un parterre de rhododendrons cherchait à fleurir en plein mois d'octobre. Il n'y avait plus de saisons. La capitaine Pamela Patel avait sonné plusieurs fois. Sans succès. Je me suis déplacé et j'ai posé ma main en visière entre mon front et la vitre qui donnait sur le salon. Personne. Pourtant, une voiture était garée dans l'allée, et après vérification de l'immatriculation via le poste de police, il s'agissait bien de la voiture des Gomez. Un voisin est sorti ramasser son journal. Il nous a dévisagés, auscultés. Le genre de type à tout savoir sur ce qui se passait dans le quartier. Je suis allé à sa rencontre. Patel a suivi.

– Capitaine-détective Bosco, BPD[41].

41. Boston Police Department.

J'ai montré ma carte et mon insigne.

– Vous savez si les Gomez sont chez eux ?

– En général, quand la voiture est devant, c'est qu'ils sont dedans. Vous êtes là pour lui dire de se calmer ? Ce n'est ni plus ni moins qu'un « trouble à l'ordre public » ce qu'elle fait.

– C'est-à-dire ?

– Le diable qui aurait pris son gosse. Le diable qui serait de retour. Qu'on serait tous en danger, parce qu'on s'est réjouis du départ de Song et qu'il allait nous le faire payer. On dirait que ça l'amuse de nous foutre la trouille. On croit au bon Dieu par ici… Alors, forcément, on croit aussi à ses anges. Les bons comme les mauvais. Ou alors… Non… Ne me dites pas que vous avez retrouvé son gosse ? *Shit!* Jusqu'à ce que sa mère tourne folle, le quartier était bien plus tranquille sans cette plaie.

Une détonation est venue contredire le voisin. Comme nous, il s'est tourné vers la maison des Gomez. Il a constaté d'une voix engourdie par la peur :

– Ça venait de là, non ?

Patel et moi avons posé une main sur la crosse de notre arme. Une seconde détonation a fini de tendre l'atmosphère. Patel s'est mise à courir vers la maison des Song. Je me suis tourné vers le voisin en robe de chambre.

– Rentrez chez vous. Et éloignez-vous des fenêtres !

Patel n'a pas hésité. Elle a levé le coude et l'a projeté dans la vitre, qui s'est brisée. Elle a atteint le loquet intérieur. Patel et moi avons pénétré dans la maison, les sens en alerte, en position de tir. L'habitation était aussi silencieuse qu'un monastère déserté. Sans échafauder le moindre plan, sans nous consulter, nous nous sommes séparés. Patel s'est avancée vers les pièces à vivre – salon, cuisine –, moi vers la salle d'eau et les chambres. Nous avons progressé lentement en continuant de nous signaler aux occupants, mais nos alertes sont restées sans réponse. Chaque pièce inspectée était vide. Jusqu'à la dernière. Elle s'est ouverte sur un lit aux draps blancs. Sur un couple allongé et vêtu comme un jour d'enterrement. Tels des gisants, leurs yeux inertes fixaient le plafond. Sous leur tête, les taies d'oreiller tentaient d'absorber le sang qui s'évacuait de leur front. Mr Gomez, bras replié, arme contre sa tempe noircie de poudre, affichait un air presque béat… Je me suis précipité vers eux, à la recherche d'un pouls. Aucun battement.

– Patel ! Ici !

Je me suis senti honteux, un peu confus d'avoir crié. La quiétude de la pièce, la position des corps, l'expression de leur visage, tout était si calme, si paisible. Moi, j'étais encore traversé par d'énormes shoots d'adrénaline. Sur la table de nuit proche de Ms Gomez trônait une statue de la Vierge Marie. À côté d'elle, un mug blanc sur lequel il était écrit : « Jesus ❤ You ». Au fond de la tasse stagnait un résidu de poudre blanche mélangé à de l'eau. J'ai pensé à un relaxant, un calmant. Le couple avait dû en boire pour faciliter le passage à l'acte. De l'autre côté du lit, sur le guéridon de Mr Gomez, un diptyque affichait un texte accompagné d'un portrait de Jésus : *« Que la bénédiction de Dieu descende sur toi, sur ta maison et sur les gens que tu aimes. »* Tête légèrement penchée, nimbé d'abnégation et de bonté, le fils de Dieu semblait déposer sur les dépouilles un regard à la fois attristé et tendre. Au-dessus du couple, quelques clous plantés permettaient à un rosaire de se déployer, la croix de bois venant frotter la tête de lit. La lumière qui traversait les volets striait les deux corps de lignes éclatantes. Après des jours d'une météo nuageuse et glaciale, le soleil était de retour. Patel est entrée dans la pièce.

– Merde, a-t-elle lâché devant ce triste spectacle. Elle a remis son Glock 23 dans son étui. Dans sa main, là, a-t-elle bredouillé en secouant la sienne.

J'ai rangé mon arme à feu et enfilé un gant en nitrile. J'ai extrait de la paume encore chaude de Ms Gomez un morceau de papier. Je l'ai déplié. Après l'avoir lu, je l'ai tourné vers Patel qui l'a parcouru à son tour.

« Dieu pardonnera »

PIÈCE N° 23

27 octobre 2022
Elm Motel, Westfield, MA

Un panneau décoré d'une typo ronde style années soixante renseignait le nom de l'endroit : *Elm Motel*. Dessous, des lettres noires amovibles annonçaient les prestations offertes : télévision par câble, HBO Max, Internet haut débit. J'ai poussé la porte et me suis retrouvé dans un local étonnamment étroit pour cette partie de l'immeuble qui semblait de l'extérieur si vaste. Face à moi, protégé par un Hygiaphone, Curtis s'est levé. Son prénom était inscrit sur son badge. Le type devait approcher les 60 ans. Ses cheveux frisés dessinaient une couronne autour de son crâne dégarni. Il a froncé les yeux, serré les lèvres, méfiant, comme si je m'apprêtais à lui parler une langue étrangère. Les clients sans bagages sont toujours suspects.

– Une chambre pour deux nuits. Peut-être plus, je ne sais pas encore…

Parler de « nuits » était bien optimiste.

– Si vous souhaitez prolonger, faudra changer de chambre. Je ne peux pas bloquer les réservations en attendant votre décision. Pièce d'identité. Oh ! Policier…

Pardon. Détective ! Boston ? Vous travaillez sur l'affaire des gamins démoniaques ? Vous avez choisi le bon hôtel. Les journalistes sont tous fourrés au Hampton Inn de Westfield. Vous serez tranquille ici. Du nouveau ? C'est pour rassurer ma femme. Elle me tanne pour que je quitte mon job. Avec ces histoires, elle a la trouille de rester seule la nuit. Je lui ai conseillé de prendre un amant. Vous voulez l'adresse, détective ? Je suis pas jaloux, et ça me rendrait un sacré service.

Il a gonflé ses joues et s'est retenu de rire, amusé et honteux à la fois.

– Bah, faut bien rigoler un peu. C'est pas si souvent.

Je n'ai pas réagi. Il a repris son sérieux avec un air faussement absorbé.

– Chambre 22. Pas de petit déjeuner ni de service en chambre. Derrière vous, la machine à glaçons. Elle est en libre-service. Bouilloire électrique dans les chambres et code Wi-Fi inscrit sur votre table de nuit. Le jour du départ, libérez la chambre pour 10 heures. Des questions ? Vous n'avez toujours pas répondu à la mienne. Du nouveau sur les Démons ?

J'ai planté mes yeux dans les siens, le temps qu'il comprenne.

– Oh. OK. Je vois. Vous êtes tenu à la discrétion. Comptez sur moi, personne ne saura que vous êtes là.

Il a tourné une clé imaginaire devant sa bouche, qu'il a ensuite jetée. J'ai pris celle posée sur le comptoir et suis sorti du lobby à la recherche du numéro 22.

J'ai longé les chambres en passant devant leur large et unique fenêtre. Derrière moi, j'ai entendu une porte s'ouvrir.

– *Cariño?*

Je me suis figé. Je n'ai pas eu besoin de me retourner pour savoir qui s'adressait à moi. Pendant quelques secondes, un peu comme en pleine hallucination, je me suis vu me jeter sur elle pour me répandre en excuses. J'ai pivoté, lentement, en essayant de me maîtriser. Elle a dit :

– Qu'est-ce que tu fais ici ?

– Et vous ? Je vous croyais repartie.

– Ce gamin continue de m'appeler. Je ne peux pas m'en aller. Je ne peux pas l'abandonner.

Je me suis avancé vers elle. Ma vision s'est troublée.

– J'ai merdé, Ms Alvarez.

– *Dios*. C'est arrivé… Il y a des morts ?

J'ai opiné tout en me détestant.

– J'ai été arrogant. J'aurais dû vous écouter et prendre le risque de passer pour un imbécile.

Je ne sais toujours pas ce qui m'a pris. Pourtant, sur l'instant, cela m'a paru d'une grande évidence.

– Ms Alvarez… Voudriez-vous rejoindre l'enquête ? Vous pouvez prendre votre temps, y réfléchir, mais… J'aimerais pouvoir bénéficier de vos prochaines fulgurances.

Le visage de Ms Alvarez a rougi de satisfaction.

– Magnifique ! Je repasse dans dix minutes. Soyez prête.

Alors que je découvrais ma chambre, et que je laissais dix minutes de répit à mon téléphone pour charger sa batterie, une notification WhatsApp a tinté. « Sheila Mason » s'est affiché en haut de l'écran.

J'ai accepté l'appel vidéo.

– Will ? C'est maman. Je ne te dérange pas ?

– J'ai un peu de temps. Ne t'inquiète pas. Que se passe-t-il ?

– Rien. J'avais seulement besoin de… de te dire que…

Ma mère s'est effondrée en larmes. Sa voix était pâteuse. Les shoots de morphine ankylosaient son esprit, sa diction. Ses pupilles roulaient sous ses paupières mi-closes.

– À propos de l'incident, je t'ai toujours cru, tu sais. Sans réserve.

Le Dr Wells avait dû s'entretenir avec elle. Énoncée par un médecin, la conclusion redoutée de son séjour en clinique était devenue réelle, inéluctable, implacable, officielle. Nos heures étaient comptées. D'une voix pleine, épaissie par le chagrin et la nécessité, ma mère a dit :

– Je suis désolée que ça n'ait pas été plus loin. Nous aurions dû le traîner en justice. L'idée qu'il ait pu continuer. Et nous qui t'avons demandé de garder le silence. Ça me ronge.

– C'est le moment où on en parle, c'est ça ?

– Mais tu as vu, il n'est plus jamais revenu à la maison. J'ai fait le nécessaire.

– C'est lui qui l'a décidé.

– C'est ce qu'il a fait croire. Pour ne pas perdre la face. Mais c'est moi qui lui ai interdit de revenir. Et ton père a dû suivre. Sinon, il perdait sa femme dans la foulée. Maintenant, mon chéri, essaie aussi de comprendre sa position. C'était une autre époque. Ton père a eu peur que cette histoire détruise notre famille.

– Et que ça me détruise, moi, il y a pensé ? C'est toujours comme ça qu'ils s'en sortent. La peur des répercussions. Éviter l'onde de choc.

Sheila s'est mouchée. Elle a écarquillé les yeux, pour en essuyer les coins du bout de son mouchoir en papier.

– Maman, cesse de t'en vouloir. Tu as fait ce que tu pouvais. Dans l'époque où tu vivais.

– Il faut crever l'abcès. Je veux que vous en parliez toi et ton père. Je veux vous voir vous réconcilier. C'est mon souhait le plus cher.

Elle a expiré un grand coup. C'était ce qui s'appelait en avoir gros sur le cœur. Elle a haleté :

– On se voit ce soir ?

– Oui. Évidemment.

– Alors ça va. Tant que je te vois. Ça va.

L'appel s'est terminé.

« Tant que je te vois. »

Cette phrase simple et anodine venait de prendre un tout autre sens, une tout autre dimension. Bientôt, Sheila Mason aurait disparu. Et la liberté comme le bonheur de « se voir » avec.

Une musique indienne emplissait la chambre embrumée d'encens. Ms Alvarez agitait une de ses mains en soufflant dessus. Au bout de ses doigts, un arc-en-ciel s'était formé. Un ongle, une couleur. J'ai demandé :

– Vous avez pensé que c'était le moment pour ça ?

– C'est pratiquement sec, *Cariño*.

Ms Alvarez a trottiné jusqu'à son tote bag et elle a attrapé sa veste en faux lapin.

– Intéressante, cette musique.

– C'est un dilruba. Un instrument indien. Ça veut dire « enchantement du cœur ». C'est avec ce genre de vièle que les Beatles ont ouvert *Within You Without You*.

– Évidemment, ai-je répliqué alors que je n'en savais rien. Vous ne faites pas l'autre main ?

Elle a haussé les épaules, claqué la porte, puis elle s'est dirigée vers la Ford Mustang en s'arrêtant soudainement au milieu du chemin. Ms Alvarez s'est gratté le mollet gauche du bout de sa chaussure droite. Plusieurs secondes. Et puis elle a repris sa course. Sa désinvolture n'avait de cesse de m'impressionner. Peut-être la jalousais-je un peu.

PIÈCE N° 24

27 octobre 2022
Police Department, Springfield, MA

L'ensemble des équipes de police s'était regroupé dans une même salle. Quatre villes étaient liées à l'affaire, dont deux pauvrement dotées en officiers. Ce qui représentait tout de même, entre les hommes de terrain, les enquêteurs et les laborantins, près de quatre-vingts personnes. C'était un maelström de voix graves, une forêt de cous épais, une succession d'épaules larges qui tiraient parfois sur des coutures de vestes élimées, faute de salaire convenable. Une assemblée de visages marqués, creusés de rides, yeux cernés, à force de lutter quotidiennement contre les crépuscules du monde. Malgré la présence de quelques femmes, c'était encore une majorité d'hommes avec, dans leurs mains carrées, besogneuses, des gobelets cartonnés remplis de l'indispensable élixir de vie, la boisson essentielle à la bonne santé mentale de tout policier : un café bien serré. Aussi amer qu'une affaire irrésolue. Les plus nerveux dévoraient un donut, les plus impatients pianotaient sur leur téléphone. Et au milieu de cette virilité quasi réglementaire, je me faufilais, ondulant entre les corps, silhouette longiligne, parfumé et rasé de près, sourcils épilés, gobelet de thé tenu du bout des doigts, suivi par une petite femme rondelette à la tenue plus bariolée qu'un panier de bonbons un soir d'Halloween. Nous nous étions frayé un chemin entre les journalistes agglutinés devant le poste de police, et nous tentions à présent d'atteindre les chaises du premier rang. J'ai lissé mon imper avant de m'asseoir, retiré mon foulard, que j'ai plié sur mes jambes croisées. Ms Alvarez était intimidée. On nous observait. Sans animosité. Plutôt avec une curiosité amusée. Au fond de la salle, au contraire, un groupe d'hommes nous détaillait en échangeant des propos à voix basse, des propos que leurs attitudes et la dureté de leur regard rendaient menaçants. Le porte-parole de la balistique est entré dans la pièce accompagné de la représentante de la médecine légale. Ils ont rejoint le pupitre. Peu de temps après, le procureur général Ben Wade, le *chief of police* de Springfield, Preston Dallas, accompagné des shérifs Ford et Jarvis, ont investi la *meeting room*. Jarvis s'est rapproché des membres de son unité et Ford, des types hargneux du fond de la salle. Dis-moi avec qui tu trinques, je te dirai qui tu es. Dallas s'est installé au pupitre. Les conversations ont instantanément cessé.

– Merci à tous de nous avoir rejoints ici à Springfield, et désolé pour le retard. Vous êtes au courant. La dernière attaque des Démons écarlates a fait quatre nouvelles victimes. Si ces raids sanglants semblent se concentrer sur le territoire de Granville, d'autres agglomérations ont été directement ou indirectement touchées. Placées à un niveau d'alerte maximale, certaines de ces villes ne disposent pas d'assez d'hommes pour mener de front investigation et protection de la population. Sans parler des moyens techniques nécessaires. Aussi, le procureur Ben Wade et moi-même avons décidé que Springfield et Boston prendraient dès aujourd'hui le lead sur l'ensemble des investigations liées aux Démons écarlates.

J'ai manqué défaillir. Ms Alvarez s'est tournée vers moi, radieuse. Des voix à l'arrière, proches de grognements retenus, se sont élevées. Ce qui n'a pas empêché *chief* Dallas de poursuivre. Je cherchai des yeux Pamela Patel, en vain. Où était-elle ?

– Dorénavant, la moindre information en lien avec cette affaire devra être adressée au capitaine Pamela Patel et au détective Wilfried Bosco. De cette façon, les shérifs Jarvis et Ford pourront retrouver le terrain et rassurer la population.

À ma grande surprise, la nouvelle a semblé acceptée par la grande majorité de l'auditoire. Aucun regard de travers. Pas de morgue ni de signes de mécontentement. Abstraction faite de Ford et de sa meute.

– Bien, a repris Dallas. Passons à l'enquête maintenant. Nos spécialistes ont des informations à partager avec vous.

J'ai sorti mon Moleskine et le crayon coincé entre ses pages. Melissa Callman, déjà vue sur le terrain, a tiré sur sa veste, allongé le cou. Des photos particulièrement insoutenables – celles des cadavres dans le réduit – ont commencé à défiler sur un écran :

– Voici ce que nous savons. Dans ce réduit exigu, huit corps ont été retrouvés. Tous de sexe masculin. Cinq adultes. Trois adolescents. Des décès parfaitement simultanés, datant d'un peu plus de six mois. Huit cadavres, huit décès par brûlures profondes au visage. Les os frontaux et maxillaires portent les stigmates de températures extrêmes. On parle tout de même de

1 652 °F[42]. Le problème, c'est que nous ne parvenons pas à déterminer ce qui a pu provoquer cette fournaise. Comment monter si haut en température sans retrouver une seule trace de liquides inflammables. Les vêtements auraient dû être tachés d'essence, de gasoil, de white-spirit, pourquoi pas de napalm, au moins d'un combustible. Pourtant, aucun résidu. Nous avons bien sûr envisagé l'utilisation d'une sorte de chalumeau, mais les victimes ont été brûlées vives. Les signes et relevés cliniques le démontrent. Difficile, dans ce cas, d'éviter les fibres des vêtements ou même les cheveux. Ce qui s'est pourtant produit.

Dans la salle, des exclamations se mêlaient à des échanges dubitatifs.

– Une seule victime a pour l'instant été identifiée. Il s'agit du prêtre mercenaire, le père Montgomery, alias Wallace Theodore Mitchell. Nous sommes parvenus à le reconnaître grâce aux caractéristiques dentaires de son dossier médical. Dossier établi lors de son séjour en prison. Passons au charnier de Granville.

Sur l'écran, une nouvelle série de photos a débuté.

– Il contenait neuf squelettes. Uniquement des hommes, comme l'a révélé l'analyse des bassins exhumés. Des hommes jeunes, d'après la qualité des os, l'état des articulations. Ce qu'ont confirmé les résultats obtenus par la méthode Suchey-Brooks. Des adolescents pour la plupart. Trois tués par balle. Cinq par combustion. Dans les mêmes conditions que les calcinés du réduit. Tous assassinés entre 2018 et il y a un peu moins de six mois. Sur le cadavre le plus récent, on a trouvé des traces

42. 900 °C.

d'entailles sur le cartilage thyroïde. Pas de brûlures ni de tir à bout portant, mais une attaque mortelle portée au cou. Datée, donc, d'il y a six mois. Comme les victimes du réduit. Il est fort possible qu'au lieu de le déposer dans la cellule de La Révélation, on ait choisi d'enterrer ce corps en particulier dans la forêt. Pourquoi ? Nous comptons sur vous pour nous l'expliquer…

J'ai été un instant distrait. Patel venait de nous rejoindre et s'installait au premier rang.

– Autre mystère. Un ADN, trouvé dans l'amplificateur d'un appareil auditif sur lequel du sang a coulé ne correspond à aucun code génétique parmi les dix-sept victimes retrouvées. Ni dans le charnier, où il a été pourtant découvert, ni dans le réduit. Il manque donc possiblement un corps.

– Et si cet appareil auditif n'était pas la preuve d'un corps supplémentaire ? a objecté Ford d'un ton frondeur. Il pourrait très bien appartenir à l'un des fossoyeurs. Une chute de l'objet sans que son propriétaire s'en rende compte…

Callman a dodeliné négativement de la tête.

– Cet ADN correspond aussi au sang projeté sur le mur de la remise, au sang qui a imprégné la balle de 9 mm découverte à proximité de la seconde partie de ce même appareil auditif. Des éléments qui font penser à une exécution sommaire. D'ailleurs, précisons-le, c'est à une civile que nous devons ces découvertes.

Callman a cherché dans ses notes.

– Ms Amanda Lucia Pia Alvarez.

À côté de moi, Ms Alvarez a levé la main.

– La bonne nouvelle, a repris la légiste après avoir salué la médium, c'est que les parties mécaniques de l'appareil auditif comportent un numéro de série. Nous connaîtrons bientôt le nom de son propriétaire. Armez-vous tout de même d'un peu de patience : nous sommes sur une prothèse produite depuis 2015. La compagnie qui les distribue en a vendu des centaines de milliers et il va nous falloir l'aide des compagnies d'assurances et des points de vente pour parvenir à l'identifier. Enfin, pour ceux qui douteraient encore d'un lien entre le charnier et La Révélation, un autre élément nous le confirme.

Callman s'est reculée pour laisser place au spécialiste en balistique. Paul Bart a rejoint le pupitre. Sur l'écran, des balles sont apparues.

– Vous connaissez bien ces munitions. Des 9 mm Para. Ou 9 × 19 mm Parabellum. Toutes retrouvées dans le charnier de Granville. De toutes les armes récupérées à La Révélation, seule celle de Mitchell matche parfaitement. Un Glock 19, facile à trouver sur le marché noir. Mêmes impressions de champ, de rayures, mêmes marques laissées sur la capsule d'amorçage. L'arme de Montgomery a servi à l'ensemble des exécutions. Il est bien évidemment impossible aux équipes de Callman de relever la moindre preuve de viol sur ces restes humains, mais vu le pedigree de ce salopard, l'hypothèse de victimes d'abus sexuels s'impose. Tout comme s'impose une autre question plus troublante encore : si ces corps appartiennent à de jeunes délinquants envoyés en camp de redressement, pourquoi aucun d'eux n'a été réclamé ? Où sont passés les parents ? Et pourquoi avoir enterré puis déterré un corps ? La victime transportée du réduit au charnier l'a-t-elle été parce qu'il fallait que cette fosse contienne un nombre particulier de cadavres pour honorer une cérémonie, un rituel ? Aurait-on affaire à un culte satanique qui offrait au diable des gosses en sacrifice ? N'oubliez pas les éléments ésotériques retrouvés à l'intérieur du campement. Qui a tué Montgomery et ses acolytes ? Pour quelles raisons ? Et comment un charnier a-t-il pu se remplir sur plusieurs années sans jamais être découvert en pleine forêt de Granville ? C'est tout pour moi, les gars. Nous avons fait notre job, à vous de faire le vôtre !

Des rires ont fusé.

– Pour information, a ajouté Callman en s'avançant vers le micro, des équipes cynophiles continuent d'inspecter la forêt de Granville ainsi que les alentours du camp à la recherche d'autres charniers éventuels. Le lac à proximité a aussi été dragué. Sans résultat.

J'ai levé la main.

– Pourquoi ne parvenez-vous pas à identifier les autres corps ? Quelles sont les difficultés rencontrées ?

Callman est restée positionnée devant le micro.

– Pas de registre nominatif pour nous orienter. Nous en sommes réduits à nous concentrer sur les renseignements que nous dévoilent ces restes humains : dentition, traces de fractures, opérations spécifiques. À comparer avec des milliers et des milliers de dossiers médicaux. Dernier point : nous nous sommes rendus chez les Ferguson, les Bell et les Song pour y relever l'identité génétique des gamins. Une seule empreinte ADN sur une scène de crime et la messe sera dite. Inculpation et perpétuité. Je n'ai plus rien à ajouter.

Ford a élevé la voix, comme s'il réclamait la tête d'un assassin.

– Puisque Boston prend la direction des opérations, est-ce que Boston daignerait nous faire un petit topo de la situation ? Où en est l'enquête ? Comment la capitale compte-t-elle arrêter ces salauds ?

Le procureur général a croisé les bras. Il m'a observé, satisfait de pouvoir juger sur pièce de quelle étoffe j'étais fait. Idem pour Dallas. J'ai passé l'extrémité de mes doigts dans mes cheveux, mouillé mon index du bout de la langue pour lisser mes sourcils et je me suis levé, envahi par le trac. Face au pupitre, face à la salle, je me suis éclairci la voix. J'ai sorti mes lunettes en écaille, et j'ai commencé :

– Capitaine-détective Wilfried Bosco, pour ceux qui ne me connaîtraient pas. Où en sommes-nous, shérif Ford ? Eh bien... C'est compliqué. Impossible de débusquer les Démons écarlates. Nous avons alerté les agences immobilières, les propriétaires de maisons secondaires, de logements inoccupés qui pourraient servir de planque. Aucun résultat pour le moment. La fouille des bâtiments abandonnés, des granges, des grottes, des camps de vacances n'a rien donné. Nous avons sillonné la forêt de Granville, la montagne de Sodom, au cœur du triangle Granville-Westfield-Southwick. Néant. Certains d'entre nous sont en train de contacter les associations et les institutions du comté de Hampden qui s'occupent de l'enfance maltraitée ainsi que des adolescents à la rue. Nous espérons que l'un des Démons aura transité par une de ces structures. Nous ne savons toujours pas ce que veulent dire ces messages dans la bouche des victimes. Les Démons ne portent pas sur eux d'appareils électroniques. Les relevés GSM n'ont rien décelé. Aucune identification ou pistage possible. Idem pour les caméras de vidéosurveillance. À Boston, après le meurtre de Tania Bell, Peter Bell a emprunté un bus pour la banlieue et les caméras l'ont perdu. Song Gomez détient un permis de conduire, obtenu l'année de ses 16 ans. Pourtant, pas de voitures retrouvées ou dérobées autour des scènes de crime. Il semblerait que ces gosses utilisent les transports en commun. Ou bien ils sont aidés. Une piste que nous n'écartons pas. En ce qui concerne les familles Bell, Ferguson et Gomez, elles ne se connaissaient pas. Il semblerait qu'on s'échangeait l'adresse de La Révélation entre paroissiens dépassés par des gamins réfractaires à toute forme d'autorité. Ce qui laisse perplexe quand on épluche les antécédents judiciaires de ces trois garçons. Pour Noah Ferguson et Peter Bell, pas l'ombre d'une interpellation, pas le moindre souci judiciaire. Seuls les témoignages directs des voisins les accablent. Seul Song Gomez a commis quelques délits. Deux vols à l'étalage. AirPods et baskets Asics. Rien qui puisse expliquer un internement en camp de redressement. Les gamins étaient peut-être insupportables, mais de là à les envoyer dans un camp paramilitaire…

– Ces gamins étaient le mal incarné ! a lancé le shérif Ford dans un nuage de postillons. Assez de bavardages, il faut retrouver ces fils de pute et les empêcher de nuire, définitivement !

– Je ne crois pas qu'il y ait besoin d'user de ce genre de qualificatif pour…

– Vous entendez ! m'a-t-il coupé. Il a de la compassion pour eux. Il n'y a que l'histoire de ces fumiers qui l'intéresse. Pas un mot pour les victimes !

Ford s'adressait à la salle. Il les haranguait. Il voulait les convaincre. Les convaincre de me couper la tête. Je ne me suis pas démonté :

– Ford, ne sentez-vous pas la vengeance suinter dans chacun de leur carnage ? Wallace Mitchell a certainement abusé de ces adolescents. Ce sont aussi des victimes.

– Des victimes ! Eux, des victimes ! Respectez notre deuil, détective. Dallas, Patel, Jarvis, réagissez ! Ce type cherche à dévier l'enquête…

– Je suis aussi bouleversé que vous par ces assassinats, Ford. Je pense aux jeunes Denis et Candice Ferguson. Je pense à Tania Bell, aux employés de…

– Vous ne pouvez pas ressentir ce que nous ressentons, moi et mes gars. Vous venez d'ailleurs. Je ne comprends pas qu'on puisse nous retirer cette affaire. Cette enquête, nous la menions avec nos tripes. Elle nous revenait de droit ! C'est à nous de rendre justice parce qu'ils étaient nos voisins, nos collègues, nos amis.

Maintenant, il jouait la carte du repli communautaire, il en appelait à un esprit d'insularité, de loyauté entre gens d'un même monde.

– Je peux vous l'assurer, shérif Ford, nous mettrons, la capitaine Pamela Patel et moi, toute l'énergie nécessaire à la recherche de ces meurtriers. Nous ne lâcherons rien tant que…

– Une médium ! Qu'est-ce que fout ici, avec nous, une médium ! s'est emporté Ford.

Assise sur sa chaise, Ms Alvarez a remonté son tote bag sur son épaule comme pour se tenir prête à décamper.

– Je porte la responsabilité du massacre de la ferme du Black Sheep. Ms Alvarez m'avait prévenu.

Effarement dans la salle. Ms Alvarez, stupéfaite, m'a fait signe de m'arrêter. J'ai poursuivi :

– Je n'ai pas pris son avertissement au sérieux. Parce qu'il n'était étayé d'aucun élément concret. Rien de tangible. Je n'ai pas renforcé la sécurité autour de l'exploitation alors que j'avais été averti d'une menace. Je ne veux pas me défausser, j'assume et endosse la responsabilité de ce massacre, mais combien parmi nous auraient pris en compte les alertes d'une médium ? Procureur Dale, j'ai une dette envers ces victimes. Ne me retirez pas l'affaire. Je veux la mener à son terme.

Un chahut s'est formé dans la salle. C'était le moment de l'annoncer :

– *Attorney*[43] Wade, *chief* Dallas, capitaine Patel, shérif Jarvis, shérif Ford, je vous informe que Ms Alvarez intègre l'équipe et son enquête. Je vous demande de l'accueillir avec la bienveillance et le respect qui lui sont dus.

J'ai jeté un œil vers Wade, Dallas et Patel. Les deux derniers semblaient consternés. Wade m'a adressé un long mouvement de tête, un peu solennel. Il approuvait, léger sourire en coin, impressionné par ma témérité, mon audace. C'était gagné. Au fond de la salle, Ford est parti dans un fou rire forcé et blessant.

– Non mais vous entendez ça ! Espèce d'immonde inverti ! J'espère que les fantômes des serres du Black Sheep viendront te chier dans la bouche toutes les nuits ! Tes manières de pédéraste font honte à la police.

Le procureur s'est levé d'un bond.

– Reprenez-vous, shérif ! J'en ai mis à pied pour moins que ça.

Ford s'est tu, déstabilisé. Wade a poursuivi :

– Une question me taraude, shérif Ford : comment ce camp a-t-il pu tenir onze ans ? Comment est-il possible qu'aucune information sur ce qu'enduraient ces adolescents n'ait fuité ?

J'en ai profité :

43. « Procureur ».

– Je crois que nous tenons là le mobile des Démons écarlates, procureur Wade : faire payer ceux qui savaient pour les violences physiques et sexuelles subies. Et vous en faites partie, shérif Ford.

– Quoi ?

Le type a foncé vers moi. Ses collègues l'ont retenu. Par la veste, la chemise. Face à cette réaction, j'ai vu *chief* Dallas s'interroger sur la santé mentale de Ford. Patel, elle, m'a fait les gros yeux. J'allais visiblement trop loin. Je n'en étais pourtant qu'à la moitié du chemin.

– Vous entendez ! bavotait Ford. Il attaque les victimes ! Il défend les coupables !

– Comprenez-moi bien. Je ne juge pas le comportement ou les décisions des habitants de Granville. Je ne juge que les vôtres, shérif Ford. Vous qui êtes supposé représenter la loi, la connaître et l'appliquer.

– Je vais le…

Il a mangé les derniers mots de sa menace et tenté une nouvelle fois de parvenir jusqu'à moi. Les mêmes l'en ont empêché. Dallas semblait se réjouir de l'affrontement. Patel était visiblement inquiète. Wade, scandalisé. J'ai mâchonné une branche de mes lunettes et j'ai repris mon discours :

– Imaginez être livré aux mains d'un pervers par vos propres parents. Vous ne pouvez pas ignorer cette partie de l'histoire, Ford.

Le shérif s'est ébroué pour se débarrasser des mains qui le retenaient. Il s'est adressé à la salle et plus particulièrement au procureur, en remuant un index menaçant.

– Je vous le dis. Le capitaine-détective Wilfried Bosco a de la compassion pour ces pourritures. Pas pour leurs victimes. Avec un flic pareil, ces gamins n'ont pas besoin d'avocat. À se demander si son objectif est bien de les arrêter. Bon sang, les gars, Boston nous crache à la gueule et vous restez sans réagir ?

Ford a espéré une indignation qui ne s'est pas produite. Alors, vexé, il s'est avancé vers moi, pesamment, la démarche alourdie par le poids de sa folie. Mes doigts ont serré le bord du pupitre. Il a craché. Un jet blanc s'est écrasé à mes pieds, et, suivi par cinq autres types, le shérif a quitté la salle.

PIÈCE N° 25

27 octobre 2022
Café At The City Hotel, Westfield, MA

Nous étions assis l'un en face de l'autre, sur une même banquette tordue en forme de U. Un U ouvert sur une salle qu'une jeune serveuse pleine d'énergie arpentait, attentive à la moindre requête de ses clients. Ms Alvarez a cueilli du bout de sa cuillère un peu de la chantilly qui recouvrait la surface de son milk-shake.

– Tu t'es fait un tas d'amis ce matin.

Ses longues lèvres enduites de rose se sont étendues dans ce sourire espiègle que je lui connaissais bien.

– Tu en as imposé, *Cariño*. Crois-moi.

J'ai repoussé mon thé. J'ai cherché le regard de la serveuse, qui est venue vers moi.

– Un Manhattan, s'il vous plaît.

– Comme le quartier de New York ? a-t-elle demandé.

Je ne voyais pas à quoi d'autre ce mot pouvait faire référence.

– Ils doivent savoir ce que c'est au comptoir. C'est comme si vous l'aviez.

– Un Manhattan à 2 heures de l'après-midi ? s'est étonnée Ms Alvarez. Quelque chose ne va pas, *Cariño* ?

J'ai retiré mes lunettes pour les poser sur la table. Je me suis massé le front.

– Tu as quelque chose sur le cœur ?

– Sur et dedans. Quelque chose qui transperce. C'est assez douloureux.

– Aussi *loco* que ça puisse paraître, il y a peu de douleurs dont les êtres humains ne peuvent se remettre. On les compte sur les doigts d'une main.

– Ma mère est en train de s'éteindre. Elle n'en a plus pour longtemps.

– *Dios.*

Elle a porté son poing fermé à sa bouche.

– *No esperaba esto*[44]. Tu peux compter cette douleur sur les doigts de ta main.

Elle a laissé échapper un long soupir ému.

– Elle est malade ? Est-ce qu'elle souffre ?

– Elle est courageuse. Elle ne montre rien.

– Je sais que tu ne crois pas à toutes ces choses, mais l'histoire continue. Sous une autre forme. Y penser te réconfortera.

La serveuse a apporté ma commande. J'ai remis mes lunettes, saisi le verre à cocktail, large et évasé. J'ai examiné la couleur de ma boisson, proche de celle d'un sirop d'érable, son aspect sirupeux. J'ai fait tourner d'un mouvement du poignet le mélange ambré.

– Tout ce qui apaise peut devenir addictif.

Je me suis adossé à la banquette, avant de m'y enfoncer.

---

44. « Je ne m'attendais pas à ça. »

– Je suis sûr qu'il y a des gens qui se shootent à vos croyances.

J'ai bu une longue gorgée en fermant les yeux. J'ai laissé l'alcool me réchauffer le cœur, le ventre. J'aurais voulu être ailleurs. Sans savoir où vraiment.

– Tu veux me parler d'elle ?

Mon cœur a soupiré. Un soupir si chargé d'incertitude qu'elle a considéré que je ne le souhaitais pas. Pas vraiment.

– Qu'est-ce qui pourrait t'aider, *Inspector* ?

– Que ça n'arrive pas. Mais ça va arriver.

La clochette de la porte du café a retenti. J'ai vu Ms Alvarez interloquée par celui ou celle qui arrivait dans mon dos. Pas le temps de me retourner : un jeune garçon s'est planté devant la table. Il m'a interpellé :

– Vous faites partie des gens qui s'occupent des Démons écarlates, n'est-ce pas ? Je vous ai vu sur News 22.

Je me suis redressé. J'ai retiré mes lunettes pour mieux le voir, ce qui était absurde. Il a continué :

– Pas la peine de flipper. Je ne viens pas vous égorger. Je viens vous parler de La Révélation. J'y ai séjourné.

Ms Alvarez et moi nous sommes regardés.

– On peut parler vous et moi ? Seul à seul ? a-t-il ajouté en se tournant vers la médium.

– *Oh Dios!* Ne bouge pas, *pequeño*[45]. Surtout pas. Je m'en vais.

Ms Alvarez a rassemblé ses affaires. Elle m'a lancé un clin d'œil et a quitté la table en emportant son milk-shake. La serveuse est revenue à notre table tandis que le gamin s'installait.

– Il vous faut quelque chose ?

45. « Petit ».

– Un *Diet Coke*, s'est empressé de répondre le gamin, un *Buffalo Chicken Sandwich*[46] et un *Creamed Corn*[47], s'il vous plaît.

La serveuse est repartie, ravie de ce si bon appétit. L'ado s'est penché vers moi en baissant d'un ton.

– C'est pas cher payé pour les infos que je vais vous donner. Je m'appelle Tommy King. J'ai passé trois mois à La Révélation.

J'ai repoussé mon Manhattan, embarrassé de boire de l'alcool devant un enfant. J'ai tendu l'oreille.

– Ce n'était pas du tout un camp de redressement, vous savez. Pas du tout. C'était un centre de conversion. Les garçons qu'on envoyait là-bas, ils étaient tous gays.

---

46. « Hamburger au poulet à la sauce Buffalo ».
47. « Maïs à la crème ».

PIÈCES N°s 26 À 40

Transcriptions révisées
à fin de publication

Tommy, Noah, Peter et les autres
ou
Les Déviants

Neuf mois
plus tôt

PIÈCE N° 26

Tommy King
Extrait de sa déposition datée du 28 octobre 2022

11 janvier 2022
La Révélation, Granville, MA

Ils m'ont traîné dans un réfectoire, nous avons traversé un vestibule, parcouru un dortoir, et nous sommes entrés dans une sorte de grande salle de bains. On m'a jeté sur une chaise. Oncle Brett nous suivait de près. Il a dit aux deux baraqués :

– Ses affaires sont sur son lit.

Il a retiré son cure-dent de sa bouche. Il s'est avancé vers moi.

– Dieu compte sur toi, Tommy. Ne Le déçois pas.

Il a tapoté ma joue, mais c'était pas loin d'être des baffes. Les deux autres, ils avaient des sourires à vomir sur leurs tronches de minables. Oncle Brett est sorti de la pièce. Je suis resté avec les deux costauds munis de grosses ceintures à la taille, comme des charpentiers, mais à la place des outils, c'étaient des armes qui en pendaient : flingue, matraque télescopique, shocker. L'un d'eux a attrapé un rasoir électrique posé sur un lavabo. Il l'a allumé avec un petit rictus perfide. J'ai compris qu'il allait me raser le crâne. J'avais si peur que j'ai laissé faire en répétant dans ma tête : *« Ce n'est pas important... Ce n'est pas important... »* Mes cheveux sont tombés en paquets autour de moi. Le grésillement du moteur faisait comme un rire moqueur dans mes oreilles. Quand il s'est arrêté, le bonhomme s'est reculé pour apprécier son œuvre. Mon coiffeur, un grand Noir – Marcus, il s'appelait, je l'ai su plus tard –, il a dit :

– Tommy, hein ? C'est pas très asiatique comme prénom.

– Si vous aimez les stéréotypes, je vais beaucoup vous décevoir. Je déteste les makis.

– Un maki ?

– Un sushi. En plus infect.

– Oh. OK. Marrant. J'aime bien, moi, les sushis. Mais, je pige pas, oncle Brett a pas les yeux bridés. On t'a adopté ?

– Ma mère est coréenne. Mon père est américain. Et mes yeux bridés vous emmerdent.

Marcus est parti dans un grand rire. L'autre en a profité pour me tendre des vêtements noirs : un sweat à capuche, un pantalon, des chaussettes, un caleçon et, posées en haut de la pile, de grosses bottes militaires. J'ai attrapé le ballot. Marcus a fait remarquer en se bidonnant :

– Il a de la repartie, cette tête de cul. Tu ne trouves pas ? Eddie ? Oh ?

Je ne savais pas ce que faisait Eddie dans la vie, mais il aurait pu être catcheur. Ses cheveux étaient aussi jaunes qu'une décoloration ratée et sa moustache toute noire coulait autour de sa bouche édentée jusque sur son menton.

– Mouais… a fait le costumier. Encore un qui va nous créer des emmerdes. Habille-toi, *Chink*[48]*!*

Je ne l'ai pas mal pris. L'habitude. J'ai regardé autour de moi, pour en être sûr : il n'y avait pas de cabine.

– Enlève tes fringues.

Eddie s'est humecté les lèvres comme s'il avait soif.

– Je peux aller dans le dortoir ?

– C'est bien que tu te sentes mal à l'aise, a expliqué Marcus, ça fait partie du processus.

– Quel processus ? j'ai dit.

– Oublie pas le caleçon, m'a répondu Eddie.

J'ai balbutié :

– Je… Je préférerais que…

Eddie s'est avancé vers moi. Il a mis ses yeux dans les miens. Son poing s'est enfoncé dans mon estomac. J'ai lâché mes nouveaux vêtements. Me suis plié en deux, le souffle coupé. Eddie s'est reculé.

– Tu fais ce qu'on te dit. À poil.

J'ai pensé : *« Papa, maman, aidez-moi. »*

J'ai cherché un peu d'air, en essayant d'absorber la douleur. Quand ça s'est calmé, j'ai retiré ma veste, mon pull, et le reste. Et quand j'ai voulu me tourner pour retirer mon caleçon, Eddie a fait :

– T T T T T T T… Face à nous.

J'ai fait glisser mon caleçon d'une main. L'autre, je l'ai gardée sur mon sexe pour le cacher.

– Enlève ! a gueulé Eddie.

Le catcheur a fait un pas vers moi en serrant les poings. J'ai retiré ma main en retenant mes larmes. Eddie a souri,

---

48. Injure utilisée aux États-Unis et que l'on peut traduire par « Chintok ».

satisfait. Et il a ajouté quelque chose qui m'a presque fait plus mal que ses beignes…

– Tous les clichés ne sont pas complètement faux. Pas vrai, Marcus ?

J'entends encore leurs rires, juste après.

#

En me ramenant à mon lit, Eddie m'a annoncé :

– Maintenant, tu es un condisciple. Entendu ?

J'ai acquiescé, sans comprendre.

– Tu ranges tes affaires dans ta malle et tu attends ici.

Il m'a laissé seul dans le dortoir. J'ai sorti mes affaires, je les ai placées dans le coffre, au pied de mon lit. J'ai caché sous mes tee-shirts la figurine de *One Piece* et la bande dessinée de papa. Je suis resté assis sur le lit qu'on m'avait assigné jusqu'à ce que les autres arrivent. Sept garçons sont entrés dans le dortoir. Ils étaient en sueur, à bout de souffle. Le plus gros, Burt, au moins 200 *pounds*[49], boitait comme s'il avait posé le pied dans un piège à loup. Un type brun à qui il manquait une dent de devant, Noah, lui a donné un conseil.

– Garde tes chaussures. Sinon, tu ne pourras plus les remettre.

– La ferme ! a hurlé un adulte en entrant dans la pièce.

Un Hispanique, petit, sec, tout en muscle, habillé du même treillis vert qu'Eddie et Marcus. Son nom : Carlos.

– Condisciples, sortez vos bibles ! Psaumes V !

Ils ont sorti un livre de sous leur oreiller. J'ai regardé sous le mien. Une bible était là qui m'attendait. J'ai entendu les

49. Environ 90 kilos.

pages claquer sous leurs doigts, et puis ils se sont mis à lire tout haut. Les voix se mélangeaient, se chahutaient. Carlos est venu coller son visage contre le mien. On faisait la même taille, lui et moi.

– T'es dispensé de rien, ma belle.

Carlos et les autres, ils nous féminisaient à tout bout de champ. Là-bas, ils nous parlaient comme si on était des femmes. Je me suis vite rendu compte que leur homophobie, c'était une extension de leur misogynie. S'ils avaient su… Je m'en foutais qu'ils me traitent de femme. Ma mère n'avait rien d'une inférieure. « Femme » n'est pas une injure. Leur connerie en était une. Une injure à l'humanité.

J'ai cherché la page sans savoir où trouver les Psaumes. Marcus est entré dans le dortoir :

– Tommy King, père Montgomery veut te voir.

#

– Tu sais pourquoi tu es ici, condisciple ?

Dans son cabinet de travail, le père Montgomery tournait autour de moi, les mains dans le dos, tel un vautour effectuant un vol circulaire au-dessus d'un animal sur le point de crever.

– Il y a une faille en toi. Un démon s'y est installé. Le démon de l'homosexualité.

J'ai pouffé de rire. Ça m'a échappé. Le visage du père a tremblé. Je me suis immédiatement calmé.

– Ce déni, Tommy, cette suffisance… Une preuve de plus de la présence du Malin en toi.

– Vous vous trompez. Mes parents me l'ont toujours dit. Si Dieu existe, il m'a fait tel que je suis.

Sa main est venue s'aplatir sur ma joue. Si fort que ma tête et mon corps ont suivi le mouvement de sa main. J'ai failli m'affaler sur le sol.

– N'insulte plus jamais Notre Seigneur. L'homosexualité est un péché. Elle ne peut pas venir de Lui. Dieu a anéanti une ville entière pour en finir avec cette ignominie.

Il s'est mis à réciter. À force de les répéter, soir après soir, je les connais par cœur maintenant.

– Jude : 1.7. *Que Sodome et Gomorrhe et les villes voisines, qui se livrèrent comme eux à l'impudicité et à des vices contre nature, sont données en exemple, subissant la peine d'un feu éternel.* Genèse : 19.24. *Alors l'Éternel fit pleuvoir du ciel sur Sodome et sur Gomorrhe du soufre et du feu, de par l'Éternel.*

Je suis resté planté là où la force de sa gifle m'avait déplacé. Je me massais la joue, une douleur lancinante dans la mâchoire, en me disant qu'aucun adulte ici ne serait un allié. Quand il a cessé de réciter, il s'est signé et il a averti avec un grand sourire glacé :

– J'ai un cadeau pour toi.

Il est allé ouvrir une armoire. Il est revenu avec un scapulaire de dévotion. Il l'a installé sur moi. Il a passé ma tête entre les deux cordes reliées à deux carrés de tissu. Le père Montgomery a placé le premier sur ma poitrine. Dessus, on avait dessiné le signe de l'archange saint Michel. Sur le second – Montgomery l'a laissé pendre dans mon dos –, une question apparaissait : *« Quis ut Deus ? »* Ce qui voulait dire : *« Qui est comme Dieu ? »*

– Ne t'en sépare jamais, m'a conseillé Montgomery d'une façon très solennelle. Garde-le toujours sur toi. Lorsque tu dors, quand tu te douches. Tout le temps. C'est très important. Il empêchera ton démon intérieur de sortir de toi en cherchant à contaminer tes camarades.

À l'inverse, aucune autre force démoniaque ne pourra te pénétrer. Assieds-toi maintenant.

Il m'a indiqué la chaise devant son bureau. C'est en m'y installant que j'ai remarqué, au bout de la salle, la porte en fer avec des lettres gravées dessus. Je me suis demandé ce que c'était. À quoi servait cette lettre M, écrite au feutre noir, entourée de croix. Trente-quatre au-dessus d'elle, cinq en dessous. Je les ai comptées. Une fois que j'ai été assis, il m'a expliqué :

– Nous allons t'aider à devenir ce que Dieu veut que tu sois, ce qu'Il sait être bon pour toi. Un homme. Un père. Un croyant. Tu honoreras Le Seigneur en lui offrant une descendance. Ta descendance répandra Sa Parole. Mais avant ça, il faudra te battre, Tommy. Le démon de l'homosexualité ne t'abandonnera pas facilement. Parfois il te fera croire que tu t'infliges des peines inutiles. Et pourtant, tu devras accepter ces souffrances. Ta rédemption passe par là. On ne se trouve que dans la douleur. On ne devient fort qu'en surmontant l'insurmontable.

– Et si je ne change pas ?

– Alors, il n'y aura que le feu purificateur pour te sauver. Matthieu : 25.41. *Ensuite il dira à ceux qui seront à sa gauche : Retirez-vous de moi, maudits ; allez dans le feu éternel qui a été préparé pour le diable et pour ses anges.*

Il a levé vers moi ses mains striées de veines et marbrées de taches brunes. Ses bagues ont jeté des reflets dorés dans l'air humide du baraquement.

– Deviens une de nos conversions les plus rapides, Tommy ! Je serais si heureux de te savoir bientôt bon mari, au bras d'une femme. Bon père, aux bras de tes enfants. Oh, Tommy, tu vas faire ma joie, j'en suis sûr. Viens là ! Viens près de moi !

Il a vu que j'hésitais. Ses yeux se sont étrécis. Je me suis levé avant qu'il ne se fâche. Son fauteuil a pivoté en suivant mon déplacement. Je me suis retrouvé là où je redoutais d'être. Près de lui. Face à lui. De ses mains, il a entouré les miennes comme deux papillons qu'il ne voulait pas voir s'échapper, qu'il allait prendre un malin plaisir à écrabouiller. Il les a collées contre son torse. Ce qui m'a obligé à me rapprocher un peu plus encore. Le vieil homme a posé un baiser sur mes lèvres. Je l'entendais soupirer. De petits gémissements. C'était dégueulasse. J'ai essayé de ne pas grimacer. Quand il s'est reculé, il souriait. Mais son sourire n'avait rien d'agréable. Il avait tout d'une menace.

– Ne me déçois pas, Tommy. Ou tu connaîtras l'enfer.

Quelque chose a cogné brutalement derrière la porte en métal. J'ai sursauté. On aurait dit qu'un bison, tête baissée, venait de la percuter. Montgomery, lui, n'a pas bougé d'un pouce.

– Plaise à Dieu que tu ne rencontres jamais ce qui se cache de l'autre côté.

Il s'est mis à rire, sa tête est partie vers l'arrière, et de sa bouche a jailli un fou rire fétide, un rire de dément, un rire aussi haché qu'un tir de mitraillette. Il a lâché mes mains et j'ai fait quelque pas en arrière. Il a attrapé un talkie posé sur son bureau.

– Marcus ? Tommy est prêt pour son noviciat.

#

On aurait dit une salle de classe. Il y avait de grandes vitres derrière moi qui donnaient sur le réfectoire, mais Marcus a tiré le rideau. Personne ne pouvait plus nous voir. Marcus est venu s'asseoir et il a avancé une photo vers moi. Quand j'ai posé les yeux dessus, j'ai eu un mouvement de recul. C'était la photo d'un homme nu.

– Observe ce corps. Vois cette nudité. Tu sens le démon tromper ton désir ?

Je ne comprenais pas ce qu'il voulait. Je n'éprouvais rien. Je me fichais de cette photo. J'étais surtout curieux de ce seau vide posé à côté de ma chaise. En donnant un coup de menton, il m'a montré une bouteille noire, totalement opaque, posée à côté d'un verre.

– Chaque photo, tu la regardes dix secondes, et ensuite tu bois. Le verre en entier. C'est moi qui le remplis. Compris ?

J'ai lorgné dix secondes. J'ai bu. C'était infect. J'ai toussé, grimacé. Marcus a retourné une nouvelle photo de la pile placée devant lui. Cette fois, c'était un homme nu en érection.

– Concentre-toi, condisciple. Dix secondes. Tu aimes ce que tu vois ?

Ce qui se passait n'avait aucun sens. Ce que je voulais, c'était rentrer chez moi. Mais « chez moi » n'existait plus.

– Bois.

J'ai bu. Malgré le goût infect de la mixture. J'avais à peine reposé mon verre que mon ventre s'est mis à gargouiller. Mon estomac s'est contracté. Violemment.

– Le seau est juste à côté de toi.

Il a posé une nouvelle photo. Deux hommes nus, collés l'un à l'autre, qui s'embrassaient à pleine bouche.

– Est-ce que le démon en toi est en train de réagir, de grossir ? Est-ce qu'il aimerait être à leur place ?

Je me fichais de ces photos merdiques, de ce démon

stupide, de cet endroit infernal. J'ai eu envie de hurler pour que ça cesse, mais je me serais pris des coups de poing dans la figure, alors, à la place, j'ai posé mes mains sur ma tête, pour me retenir de crier. La sensation que mes paumes ont éprouvée m'a rappelé qu'on m'avait rasé le crâne. Je vivais un cauchemar éveillé. Mon estomac s'est encore compressé. J'ai senti que ça remontait. J'ai posé mon poing sur ma bouche. Ma gorge s'est dilatée, prête à laisser passer le reflux. J'ai fixé Marcus. Mes yeux le questionnaient. Qu'est-ce qui m'arrivait ? Il a dit :

– Bois.

Impossible. J'étais sur le point de vomir. Je ne pouvais pas… Mais depuis une autre salle, j'ai entendu un hurlement court et étranglé, accompagné de pleurs. Des pleurs de douleur.

Ces sons m'ont terrifié.

J'ai bu.

C'est sorti brusquement, en geyser. Un torrent de liquide translucide, légèrement jaunâtre, comme du blanc d'œuf. Je n'avais pas mangé grand-chose depuis le matin, alors, au fond du récipient, il n'y avait qu'un peu de nourriture malaxée et de la bile. Beaucoup de bile. Mais ça a continué. Ce que j'avais bu avait la capacité de forcer mon estomac à se tordre, si fort que mes poumons, ma gorge émettaient de longs sifflements pendant que je dégobillais sans pouvoir reprendre ma respiration. Mon nez coulait. Mes yeux pleuraient. J'ai cru, à force, qu'ils finiraient par sortir de leur orbite.

Je n'ai fait que vomir. Vomir.

À bout de souffle.

Pendant de longues minutes.

Après la séance, dans le dortoir, j'ai continué de me vider. Je suis resté assis sur mon lit, un seau entre les jambes, en me demandant ce qui m'attendait encore. De temps en temps, j'entendais des cris, des geignements. Les instructeurs jouaient du sifflet et hurlaient des ordres. Il avait l'air de se passer des choses terribles et douloureuses dans les classes. Des choses dont je ne voulais rien savoir, mais que j'ai fini par connaître.

PIÈCE N° 26 (suite)

22 janvier 2022

Le onzième jour, quand j'ai ouvert la porte de la classe, j'ai découvert Carlos et Jackson ensemble. C'était une première. D'habitude, Jackson, le cuisinier de La Révélation – oreilles décollées, nez brisé et aplati, on aurait dit un ancien boxeur – restait derrière ses fourneaux. Dans la pièce flottait une odeur de grillé. Je me suis demandé si j'allais cuisiner avec eux. Quel débile. Sur le bureau, j'ai cru reconnaître une batterie de voiture. Jackson s'est levé. Du siège où je m'étais assis pendaient plusieurs ceintures comme celles dans les avions. Il les a serrées autour de moi. Jambes, hanches et bras. Bien sûr, j'ai pensé à me débattre. Mais j'aurais pris des coups. Et le résultat aurait été le même. Il a attrapé un des fils qui partaient de l'accumulateur. J'ai remarqué qu'une bonne partie de ce fil était dénudée. Il l'a enroulé autour de mon poignet gauche. Mon corps a compris en premier. Ma peau s'est cloquée de frissons. Ils ont projeté la photo d'un homme nu sur le tableau blanc. Mes poils se sont hérissés. J'ai été parcouru par la peur avant qu'ils ne déversent de l'électricité et de la douleur dans mon corps. Mes cris, à chaque décharge, m'ont fait penser à ceux que j'avais entendus le jour de mon arrivée. J'ai appelé plusieurs fois mes parents. J'ai crié qu'ils viennent me sauver. À chaque photo d'homme, une décharge. À chaque photo de femme, quelques secondes de répit. À la fin, Carlos a dit :

– Tu verras. Tu ne seras plus jamais excité par un homme après ça.

Et Jackson a précisé, avec un grand sourire, comme si j'allais me jeter à son cou pour le remercier :

– Sois content. Noah, les électrodes, c'est sur les couilles qu'on les lui colle.

#

Le vingt-deuxième jour, Eddie a posé devant moi un ordinateur. Je pleurais déjà. Quand je ne reconnaissais pas le dispositif, je paniquais. Il a appuyé sur une touche et le film s'est lancé. Une femme se masturbait dans son bain. Assis de l'autre côté du bureau, Eddie a sorti sa langue pour la passer sur sa lèvre inférieure. On aurait dit un chien en train de laper.

– Masturbe-toi.

Les rideaux étaient tirés. Il avait éteint les lampes. Il n'y avait plus que l'écran de l'ordinateur pour éclairer la pièce. Il m'a expliqué :

– Dirige ton désir vers les femmes. Le démon homosexuel finira par se lasser. Il te quittera et tu seras libéré. Tu pourras rentrer chez toi.

– Je n'ai plus de chez-moi.

Il a attrapé le dossier devant lui. Il l'a feuilleté.

– Qui est Brett King ?

– Mon oncle.

– Celui qui t'a amené ici ? Alors, chez toi, c'est chez ton oncle. Allez, concentration ! Attends, j'oubliais…

Il a ouvert un tiroir et m'a tendu un tube en verre.

– Il me faut une preuve. Tu recueilles ta semence là-dedans.

Je vais m'arrêter là, m'sieur. Je sais qu'il faut que je parle des saloperies qu'ils nous ont faites. Que c'est important. Les gens n'imaginent pas ce qu'on peut nous faire subir. Mais ça tape trop fort dans ma poitrine. J'ai le dos trempé comme un après-midi d'été. J'ai mal à la tête. Et je vous parle pas de mon ventre. On dirait que je digère des cailloux. Je voudrais juste me reposer une demi-heure, une heure. Ce serait mieux. Ensuite, je vous raconterai les coups, les nez cassés, les injections de testostérone, les brûlures de cigarette, les périodes de jeûne forcé, les viols, les séances d'exorcisme. Je vous parlerai de mes compagnons d'infortune. Je vous dirai comment, à La Révélation, les jours ont fini par tous se ressembler. Ce qui variait, c'était le nom de celui qui allait nous humilier et comment il allait s'y prendre.

PIÈCE N° 26 (suite)

22 février 2022

Noah Ferguson, celui à qui il manquait une incisive, c'était le plus rebelle d'entre nous. Par exemple, pendant le bénédicité, il joignait ses mains devant lui mais à sa manière, avec un majeur bien dressé. Quatorze ans et sacrément courageux.

Burt Shell, à l'inverse, en rajoutait pour qu'on lui foute la paix. Il récitait la bénédiction avec une ferveur qui le dépassait et à la fin, il finissait lui-même par croire à sa passion. Comment c'était possible ? Rapport à sa candeur, je crois. C'est ce qui m'a toujours étonné chez lui. Malgré ce qu'on vivait, malgré ses 15 ans, une sorte de naïveté résistait en lui. Burt avait constamment cet air qu'ont les gamins quand ils jouent aux voitures en imitant le bruit d'un moteur.

Song Gomez, pour sa part, avait une vraie passion pour le Christ. C'était pas de la feinte. Un véritable croyant. Il aimait le même Dieu que celui de La Révélation, mais dans une autre version. Un jour, il nous a dit que les instructeurs et Montgomery, le jour de leur mort, devraient rendre des comptes et que le Dieu d'amour et de paix que

Song connaissait, celui-là ne laisserait rien passer. Cette idée lui mettait du baume au cœur. Il avait 17 ans.

John Fitch marmonnait tout le temps. Il était le plus dépassé, le plus désespéré d'entre nous. Son regard était éteint. Ses gestes paraissaient engourdis, épuisés, ralentis par la résignation. Son visage creusé avait quelque chose de déjà mort.

Le sportif du groupe, c'était Peter Bell. Une boule de nerfs. À force de se ronger les ongles, il finissait par se ronger le bout des doigts, parfois jusqu'au sang.

Tyler Bennett avait une voix aiguë, haut perchée, même à 17 ans. Ses gestes « de fille » et sa tessiture en faisaient la cible privilégiée des instructeurs. Ils le moquaient, le chahutaient, le rabaissaient. Ils le violaient aussi. Souvent. Je l'ai su dès le premier cours d'éducation sportive. Quand Eddie ne surveillait pas la course, il dispensait Tyler d'exercices et il l'emmenait dans son baraquement…

Les abus sexuels, ils disaient que ça faisait partie de la thérapie. Que c'était le meilleur moyen de dégoûter des hommes les condisciples les plus récalcitrants.

Et puis, il y avait James. James Brewer, 16 ans. J'adorais son visage crépi de taches de rousseur. Je l'entendais souvent se parler à lui-même. Il se donnait du courage et des conseils. Ses frères lui manquaient. Tellement qu'il les avait dessinés, et ce dessin, il l'avait caché sous le papier épais qui servait de protection et de couverture à sa bible. Un jour, il m'a expliqué la raison de ces portraits crayonnés : il avait peur d'oublier leur visage.

Ce qui les avait conduits ici ? La rumeur, la délation. Une lettre anonyme. Un ragot sur le Net. Pas besoin de preuve quand il s'agit d'homosexualité. Pour Noah, l'historique de son navigateur Internet avait suffi. La sœur de Peter, Tania, avait tout raconté à ses parents après avoir surpris son frère en train de danser dans l'intimité de sa chambre sur un morceau de Lady Gaga. Les parents de Song avaient découvert son cahier à musique : les paroles des chansons qu'il composait à la guitare parlaient d'amour, mais aussi de garçons. La mère célibataire de Burt avait paniqué. Il s'était déclaré gay et elle en avait déduit que son fils avait manqué d'une figure paternelle. Elle avait espéré réparer sa « faute » en l'envoyant dans un camp militaire, au milieu des hommes, pour apprendre à en devenir un. James, Tyler et John avaient été victimes de harcèlement scolaire. Leurs établissements avaient considéré que c'était à eux de partir. Pour le maintien de l'ordre et le respect du règlement.

#

Dès que j'ai entendu les ronflements de Jackson, j'ai sauté sur le lit de James et je l'ai secoué. Il s'est réveillé en criant, mais j'ai étouffé son cri en posant ma main sur sa bouche.

– T'es dingue, il a dit en se tenant le cœur. Refais plus jamais ça !

– Parle-moi de la porte en fer. Celle dans le bureau de père Pervers.

– Tu le sauras bien assez tôt. Profite en attendant. Bien dormir, c'est important, si tu veux tenir.

– Raconte ou je dis à Jackson que ton démon gay est venu me tripoter pendant mon sommeil.

J'ai pris une grande bouffée d'air comme si j'allais hurler.

– Il y a un démon derrière la porte.

Ça m'a coupé la chique.

– Quoi ? Qu'est-ce que tu racontes…

– Je ne sais pas ce qu'il est, à quoi il ressemble ni comment il est arrivé là, mais ils le tiennent captif dans la cellule d'isolement. Entre nous, on appelle ça le cachot. Et ce qu'il y a dedans se nourrit de nous.

Les ronflements se sont arrêtés. La chaise sur laquelle Jackson dormait s'est mise à craquer. J'ai sauté au sol et me suis caché sous le lit de James. Au bout d'un moment, les ronflements ont repris. Je suis resté allongé malgré la fraîcheur du parquet. James, la tête sur son polochon, a poursuivi :

– J'y croyais pas au début. Jusqu'au jour où ils ont sacrifié Austin. Deux jours après mon intégration. Ça faisait neuf mois qu'il était là et il n'arrivait toujours pas à bander devant une photo de fille. Ils ont fait une sorte de cérémonie à laquelle on a été obligés d'assister. Ensuite, ils l'ont jeté dans le cachot. Dès qu'ils ont refermé la porte, on l'a entendu hurler… hurler… Y en a qui disent qu'on y passe tous, dans le cachot. Qu'on va tous crever ici. Y en a qui disent que c'est juste les Incurables. Je sais pas quoi penser. Merde, tu fais chier, Tommy, je vais encore faire des cauchemars.

James s'est retourné dans son lit. J'ai attendu qu'il continue, mais il n'a plus parlé. C'était fini. Je n'obtiendrais plus rien de lui. J'ai rejoint mes draps. Je n'étais pas terrifié à ce moment-là. Ce qu'il venait de me raconter me paraissait si… délirant. Aussi délirant que les élucubrations mystiques de Montgomery et sa clique. Je me suis dit que James avait été intoxiqué. Qu'il avait perdu la boule. J'ai fermé les yeux, j'ai pensé à ma chambre. Aux siestes lovées contre ma mère. Au regard complice de mon père quand nous discutions de *Hellboy*. Mais Eddie et Carlos sont entrés dans le dortoir. Les yeux mi-clos, pour faire croire que je dormais, je les ai observés. Ils ont secoué Noah. Qui s'est réveillé en sursaut. Il a gémi, une plainte murmurée. Il ne voulait pas se lever, les suivre. Une pluie de coups de poing s'est abattue sur lui. Il est tombé de son lit. Eddie et Marcus l'ont relevé et Noah s'est laissé traîner. Ses pieds ont raclé le sol jusque dans le vestibule où ils ont disparu. Depuis son matelas, John a murmuré :

– Depuis qu'il s'est sauvé, ils l'ont dans le collimateur. Ils lui avaient déjà fendu la dent, mais quand ils l'ont retrouvé, ils l'ont tellement massacré qu'elle a sauté. Depuis, une fois par semaine, il y passe.

John a sorti ses mains de sous sa couette. Il a fait rentrer son index dans son poing fermé, et il a fait des mouvements de va-et-vient.

Une vague de terreur m'a trempé de sueur.

– Profite. Pendant qu'ils sont sur lui, ils ne sont pas sur toi. Je sais, c'est dégueulasse, mais tu verras, tu finiras par penser pareil.

PIÈCE N° 26 (suite)

24 février 2022

Ce cachot et cette histoire de Démon m'ont vite obnubilé. J'ai voulu me rapprocher du seul condisciple qui leur tenait tête. Le seul avec lequel on n'avait pas le droit de discuter. Peut-être parce qu'il savait des choses à propos de ce secret derrière la porte. Alors, pendant un de nos footings, j'ai couru au rythme de Noah et je me suis placé à côté de lui. À l'extérieur, c'était la consigne, obligation de cacher nos visages. Pour une fois, ça m'arrangeait parfaitement. Avec nos capuches, difficile pour les instructeurs de repérer lorsqu'une conversation s'engageait.

– Tu sais des choses sur le démon derrière la porte ?

– À part que c'est là où je vais finir, non.

– Tu y crois toi aussi ? Noah, ça n'existe pas. Ça ne peut pas exister. Cette histoire sert à couvrir leurs échecs. Ceux qu'on envoie au démon, en réalité, on les renvoie chez eux.

– On t'a parlé d'Austin ? Ça faisait neuf mois. Sans aucun résultat.

– Ils lui ont foutu une trouille bleue. C'est pour ça que vous l'avez entendu gueuler. Ensuite, ils l'ont ramené à la maison.

– Neuf mois, c'est fatidique. J'en suis à mon huitième, ils vont me désigner comme Incurable. Je vais crever ici.

– Crever ? Tu te rends compte de ce que tu dis ? Si des gamins ne revenaient pas de ce camp, les parents alerteraient la police, La Révélation serait vite dénoncée…

– Les miens me l'ont dit. Ils me préfèrent mort que pédé.

Je mesure brusquement ma chance d'avoir eu des parents comme les miens.

– Alors… Alors dans ce cas… Merde, Noah… Fais au moins semblant. C'est comme ça que tu t'en sortiras.

– Je veux mourir comme une sainte. Ces femmes n'ont jamais rien renié. Si elles l'ont fait pour une croyance, je peux le faire pour ce que je suis, non ?

La pluie s'est mise à tomber.

– Pourquoi Il laisse faire ça sans broncher ?

– De qui tu parles ? j'ai demandé.

– Le vieux, là-haut. Qu'est-ce qu'Il attend pour réagir ? À moins qu'Il soit comme les autres à La Révélation, un pervers refoulé qui adore mater. Tu as remarqué comme les psychopathes deviennent fréquentables dès qu'une guerre est déclarée ? Les leaders lâchent les monstres. La parole est aux fanatiques. Le pire devient tolérable, tuer, un fait d'armes. Une gloire. Les violeurs deviennent des héros, les tortionnaires, des meneurs, les assassins, des exemples à suivre. Si c'est à ça que mènent les nations et la religion, je préfère vivre sans certitude et apatride.

– Ferguson ! King ! Vous allez la fermer !

Carlos nous avait repérés. J'ai laissé Noah partir devant. L'instructeur est arrivé à ma hauteur.

– King ! T'es amoureuse ou quoi ? Attention, je vous ai à l'œil, toi et l'Incurable.

J'ai stoppé net. Ça a surpris Carlos. La roue arrière de son vélo a dérapé.

– Petit con ! Reprends la course ! Tout de suite !

Incurable. Il avait qualifié Noah d'Incurable.

PIÈCE N° 26 (suite)

2 mars 2022

Il est arrivé en plein orage. La pluie roulait sur le toit du baraquement comme une centaine de skate-boards au-dessus de nos têtes. Par les fenêtres du réfectoire, à chaque éclair, des lignes blanches enchevêtrées jaillissaient de la nuit. C'étaient les arbres que la foudre semblait couvrir d'une peinture luminescente. Eddie éclairait le chemin de sa lampe de poche. Le type était grand, carré. Impossible de voir son visage. Ses vêtements trempés, son sac de sport essoré donnaient l'impression qu'il avait marché sous la pluie durant des jours avant d'arriver jusqu'ici. Et c'était peut-être ce qu'il avait fait. Ce qui m'a étonné, c'est qu'il suivait Eddie sans se révolter, comme s'il savait où il était, ce qui l'attendait. On ne sentait aucune colère chez lui, aucune réticence. Seulement de la résignation. L'instructeur lui a indiqué son lit, et comme c'était celui à côté de Noah, Eddie a désigné Ferguson du doigt et il a prévenu le nouveau :

– Tu ne lui parles pas. C'est le pire de tous.

Le type n'a rien dit. Il a posé son sac et il s'est assis sur le bord de son lit. Eddie est sorti du dortoir. Le nouvel arrivant a scruté l'obscurité. Dans sa diagonale, à l'autre bout du réfectoire, Tyler, appuyé sur un coude, a levé la main pour le saluer. Mais Tyler n'a rien eu en retour. À la place, le nouveau s'est couché tout habillé, tout trempé, les mains en croix, comme s'il s'allongeait dans son cercueil.

C'est un coup de tonnerre qui m'a réveillé en sursaut. Je me suis redressé et mon regard est tombé sur le nouveau, debout devant son lit, bras croisés, jambes écartées, les pieds ancrés dans le sol. Il penchait la tête de droite à gauche pour faire craquer sa nuque, comme s'il s'attendait à en découdre avec quelqu'un. C'est James qui m'a devancé :

– Hé, le nouveau, qu'est-ce que tu fous ?

Le type n'a pas répondu. Il a gonflé ses poumons, et en les vidant il a dit :

– Je monte la garde. C'est plein de pédés par ici.

James l'a observé, déconcerté.

– Qu'est-ce que tu as, toi, à me regarder ?

C'était à moi qu'il s'adressait. J'ai aussitôt fermé les yeux, avec l'impression d'avoir été pris en faute.

Le lendemain, le nouveau a directement été plongé dans l'ambiance. Pendant qu'on se soulageait la vessie et le côlon à la vue de tous, Carlos lui a rasé la tête. Ensuite, ils lui ont fait passer ses nouveaux vêtements, les « réglementaires », et ils lui ont donné son scapulaire. Il avait l'air aussi apeuré qu'une souris de labo. Où était passé le grand type en colère de la veille ? On aurait dit une autre personne. Pour l'impressionner, Eddie a fait du zèle et il a forcé Burt à se mettre à quatre pattes sur le sol et à grouiner comme un cochon. Les kilos de Burt faisaient la joie des instructeurs. Fier de son esprit tordu et malade, Eddie a demandé :

– Hé ! Le nouveau ! Tu sais comment on transforme un porc en truie ?

Le nouveau a baissé les yeux. Eddie a demandé à Peter d'aller se mettre à genoux derrière Burt et de mimer une sodomie. Peter a refusé. Eddie a armé son shocker. Peter l'a supplié de ne pas l'utiliser, mais comme il s'est entêté à ne pas obéir, il a pris une décharge. Peter est tombé sur le sol, le corps secoué de spasmes. Il s'est mis à baver. Ses pupilles ont disparu sous son front comme si un aspirateur les avait happées. Carlos s'est penché sur Peter, mais Eddie l'a attrappé par les fringues et l'a envoyé de l'autre côté de la pièce.

– Ne t'oppose pas à la volonté de Dieu. S'il crève, il crève. Condisciples, regardez ! Regardez qui a le droit de vie et de mort sur vous !

Noah avait raison. James avait raison. On pouvait mourir ici. Et personne ne viendrait nous réclamer.

#

– Lévitique. 18. 22. *Tu ne coucheras point avec un homme comme on couche avec une femme. C'est une abomination.* Lévitique. 20. 13. *Si un homme couche avec un homme comme on couche avec une femme, ils ont fait tous deux une chose abominable ; ils seront punis de mort : leur sang retombera sur eux.* La Bible est on ne peut plus claire, condisciples. Il est indispensable que vous expulsiez hors de vous ce démon concupiscent qui transforme le désir en lubricité, l'amour en vice, la passion en souillure. Vous n'êtes que des impuretés dans la pureté du monde. Shane… Parle-nous du message que Dieu t'a envoyé. Et qui fait que tu es là.

C'était donc ça, le prénom du nouveau. Shane. Il a dit :

– Dieu a tué Flinn.

– Pourquoi Dieu ferait-il une chose pareille ? a déploré Montgomery d'une voix mielleuse. Que s'est-il passé ?

– Flinn m'aimait bien.

– Comment le sais-tu ?

– Flinn m'a pris la main au fond du bus. Et mon démon a aimé ça.

– Pourquoi as-tu laissé faire ?

– Mon cœur battait à mille à l'heure. Mon démon trouvait ça agréable.

– Le démon use du plaisir pour duper nos âmes. Continue, Shane…

– Le démon à l'intérieur de moi a commencé à me souffler des envies. Mon démon a collé mon genou à celui de Flinn. Et son démon à lui n'a pas retiré sa jambe.

– Répugnant, a grimacé Montgomery. Quoi d'autre ?

– Rien, mon père.

– Tu mens. J'en suis sûr. Parle. Libère-toi.

Shane a cherché.

– J'ai embrassé Flinn dans le cou.

Le père Montgomery s'est signé.

– Ensuite ? a insisté le prêtre.

– On s'est endormis.

– Vraiment ? s'est étonné Montgomery.

– Je vous assure, mon père. En se tenant la main.

– À la vue de tous ? Sans honte ?

– On avait caché nos mains sous nos vestes. Le démon m'a fait croire que ça me rendait heureux. Je me suis endormi. Profondément. Comme si je n'existais plus. Quand je me suis réveillé, sa main était froide. Flinn fixait le plafond. Son teint était jaune. Autour des yeux, il y avait des lignes bleues. Il s'était étouffé. Avec ses bonbons préférés. Des friandises à la gélatine. Des fois, dans le paquet, ça faisait des blocs. Flinn a dû en gober un tout rond en pensant que ça allait fondre.

Les yeux de Montgomery ont fait le tour de la table.

– Psaume 119 : 9. *Comment le jeune homme rendra-t-il pur son sentier ? En se dirigeant d'après Ta Parole.* Dieu s'est débarrassé d'un nuisible. Et il t'a laissé la vie sauve parce qu'Il sait que nous pouvons te sauver. Remercions-Le de sa grande miséricorde. À toi, Tommy. Parle-nous de ce qui s'est produit pour que tu sois là. Quel a été le message de Dieu pour toi ?

– Moi ?

– Qui d'autre s'appelle Tommy ici ?

– Je... Je suis ici parce que mon oncle Brett...

– Non. Ce n'est pas la bonne raison.

– Si... C'est parce que...

– Non, Tommy. Tu es ici parce que tu as annoncé à tes camarades de classe, à tes professeurs, à tes amis, avec une grande désinvolture, que tu étais « gay ». Quel mot détestable ! Tu en as fait une fierté. Tu t'es rendu à cette parade qui glorifie le malin. Tes parents t'y ont accompagné. Petit égoïste. Tu les as forcés à prendre part à cette bacchanale. Tu les as mêlés à ceux qui exposent la sexualité du diable. Tu as même revendiqué des « droits ». Mais une hérésie ne peut pas devenir un droit. Et personne autour de toi n'a réagi. Dieu n'a pas eu d'autre choix. Il a fallu te détourner de cette obsession.

Il a usé d'un long silence accusateur avant de terminer sa démonstration :

– Tu as tué tes parents, Tommy.

Le sang a quitté mon cerveau, mon corps. Le sol était en train de le boire, de l'absorber. L'enfer, sous la terre, s'en nourrissait.

– Non, vous ne pouvez pas dire ça. Vous mentez. Vous et votre d…

Tous les regards se sont braqués sur moi. Tous étaient suspendus à ce dernier mot qu'ils me suppliaient de ne pas prononcer. J'ai avalé ma colère. J'ai baissé la tête en signe de soumission. Montgomery a souri. Il venait de me planter en plein cœur une idée empoisonnée.

PIÈCE N° 26 (suite)

29 mars 2022

Le dortoir était plongé dans le plus grand silence. Depuis le vestibule devenu un îlot de lumière, j'entendais les ronflements de Jackson. Je venais de m'extirper d'un rêve où les violences que nous subissions se mélangeaient à des souvenirs heureux de mon enfance. Je ne pouvais plus penser à mes parents sans penser à ma possible responsabilité dans leur décès. Le poison du doute inoculé par Montgomery se propageait en moi. Et si Dieu existait ? Et si, par ma faute, Il les avait supprimés ? Et si mon homosexualité les avait tués ?

J'ai entendu des gémissements raccourcis, coupés net sur leur fin. Des pleurs. Ça venait de la salle d'eau. Ce n'était pas rare que mes camarades et moi attendions la nuit et le sommeil des autres pour relâcher la tension en pleurant un bon coup. Je me suis assis dans mon lit. Celui de Burt était vide. J'ai hésité à le rejoindre. Peut-être avait-il besoin d'être seul. J'allais me retourner quand j'ai vu Shane se lever. Il est resté un moment debout, tourné vers les douches. Il a ouvert son casier. Délicatement. Aucun des cintres n'a cliqueté, et pourtant, il est parvenu à en sortir un. Il s'est mis à en dévisser le crochet. Qu'il a placé à l'envers dans son poing, la pointe sortant d'entre ses doigts. Il a fait craquer son cou en tordant sa tête. Ses épaules se sont ouvertes. Et il s'est avancé vers la salle de bains dans une démarche bonhomme, lourde, brutale. Quelque chose clochait. Le temps de rejoindre la salle d'eau, d'y passer la tête avec précaution, je les ai surpris : Shane et Burt s'embrassaient. J'étais sonné. Une idylle, dans cet enfer. Je n'avais rien vu, rien remarqué. J'ai entendu Burt dire à Shane :

– Je ne sais pas si un jour on sortira d'ici. Mais je m'en fiche. Au moins, je t'ai connu. Je t'aime, Shane. Je peux écouter ton cœur, comme la dernière fois ? Ça me calme, ça me recentre.

– Bien sûr. Mais avant, je veux que tu fermes les yeux. J'ai une surprise pour toi.

C'est là que j'ai compris. Shane avait gardé une main dans son dos, celle qui tenait fermement le crochet. Burt a fermé les yeux, un sourire confiant sur ses lèvres. J'ai crié son prénom. Burt a seulement eu le temps d'ouvrir les yeux. La longue extrémité du crochet s'est enfoncée dans sa gorge. Shane a donné plusieurs coups. Burt s'est effondré. Le regard empli d'une infinie tristesse. S'il avait pu parler, il aurait imploré Shane de lui expliquer la raison de ce geste. J'ai hurlé. La lumière dans le dortoir s'est allumée. Jackson a traversé la chambrée au milieu des condisciples qui sortaient de leur sommeil. Il a déplié sa matraque. Je me suis reculé pour le laisser passer. Jackson a dégainé une salve d'injures et il a décroché son talkie :

– Les mecs, réveillez le *padré* et ramenez-vous ! C'est une urgence ! Ils se sont bastonnés à mort !

Jackson a replacé son talkie sur sa ceinture et il a fait danser sa matraque devant lui.

– Jette ce que tu as dans les mains, Shane.

Le crochet a tinté en rebondissant sur le carrelage.

– Recule.

Shane a fait quelques pas en arrière. Jackson est venu se pencher sur le corps de Burt. Pendant une seconde, peut-être deux, Jackson a cherché le pouls de Burt, et pour ça, il a décroché son regard de Shane. L'autre en a profité. Il s'est jeté sur lui, dents en avant. Shane a enserré le corps de Jackson comme un filet autour d'une proie. Sa mâchoire s'est refermée sur l'oreille de l'instructeur qui a hurlé de douleur. En quelques secondes, Shane l'a cisaillée et en a arraché une bonne partie qu'il a recrachée dans les airs, la bouche gorgée d'hémoglobine. Jackson en a perdu l'équilibre. Ils sont tombés à la renverse. Et Shane, affamé de violence, s'est attaqué à la joue de l'instructeur. Il l'a croquée comme une pomme.

– Pour l'amour de Dieu, STOP !

La voix de Montgomery a résonné dans la salle. Il venait d'entrer, un crucifix brandi devant lui.

– DÉMON ! s'est scandalisé le prêtre. QUI ES-TU ?

Shane s'est figé. Ses dents ont quitté la chair tendre du visage. Il s'est tourné vers le prêtre. Le sang de Jackson lui couvrait le menton, le nez. Sous lui, l'instructeur couinait.

– Shame[50]. Mon nom est Shame, mon père.

Le nouveau a lâché Jackson. Il s'est levé. Il a donné un coup de pied dans Burt, qui s'est soulevé mollement en glissant sur la pellicule de sang qui le cernait. Shame a ajouté :

– Ça va de nouveau être un choc pour Shane lorsqu'il va se réveiller.

---

50. Honte, en anglais.

– Que nous veux-tu, Shame ? a balbutié Montgomery.

– La même chose que vous. Je suis celui qui veille, celui qui empêche, qui protège. Dès qu'il le faut, je réagis. Flinn, je l'ai étouffé en lui enfonçant la moitié de ses friandises au fond de la gorge. Quand ils sont arrivés au terminus, les élèves se sont réveillés en retirant leurs écouteurs, ces petites choses qui isolent si parfaitement du monde extérieur. Et ils l'ont découvert. C'est à ce moment-là que j'ai laissé Shane revenir à lui. Cet imbécile a pleuré avec les autres. Moi, tapi au fond de lui, j'ai assisté à son désarroi, sans me manifester. Shane ne sait pas que j'existe. Je suis son « mâle gardien ».

Dans le dos de Montgomery, le reste des instructeurs est arrivé, flingue, matraque, et shocker à la main. Moi, j'avais reculé jusqu'aux lavabos. Dans le dortoir, Carlos s'occupait de retenir les condisciples qui tentaient de voir ce qui se passait. Shame a prolongé ses aveux :

– Sa professeur d'anglais avait compris qui il était. Elle lui a proposé d'en parler avec elle. Pour s'assurer que tout se passait bien entre lui et ses camarades. Qu'il ne subissait aucune discrimination. Hors de question qu'elle normalise cette horreur. Il a fallu que je m'en débarrasse. J'ai aidé Ms Pierce a chuté malencontreusement dans l'escalier. Jeff, je l'ai assommé après qu'il a embrassé Shane. J'ai poussé sa voiture dans le ravin et on a cru à un accident. Au retour des funérailles, j'ai décidé de prendre le contrôle, un court instant, le temps de glisser à l'oreille de sa mère : *« Sauve ton fils. C'est un pédé. »* C'est grâce à moi si nous sommes ici, à La Révélation. Il faut que vous fassiez de Shane un hétéro. Un combattant. Je voudrais pouvoir assassiner avec lui, en pleine conscience.

– Fascinant… a susurré Montgomery. J'ai lu dans ton… dans son dossier médical que tu… que Shane… Shane… se plaignait de connaître des absences, des trous de mémoire. Qu'il lui arrivait de ne plus se souvenir de pans entiers de ses journées… Un certain Dr Karen Fletcher a même évoqué un possible TDI[51].

– Heureusement pour moi, ses parents se sont très vite sentis dépassés par la complexité de la pathologie, a renchéri Shame. Je ne veux pas disparaître. Sans moi, Shane deviendrait cette chose… homosexuelle. Il faut que vous réussissiez, mon Père. Aidez Shane à devenir une meilleure version de nous-mêmes. En attendant, je m'opposerai constamment à ces terribles penchants.

Un coup de canon.

Ça provenait du bureau de père Pervers.

Tout le monde s'est regardé. L'électricité a vacillé et les coups se sont répétés. Les lèvres du père Montgomery se sont mises à tressauter nerveusement. Il a dit :

– Shame, je crois que je ne suis pas le seul à te trouver particulièrement intéressant.

– Père, il en manque un ! a hurlé Carlos. Noah, le p'tit enculé, il s'est échappé !

– Quoi ! Préviens le shérif Ford et pars à la chasse. Eddie, débarrasse-nous de Burt. Tu sais quoi en faire. Jackson, debout ! Aide Marcus à recoucher tout le monde. Shame, puisque c'est ainsi que tu t'appelles, suis-moi.

Montgomery a tourné les talons et il est sorti de la salle. Shame a hésité, mais il a fini par le suivre en laissant derrière lui deux corps à terre : Jackson, qui revenait à lui

51. Trouble dissociatif de l'identité : trouble mental largement diagnostiqué en Amérique du Nord.

en gémissant, et le pauvre Burt. Au moment où Shame a franchi la porte, sous le regard des condisciples tenus en garde par Carlos, Montgomery, qui s'était adossé en embuscade au mur du dortoir, a surgi. Shocker. Une décharge électrique a parcouru le corps de Shame. Qui s'est effondré sur le parquet. Les coups dans l'autre partie du bâtiment ont repris. Et j'ai clairement entendu Montgomery s'extasier et dire : *« Le Moloch. Il l'appelle. »*

#

On nous a alignés contre le mur, sous un tableau de Jésus flottant dans les airs, le visage effacé par une lumière blanche. Au milieu de la pièce, Shane était ficelé à une chaise, la tête pendante sur sa poitrine. À côté de lui, les mains attachées dans le dos, à genoux sur le sol, dans son pyjama crotté de boue, Noah attendait sa sentence. La couche de terre qui recouvrait la plante de ses pieds était fendue d'entailles sanguinolentes, résultat de sa course pieds nus à travers la forêt, les champs, sur les routes goudronnées et les chemins de pierre. Montgomery n'allait pas laisser passer cette tentative d'évasion. Ça aurait été un mauvais signal envoyé à ses pensionnaires. Il allait faire de Noah un exemple. Père Pervers s'est mis à réciter des prières en latin. Il a dessiné avec le pouce une croix sur le front de Noah, sur celui de Shane, et il a aspergé leur visage d'eau bénite. La tête entourée d'un bandage, un carré de gaze collé sur la joue, Jackson est entré dans la pièce, avec dans les mains une tige de métal terminée par un bloc rayonnant de chaleur, un fer incandescent. Montgomery a retiré le sweat-shirt de Noah, qui n'a pas lutté. Sur son dos nu, on a vu les brûlures de cigarette qui constellaient son dos. *« Sors, esprit démoniaque ! Sors de ce corps ! Donne-nous ton nom et fuis, pour l'amour du Christ ! »* Jackson n'a pas hésité. Il a plaqué le galet ardent contre les reins de Noah. Avant qu'il s'évanouisse, une plainte rauque, comme venue d'un autre corps, d'une autre dimension, a traversé Noah. Un cri qu'on aurait dit surgi des enfers. Mais ce n'était que le cri de Noah. La torture engendre des sons que nous ne sommes pas censés entendre, qu'un être humain n'est pas censé produire. À côté de moi, des larmes plein les yeux, James a pris ma main. Jackson a retiré le fer rouge. Trois 6 s'étaient inscrits sur le dos de Noah. Montgomery lui a arraché son scapulaire. James a murmuré : *« On ne le reverra plus jamais… »* Noah est revenu à lui. Il a affronté Montgomery : *« Saloperie de pédophile ! »* Le curé a vu rouge. Il a chopé Noah à la gorge pour le renverser sur le sol. Un coup de poing est parti. Sec et brutal. On a tous entendu le craquement de l'os. Le nez de Noah s'est mis à saigner. Un silence de mort régnait dans la pièce. Un silence aussi mortifère, aussi impressionnant que celui d'une procession religieuse. Eddie a ouvert les cadenas de la porte en fer. Montgomery a sorti de sa poche une bourse dont il a desserré le cordon. Il a répandu du sel devant la porte et il a annoncé, fièrement :

– Voici ce qui arrive aux Incurables, à ceux qui défient Dieu et Ses intermédiaires.

Marcus, qui était jusque-là resté adossé au mur, s'est avancé. Il a relevé Noah pour le pousser vers la porte. Noah, groggy, s'est tourné vers nous. Il m'a cherché dans le groupe. Il s'est agrippé à mon regard. J'ai levé la main. J'ai compris à ce moment-là que je ressentais plus que de l'amitié ou du respect pour lui. Mon cœur m'a fait mal d'une façon nouvelle. La porte s'est ouverte sur du vide. Un réduit sombre comme un conduit de cheminée. Marcus a poussé à l'intérieur Noah, dont le nez continuait de saigner en maculant le haut de son pyjama. On aurait dit qu'il portait une bavette plastifiée d'un rouge intense. Ensuite, Marcus et Eddie sont venus desserrer les cordes autour de Shane. Son scapulaire lui a été retiré. Ils l'ont soulevé par les bras, les jambes, et ils l'ont déposé sur le sol, aux pieds de Noah. Noah, qui commençait à geindre, à murmurer de petits « Non ». J'ai voulu m'avancer mais James m'a retenu. *« Tu veux finir avec lui ? »* J'ai pensé : *Et alors ?* Je n'avais rien à perdre, rien à regretter. Mes parents avaient disparu. Ma vie d'avant s'était consumée. J'ai imploré :

– Mon père, pitié pour Noah.

J'ai senti la cravache de Carlos se coller sous mon menton. Montgomery m'a ignoré. Ils ont poussé la porte. Et les « Non » de Noah sont devenus plus forts, plus puissants. Noah a enjambé Shane. Il s'est précipité sur la porte pour tenter de la retenir. Quand la porte a rejoint le mur, il y a eu un cri perçant, brusquement étouffé. Un cri qui s'est presque éteint. Le destin de Noah était scellé. Notre compagnon a continué à hurler, fort. On pouvait toujours l'entendre, mais de loin, comme s'il s'agissait d'une voix dans nos têtes. Un souvenir. Montgomery a pris un feutre noir et il a ajouté trois croix à celles qui figuraient déjà sous le M de Moloch. Burt, Noah et Shane. Puis il s'est mis à déclamer un extrait de la Bible.

– Apocalypse 14.10, 14.11. *Il boira, lui aussi, du vin de la fureur de Dieu, versé sans mélange dans la coupe de sa colère, et il sera tourmenté dans le feu et le soufre, devant les saints anges et devant l'agneau. Et la fumée de leur tourment monte aux siècles des siècles ; et ils n'ont de repos ni jour ni nuit, ceux qui adorent la bête et son image, et quiconque reçoit la marque de son nom.*

Alors, les cris de Noah se sont transformés. Et j'ai su. Le démon existait. Des cris comme ça, on ne peut en pousser que si on est devant… devant l'horreur absolue.

C'est seulement au petit matin que Noah a cessé de hurler. Toute la nuit, Montgomery nous a obligés à écouter ses cris, agenouillés sur le sol, les bras en croix. La température de la pièce avait considérablement augmenté. Une odeur de viande grillée avait pris possession du baraquement. Une odeur de peau rôtie. Une odeur que je n'oublierai jamais. Père Pervers a répété le même cérémonial autour de la porte : sel, eau bénite, prières en latin, et il a ouvert la cellule… Noah, sur le sol, était mort. Mais Shane, lui… Shane, il…

PIÈCE N° 27

Capitaine-détective Wilfried Bosco
Lettre authentifiée

27 octobre 2022
Café At The City Hotel, Westfield, MA

– Vous ne me croyez pas ? Je le vois dans vos yeux.

J'ai finalement repris une gorgée de mon Manhattan. J'oscillais entre choc, colère, incompréhension, mais aussi perplexité. Avec une infinie précaution, je me suis expliqué :

– Je crois à ce que tu as vécu, Tommy. Toi et les autres. Mais… toute cette partie sur… sur ce cachot qui contiendrait un démon, c'est…

– Difficile à croire ?

– Croire. Exactement. On vous a poussés à croire à cette folie. Tout a été fait pour que vous perdiez pied. Il n'y a pas de Moloch. Sur cette terre, il n'y a que des types affreux qui accomplissent des choses affreuses. Nous avons des images vidéo. Noah est vivant. Avec Song et Peter, ce sont eux qui attaquent, des LED disposées à l'intérieur de leur capuche… Qu'est-ce que tu fais ?

Le gamin avait posé ses couverts. Il a terminé son verre de Coca et s'est glissé vers le bout de la banquette.

– Attends, Tommy. Termine au moins ton histoire.

Le gamin s'est figé.

– Ce n'est pas une histoire.

– Pardon, tu as raison.

Le gamin a pesé le pour et le contre. Il s'est recalé face à moi. Ses dents se sont enfoncées dans son burger à moitié froid. Il était déçu et en colère. Ses yeux plantés dans les miens, il mastiquait en silence, et il réfléchissait. Continuer ou pas. Plus il mastiquait, plus l'émotion montait, et moins ses efforts pour la contenir suffisaient. Un sentiment de détresse le submergeait. Je me suis détesté pour ma maladresse.

– C'est si simple de décréter : « Des conneries tout ça. »

Il parlait en mordant dans son burger.

– Moi, pendant ce temps-là, je trimballe mes morts. Quand je ferme les yeux, j'ai des images qui me reviennent. Elles font mal au ventre. Des fois, je voudrais mourir. Pour faire mourir mes souvenirs. Si je n'ai pas parlé, c'est parce que je savais qu'on ne me croirait pas. Mais vous, quand je vous ai vu à la télé, je me suis dit, lui, il n'est pas comme les autres. Lui, il a dû s'en prendre plein la figure. Il comprendra. Il sera forcément de notre côté.

Il a essuyé ses mains, le contour de sa bouche. Il aurait pu essuyer ses larmes, il en avait plein les yeux, mais aucune n'a coulé. L'adversité avait affublé Tommy d'une épaisse armure.

– Si même quelqu'un comme vous nous tourne le dos, qui va rendre justice à Noah ? Aux autres ?

Il a continué d'un ton sec :

– Filez-moi 20 dollars, pour vous faire pardonner. Que je dorme au chaud.

– Tu n'es pas chez ton oncle Brett ?

– Quoi ? Plutôt crever !

– Mais… Qui s'occupe de toi alors ?

– Personne. Je me débrouille. Je fais la manche. Et je trouve toujours des gens pour m'héberger.

– Des gens, c'est-à-dire ? Qui sont ces gens ?

Il a gardé le silence.

– Tu n'es pas en lien avec un foyer, une association ?

– Pas assez de place. Souvent complet. De toute façon, c'est pas dans un foyer que je me sens le plus en sécurité. Et puis, dans ces centres, ils nous obligent à voir un psychologue. J'ai accepté, une fois… Ça m'a suffi. Je déteste les psys.

– Je suis sûr qu'une famille d'accueil serait heureuse de t'aider.

– La plupart font ça pour l'argent. Elles ne comprendraient rien à ce que je suis, à ce que j'ai vécu. Non… Moi, je rêve d'une nouvelle *Jibé*…

– Une quoi ?

– Une maison… Un sanctuaire. Où il n'y aurait que des gens comme moi… comme vous. Ceux que les autres considèrent comme des anomalies, des bêtes de foire.

Sans que son visage bouge, ses yeux ont roulé vers la salle pour m'indiquer d'y jeter un œil. Je me suis tourné vers le reste des tables et des clients. Beaucoup nous dévisageaient. La serveuse et la patronne en particulier. Quand mon regard a croisé le leur, elles se sont remises au travail. Tommy souriait, heureux de sa démonstration.

– Alors ? Rien ? Pas même un petit dollar ? Et si je vous disais que pour un billet de 50, je pourrais vous pardonner et devenir gentil. Très gentil.

J'ai bondi au fond de mon siège et retiré mes deux mains de la table. Tommy King venait de poser les siennes sur le dos de mes paumes en les caressant du bout des pouces. Par réflexe, j'ai tourné la tête. La serveuse avait vu. La patronne avait vu. Un vieil homme à sa table aussi. J'ai dévisagé le gamin avec horreur.

– Tommy ! Ce que tu viens de faire… C'est ça, ta solution pour ne pas dormir dans la rue ?

Le gamin a baissé les yeux, haussé les épaules.

– C'est l'automne, il fait de plus en plus froid. J'ai plus vraiment le choix.

– Il y a des gens ici à Westfield qui t'ont offert une chambre à la condition que… que tu…

Le gamin a acquiescé tout en tentant de me faire croire à un sourire désinvolte.

– Vous en faites pas. C'est souvent les mêmes. Des vieux qui me laissent leur canapé. En échange, je les autorise à me prendre dans leurs bras. Quand ils essaient de m'embrasser, je les repousse et je dis que je vais crier. Alors ils prennent peur et ça s'arrête. Sinon, parfois, ils veulent me regarder. Pendant que je me douche. Ou que je me change. Ça me rappelle La Révélation. Rien d'inhabituel, vous voyez.

– Rien d'inhabituel ? *Dearie me!* Ne trouve jamais de circonstances atténuantes à ces salauds, Tommy. Crois-moi. Je sais de quoi je parle.

Le gamin m'a adressé un regard stupéfait, désorienté.

– Viens. Suis-moi…

J'ai laissé de l'argent sur le bord de la table et nous sommes sortis du *diner*. L'adolescent, sac sur le dos, marchait voûté comme un sherpa. Nous avons regagné le véhicule de police garé en face du restaurant. J'ai enclenché le gyrophare. J'ai serré mes doigts autour du volant, placé son sac à dos sur le siège arrière. Des petites occupations, des micro-tâches à exécuter, le temps que ma colère s'atténue. Une colère dirigée vers ces hommes. Elle frappait fort contre mes tempes. Au bout d'un moment, j'ai tenté de lui expliquer :

– Ce que ces types t'ont demandé, Tommy, ils savent que c'est destructeur. Ils savent aussi que des gosses qui vivent dans la rue sont des proies faciles. Ils sont coupables de tant de choses, Tommy. Tu n'as pas à te sentir honteux ou responsable. Tu entends ? Quand tu te sentiras prêt, il faudra parler. Le silence est leur allié. Ne leur laisse pas la moindre chance de pouvoir continuer. S'ils l'ont fait avec toi, ils le feront avec d'autres. Tu comprends ?

De l'autre côté de la rue, la serveuse avait collé son nez contre la vitre zébrée de traces. Elle nous épiait comme on guette les nuages au loin quand on s'inquiète de voir la pluie approcher.

– Tommy, à propos de La Révélation. Je voudrais que tu répètes à mes collègues de Springfield tout ce que tu viens de me raconter. Là aussi, il est essentiel que tu témoignes.

– Non !

Sur son visage, dans ses yeux, je n'ai lu que de la détermination.

– Pas tout de suite. Demain. J'irai demain, promis. Je ne veux pas raconter tout ça une nouvelle fois... C'est trop dur. Trop difficile. S'il vous plaît...

PIÈCE N° 28

Ms Amanda Lucia Pia Alvarez
Hypnose régressive sous polygraphe

27 octobre 2022
Elm Motel, Westfield, MA

J'arrose une fougère agonisante. Quelqu'un a placé cette plante en haut d'une armoire loin de toute source de lumière. Personne n'a pris soin d'elle depuis trop longtemps. Je lui parle, je lui remonte le moral, je lui dis qu'elle est restée belle et vaillante et que ses feuilles décaties lui donnent une qualité enviée par beaucoup : de la personnalité. Trois coups contre la porte, des coups compacts mais frappés d'une façon presque musicale. Je descends de ma chaise, une bouteille d'eau à la main. Le détective Bosco et le *niño*[52] qui l'a accosté se tiennent devant moi. Que se passe-t-il ? Que font-ils là ensemble ?

– Ms Alvarez, j'ai un service à vous demander.

52. « Le gamin ».

#

Dès qu'il me voit, le visage de Curtis à la réception s'illumine. Il se lève en resserrant le nœud de sa cravate. Je crois qu'il en pince pour moi.

– Amanda ! Quel plaisir ! Qu'est-ce qui vous amène ?

– Une urgence. J'ai besoin de deux chambres communicantes.

– Deux chambres côte à côte, ça ne suffirait pas ?

– Communicante, *he dicho*[53] ! Crois-moi, c'est important.

– Laissez-moi regarder. Il y aurait bien la 32 qui communique avec la 34 mais elle n'est pas libre en ce moment et la 54 et la 56 sont en travaux.

– Oh, *que pena*[54]*!* Tu ne peux vraiment pas faire quelque chose ? Déplacer ceux de la 32 dans ma chambre ?

– Amanda, on ne déménage pas les gens au beau milieu de leur séjour. La réputation de l'hôtel, vous y pensez ? Non. Essayez de vous arranger avec eux. Ils seront peut-être conciliants.

– Tu me laisses comme ça, sans solution ?

Mes yeux percent les siens. Il tire sur son nœud de cravate. Pas du tout pour le recentrer. Curtis a l'impression de ne plus pouvoir respirer.

– Dorénavant, tu m'appelles Ms Alvarez. Compris ?

– Amanda, ne le prenez pas comme ça…

– Ms Alvarez ! Et plus de *Hungry Hippos*[55] avec toi ! Terminé !

#

53. « J'ai dit. »
54. « Quel dommage ! »
55. *Hippos gloutons*. Jeu de plateau des années 1980.

– Désolée de te déranger, *mujer*[56]. Je me présente : Amanda Lucia Pia Alvarez, médium. Curtis, à l'accueil, a complètement oublié que nous étions jeudi, et que tous les jeudis, je suis censée occuper la 32. C'est le jour où ont lieu la plupart des manifestations. La pièce où tu t'apprêtes à dormir est hantée.

Je me signe. Ça l'impressionne.

– C'est une blague ? Une caméra cachée ?

– Une médium ne plaisante pas avec ces choses-là.

Vraiment ? Qu'est-ce que je suis en train de faire dans ce cas ? Venga *Amanda*[57]*, c'est pour la bonne cause !*

La dame tire sur son gilet pour s'y emmitoufler.

– Qu'est-ce que vous attendez de moi ?

– Que nous échangions nos chambres. Pour éviter que ça recommence.

Elle passe ses mains sous ses yeux comme si elle se réveillait.

– Quoi ? Qu'est-ce qui pourrait recommencer ?

#

Bosco et Tommy m'attendent assis devant la télévision branchée sur News 22. Sur l'écran, le journal de la mi-journée. Les Démons écarlates continuent de faire la une.

– La 32 est à nous ! Les clients chargent leurs valises et ils s'en vont.

– Comment avez-vous fait ? se réjouit Bosco.

– Je lui ai raconté que toutes les femmes qui avaient séjourné dans la 32 un jeudi avaient été retrouvées mortes trente-deux jours plus tard à leur domicile.

---

56. « Femme ».
57. « Allez Amanda ».

– Quelle imagination !

– Pas du tout. Je n'ai fait que lui raconter ce qui s'est passé dans un motel de San Diego, en Californie. Si ça vous intéresse, vous trouverez le dossier de cette affaire dans les archives du Cercle spirite Margaret Hamilton.

– Et si la cliente raconte votre histoire à Curtis ? s'est amusé *Cariño* en nettoyant ses lunettes.

– Je lui ai dit que les gérants de l'hôtel n'étaient au courant de rien. Que j'en étais au début de mon enquête. Que le lien entre l'hôtel et les meurtres était trop ténu, trop ésotérique pour intéresser la police. Mais de toute façon, ça n'arrivera pas. La cliente est trop heureuse d'avoir été avertie et d'être remboursée deux fois du prix de la chambre.

– Pardon ?

– Tu me dois 110 dollars, *Cariño*. C'était pour être sûre qu'elle accepte.

– Et changer d'hôtel ? C'est une option qui aurait peut-être été moins coûteuse, non ?

Cariño attrape son imper et sort des billets de son portefeuille. Ses gestes se ralentissent. On parle de moi dans le poste de télévision. Et puis j'apparais à l'image. Bosco met quelques secondes à intégrer l'information. J'ai été interviewée par Hannah Ayala de News 22. Je suis bien coiffée, peut-être un peu trop maquillée, mais l'équipe du journal a absolument tenu à me peinturlurer. Mes fleurs dans les cheveux sont du plus bel effet. Je parle de mes dons : je peux atténuer les brûlures, les eczémas, entrer en contact avec les morts, leur porter des messages. Je raconte comment nous avons, le Cercle spirite et moi, découvert le charnier en forêt de Granville. J'en appelle à la manifestation de la vérité : *« Quiconque a été pensionnaire de La Révélation, quiconque a été en contact avec un de ces gosses, doit parler. Appelez immédiatement les autorités de Springfield et demandez...* » Je mentionne *Cariño*, la capitaine Pamela Patel, le shérif Jarvis, et j'oublie sciemment le shérif Ford.

– Ms Alvarez, s'insurge Bosco, vous faites partie de l'enquête. Vous ne pouvez pas parler aux médias sans nous consulter !

– C'était bien payé et j'ai besoin d'argent. Mais ne t'inquiète pas, *Cariño*. Jamais je ne te mettrai dans une situation difficile. C'est moi la médium. C'est moi qu'on juge et qu'on regarde d'un mauvais œil.

– Non, Ms Alvarez, peu importe, c'est une question de...

Je le coupe :

– J'ai une hypothèse à propos des chiffres dans la bouche des victimes. Tu veux bien m'écouter ? Vu la religiosité du camp, de celle des parents Ferguson, Bell et Gomez, j'ai pensé à la Bible. À la façon dont elle est organisée. L'ouvrage. Le chapitre. Le verset. Tous les codes à trois caractères coïncident avec des passages bien spécifiques. Des passages sur l'homosexualité. L, 20, 13. Lévitique, Chapitre 20, Verset 13 : *Si un homme couche avec un homme comme on couche avec une femme, ils ont fait tous deux une chose abominable ; ils seront punis de mort : leur sang retombera sur eux.* C'est peut-être pour ça que les Démons égorgent leurs victimes. Le sang qui « retombe sur eux ». Ce que je ne comprends pas, c'est qu'aucune de leurs cibles n'était gay. Du moins, d'après ce que l'on en sait...

Inspector rebondit :

– C'est le contraire, Ms Alvarez. Les versets retournent dans la bouche de ceux qui les ont prononcés. Les

Démons étouffent ceux qui condamnent avec les mots qui condamnent.

Tommy, mâchoire décrochée, s'adresse à *Cariño* :

– Sérieusement, vous faites une super équipe tous les deux. Vous devriez lui dire, m'sieur Bosco. Pas de problème. Je suis fier de ce que je suis.

– Si j'ai ton autorisation, ajoute *Inspector*. La Révélation n'était pas un camp de redressement, Ms Alvarez. C'était un camp de conversion à l'hétérosexualité.

– Quoi ?

Je comprends peu à peu. Notre petit Tommy, gay ! Sa confiance me touche. Même si je suis de celles et ceux qui attendent avec impatience le jour où ce rituel du « coming out » sera devenu archaïque. Attendrie, je lui envoie un clin d'œil solidaire. Le gamin me sourit.

– Mais, *Niño, Cariño*, ces pratiques sont interdites quand il s'agit de mineurs[58] !

– Ça n'a visiblement pas empêché certains de les poursuivre, soupire *Inspector*. Dès demain, Tommy racontera ce qu'il sait de La Révélation aux équipes de police.

L'adolescent confirme en donnant des coups de menton affirmatifs.

– En revanche, continue Bosco, pas un mot sur cette chambre d'hôtel, Tommy. On pourrait nous accuser de subornation de témoin. Dernière chose : pas de sorties sans notre autorisation.

---

58. Depuis 2019, dans le Massachusetts, comme dans la plupart des États-Unis d'Amérique, seules les thérapies de conversion en direction des mineurs sont prohibées. Pour les adultes, au nom de la liberté de conscience, le législateur considère qu'un individu a le droit de désirer changer de sexualité et d'être aidé pour y parvenir. Seul le district de Columbia a banni cette pratique pour l'ensemble de la population.

– Mais… s'insurge le gamin.

– Désolé. C'est préférable. Pour ta sécurité et celle de Ms Alvarez. Dès que votre ami sera là… Comment s'appelle-t-il déjà ?

– Reinhard.

– Dès que Reinhard sera là, rejoignez-nous, Ms Alvarez. L'enquête ne doit pas continuer sans vous.

– Aussitôt qu'il consultera sa messagerie, il viendra. J'en suis sûre.

– Parfait. Avant cela, j'ai quelque chose à vous proposer. Tommy, tu serais d'accord pour que Ms Alvarez nous accompagne ?

– Où ça ? demande le gamin. Où vous voulez nous emmener ?

#

Malgré la distance, à chaque débordement de sanglots, nous distinguons les soubresauts, les tremblements qui maltraitent son corps. Un corps frêle, éreinté, où, dans ce moment particulier, la vitalité de la jeunesse s'est éteinte. Tommy s'abandonne, ne retient plus sa peine. Un saule majestueux dont le vent joue avec les branches déverse son ombre sur l'enfant comme un ruisseau de pudeur. Inconsolable, *Pequeño* flanche sous le poids de sa solitude. De son impuissance. Ses parents sous la terre. Lui dessus. Et aucune fleur ni plante au pied d'une stèle qui n'a été gravée d'aucune épitaphe. Oncle Brett l'a joué à l'économie. Heureusement, sur le chemin, Bosco s'est arrêté pour acheter un bouquet de lys. Qu'il a offert à Tommy. Et que Tommy vient d'offrir à son tour. Les fleurs sont posées sur le gazon fraîchement coupé. En les lui confiant, Bosco a murmuré : « *Tu n'es plus seul maintenant. Sache-le.* »

Sur le chemin du retour, *Niño* reste prostré dans son silence. Jusqu'à ce qu'il demande :

– On ne peut pas juger les morts, n'est-ce pas ? Montgomery ne sera jamais condamné pour ce qu'il a fait ?

– Il aurait fallu ne pas retrouver son corps, lui répond Bosco. Dans ce cas, nous aurions pu le poursuivre « *in abstentia*[59] ».

– Les gens qui vengent les leurs devraient savoir ça. Faire disparaître le corps d'un salaud. Pour le traîner en justice malgré sa mort et entendre les juges le désigner coupable. M'sieur Bosco, vous en étiez où avant que j'arrive ? Sur quelle piste ? Shane. Vous allez faire comment pour le retrouver ?

– Tu veux dire, Noah et les autres ? a répondu *Inspector*. Shane n'a attaqué personne. Il n'est coupable de rien. On ne connaît même pas son visage.

– Bien sûr, mais c'est parce que…

Il avale sa langue, souffle, gigote sur son siège. Tommy aimerait ajouter quelque chose mais il s'en empêche.

– C'est lui que vous devez chercher, reprend-il. Les autres sont morts. Morts et innocents.

– *Qué dices*[60]*?* Ces gosses sont morts ?

Je me signe.

À côté de moi, *Cariño*, perplexe, reste de marbre.

59. Dans le droit français : procédure de défaut criminel (ancien jugement par contumace).
60. « Qu'est-ce que tu dis ? »

– On ne peut pas assassiner des gens et en même temps être mort. Nous avons des images vidéo. On y voit les visages de tes amis à travers des lumières LED.

Tommy s'entête :

– C'est Shane et seulement Shane que vous devez retrouver. Et les autres ? Tyler ? John ? James ? Vous étiez au courant de leur existence ? Vous savez où ils se trouvent ?

– Nous ne pouvons pas parler de l'enquête avec toi, Tommy. Désolé.

– Pourquoi ça ?

Sa question restant sans réponse, Tommy conclut :

– Je crois que c'est une erreur de vouloir chercher un sens à tout ce qui nous arrive. Rien ne pourra expliquer la mort de mes parents. Je crois que c'est pour ça que les religions ont été inventées. Pour nous empêcher de devenir fous. Fous de douleur devant ce qui n'a pas de sens, pas de raison. Avec Dieu, on peut tout expliquer sans le faire vraiment. Ses décisions sont insondables. Ses voies impénétrables. C'est pratique, vous ne trouvez pas ? Merci, m'sieur Bosco. Ça m'a fait du bien de passer un peu de temps avec eux.

PIÈCE N° 29

Capitaine-détective Wilfried Bosco
Lettre authentifiée

27 octobre 2022
Police Department, Springfield, MA

J'ai retrouvé Patel à la machine à café. Elle n'était pas mécontente de me revoir. On allait enfin arrêter de lui demander où j'avais bien pu passer. À peine quelques heures et les rumeurs allaient déjà bon train. Après mon empoignade verbale avec Ford, on disait que je la jouais profil bas, que j'allais dorénavant enquêter seul, en loup solitaire, que j'étais reparti à Boston pour demander qu'on me place sur une autre affaire. J'avais même exigé, selon la rumeur, qu'on vire Ford.

– Il veut vous démolir, m'a prévenu Patel. Pour ça, il s'attaque à ce que vous êtes, ou plutôt à ce que vous seriez. Il dit que vous mentez sur votre hétérosexualité. Que vous êtes un lâche. Et que je suis une traîtresse, une vendue. Nous ferions bloc, vous et moi, parce que nous sommes de la même communauté. Les LGBTQIA+ contre le reste du monde. Je suis fatiguée de cette rhétorique.

– Je vous plains, capitaine Patel. Femme, lesbienne et compétente : on a dû vous empoisonner la vie plus d'une fois.

– Vous plaisantez ? Jusqu'à aujourd'hui, je n'avais jamais rencontré le moindre problème. La logique de Ford et de ses congénères est aussi implacable qu'imbécile. Lesbienne. Flic. Pour eux, je rêve d'être un homme. Ils aiment cette idée. Ça les flatte. Ça les rassure. Ça reste logique. Eux, en haut de l'échelle. Et moi qui cours après ce qu'ils sont. Non, c'est vous qui foutez le bordel, détective. Ils ne comprennent rien à ce que vous êtes. Vos excellents résultats de service versus votre allure. Ça ne colle pas à leur grille de lecture.

La machine venait de lui servir son café. Elle a soufflé dessus, songeuse.

– Sue avait raison. Nous aurions dû aller vivre dans un endroit où même l'extravagance se fond dans la masse : Miami, New York, San Francisco.

– La Révélation était un centre de conversion. Ces gamins étaient gays.

– Quoi ?

– J'ai rencontré un rescapé. Il y en aurait d'autres...

Au même moment, un lieutenant à bout de souffle a jailli d'un couloir.

– Capitaine Patel, je vous trouve enfin... On n'en a pas fini avec la forêt de Granville !

– Je ne sais pas après qui nous courons, mais c'est d'un sordide jamais atteint dans l'histoire de cet État. Nous approchons la trentaine de crânes.

Melissa Callman nous a laissés digérer l'information, le temps d'un silence pesant. Impression de déjà-vu. Autour de nous, les combinaisons blanches s'affairaient. C'était d'abord la voix des hommes et des femmes de la forensique, le bruit des machines et des véhicules, qui nous avaient guidés à travers la forêt. Puis très vite, la lumière avait percé entre les troncs d'arbres de plus en plus espacés. Très vite, nous étions devenus des insectes de nuit attirés par quatre soleils blancs, des projecteurs à batterie longue durée.

– On en est à trois charniers de plus. Contrairement au premier, ici, toutes les boîtes crâniennes sans exception ont une trace de perforation. En revanche, les corps ont eux aussi été enterrés nus. En ce qui concerne leur datation, certains sont là depuis plus de dix ans. Les fissurations osseuses engendrées par les variations climatiques ne laissent planer aucun doute là-dessus.

J'ai repensé aux croix inscrites sur le mur près du cachot. Le nombre de corps contenus dans les quatre charniers semblait tendre vers le nombre total de ces croix. Tommy l'avait décrit : avec une méticulosité morbide, Montgomery tenait ses comptes. Restait le mystère de la plus grande, celle dessinée en rouge.

– J'ai une autre nouvelle à vous transmettre. Les prélèvements effectués sur les corps dans l'isoloir viennent de s'achever. Ils sont pour le moins surprenants. Inutile de nous demander une nouvelle batterie d'examens pour confirmation. Ces résultats sont indiscutables. La comparaison avec les prélèvements ADN effectués à leur domicile ne laisse planer aucun doute. Nous savons où se trouvent Noah Ferguson, Peter Bell et Song Gomez. À la morgue. Et avant cela, ces gosses se trouvaient derrière l'énorme porte en fer sur laquelle nous nous posons tant de questions. Ces adolescents ne peuvent pas avoir commis les crimes dont vous les accusez.

– Mais… a bégayé Patel. On les voit sur les vidéos.

– L'ADN ne ment pas. Une image, c'est moins sûr. Débrouillez-vous avec ça. Dans tous les cas, on peut valider l'hypothèse d'une pratique répétée d'exécutions sommaires à l'intérieur du camp. Depuis plus d'une décennie.

Tommy avait essayé de nous convaincre de la mort de ses camarades. Maintenant, c'était un officier de la scientifique parfaitement qualifié qui défendait la même idée.

Je me suis liquéfié.

– Détective, s'est inquiétée Patel, vous allez bien ?

Je n'ai pas répondu, mais je me suis entendu murmurer :

– Maman…

Sheila Mason était là, en pleine forêt, à des miles de sa chambre d'hôpital. Penchée au-dessus d'une des fosses, le visage stupéfait. Je me suis mis en colère contre moi-même. Qu'est-ce qui arrivait à mon pauvre cerveau ? Les idées de Ms Alvarez avaient-elles fini par infuser mon esprit comme une feuille de thé colore l'eau d'une tasse ? J'ai cligné des yeux, espérant que mes paupières effacent cette vision démente. Mais Sheila s'est obstinée. Elle s'est tournée vers moi dans un mouvement fluide, sans plus aucune douleur, comme si les années s'étaient envolées. Comme si ce corps ne comptait plus. Elle s'est avancée vers moi, les mains jointes posées à la naissance de son cou, l'air émue dans son pyjama médical. Ses épaules se sont levées, baissées, pour accompagner une longue respiration. Son visage, ses yeux se sont éclairés. Comme si sa tristesse était déjà trop ancienne, trop lointaine pour être vive. Elle a remué ses doigts fins et tordus d'arthrite comme des brins de blé dans la brise. Elle m'a fait signe.

Devant elle, derrière elle, à travers elle, les techniciens de la forensique passaient, repassaient, sans la voir. Elle était invisible aux autres mais visible à mon cœur. Sheila Mason a ri. Un rire lointain qui l'a rajeunie. Un rire de jeune fille. Et dans ce rire quasi silencieux, son image s'est évaporée. J'ai tourné les talons et j'ai foncé vers ma voiture. Dans mon dos, Patel m'appelait. J'ai fait comme si je n'entendais pas. Comment lui expliquer…

PIÈCE N° 30

Ms Amanda Lucia Pia Alvarez
Interview sous polygraphe

27 octobre 2022
Elm Motel, Westfield, MA

6 pm. Toujours pas de Reinhard. En l'attendant, Tommy et moi nous sommes lancés dans un jeu de mimes. Chacun notre tour, nous essayons de faire deviner à l'autre le titre d'une chanson, d'un film, le nom d'une célébrité. Le décalage de génération se fait ressentir. Il n'a jamais entendu parler des *Spice Girls*, pas plus que de Mulder et Scully. Je ne sais pas ce que sont *Euphoria* ou Gerard Way. Épuisée par un mime qui n'a rien donné, je regagne la table ronde en tentant de reprendre ma respiration. Tommy, assis au bord du lit, semble dépité.

– Désolé, m'dame. Avec tout le mal que vous vous êtes donné.

– Ne t'inquiète pas, *Niño*. Au moins, je me suis dépensée un peu. La dernière fois que j'ai fait du sport, c'était dans une vie antérieure.

Il sourit. Silence entre nous. Un silence léger et fragile comme la flamme vacillante d'une bougie.

– Je n'ai pas tout raconté à m'sieur Bosco. Il y a une explication au fait que vous n'ayez jamais vu le visage de Shane. Mais j'ai peur qu'il ne veuille plus m'aider si je la lui donne. Qu'il me prenne pour un dingue.

– Je connais cette angoisse.

Niño se gratte la tête comme un vieux soldat qu'une ancienne cicatrice démange. Il se lève et me rejoint autour de la table ronde, le regard perdu dans la moquette usée :

– Le 30 mars au matin, quand Montgomery et les instructeurs ont ouvert la porte du cachot…

– Le cachot ? C'est cette petite pièce au mur brûlé ? C'était un cachot ?

Tommy opine de la tête, puis il se met à parler, la voix saturée de peine et d'émotions.

– Les positions s'étaient inversées. Sur le sol, il y avait Noah, le visage brûlé. Et au fond du cachot, il y avait les yeux de Shane. Ils se sont allumés. Oui, allumés. Ils ont transpercé l'obscurité du réduit. Ils sont devenus jaunes, un jaune puissant, qui a viré à l'orange, au rouge, et les lumières du camp se sont toutes allumées. Et leur éclat est devenu intense, écarlate, autant que les yeux de Shane, et au bout d'un moment, toutes les ampoules ont explosé. Le bruit du verre sur le sol a fait comme le bruissement des vagues sur les rochers. On s'est retrouvés dans le bureau de père Pervers dans l'obscurité la plus totale. Les instructeurs ont essayé de fouiller l'intérieur du cachot avec leur lampe, et là… Je peux vous le dire à vous… Vous promettez ? Ça ne changera rien ?

– *Nada*[61], *Niño!*

– Shane, dans le cachot, il volait. Au-dessus du sol. Il volait dans les airs, les bras grands ouverts, le visage lumineux, comme Jésus sur le tableau. Un des instructeurs est tombé à genoux pour vénérer Shane. Montgomery lui a dit de se relever. Il a crié : *« Imbécile ! C'est un démon ! »* et puis il s'est tourné vers Shane pour lui dire : *« Moloch, je ne comprends pas… Nous t'avons hébergé, nourri, nous avions passé un accord… »*

– Il l'a appelé Moloch ? C'était pour lui, ces signes sur la porte dans le camp ?

Tommy n'a pas besoin d'acquiescer. Ses pupilles tremblotantes parlent pour lui. Il poursuit :

– C'est ce démon qui a tué Noah et pris possession de Shane. Sur son visage, j'en ai vu passer plein d'autres. Ils pleuraient tous. Des visages que je ne connaissais pas… Jusqu'à ce que celui de Noah apparaisse. C'est là que j'ai compris : il avait absorbé son âme. Les visages qui défilaient, c'étaient les âmes de ses anciennes victimes. C'est ce qui arrive quand il les brûle. Il vole l'âme des gens. En un regard. Mais d'un coup, il s'en est pris au père Pervers. J'ai vu le visage du curé fondre. Et quand il a eu fini avec lui, le Moloch s'en est pris à tous les autres, comme un chien enragé, comme si rien ne pouvait l'en empêcher.

– Le Moloch est affamé de douleur. Le Moloch affectionne la souffrance.

– J'ai vu Song tomber. Marcus. Eddie. Le Démon a massacré tout ce qui bougeait. Dites-le aux gens de la télé, m'dame Alvarez, aux collègues de m'sieur Bosco. Le

61. « Rien ».

Moloch exhibe le visage des âmes qu'il avale pour masquer son identité ! Pour faire accuser des gamins innocents.

– Tommy, c'est compliqué. Il y a des images de Noah en train d'assassiner sa famille. Des images de Song en direct qui s'en prend aux employés de la ferme. Les gens ne sont pas prêts à voir au-delà des faits.

– Noah était quelqu'un de bien. De bon. Song et Peter, pareil. Le Moloch est en train de salir leur mémoire.

Tommy s'essuie les yeux. Le petit bonhomme est vaillant.

– Des heures plus tard, je suis sorti de ma cachette. Le cachot. Je m'étais dit qu'il n'y penserait pas. Pour lui, personne n'allait oser se cacher dans sa tanière, avec le cadavre de Noah dedans. Quand je suis ressorti, j'ai compté les corps. Eddie, Jackson, Carlos, Marcus, Montgomery et trois condisciples. J'avais vu Noah et Song s'effondrer, mais le troisième, impossible de le reconnaître. Son visage avait fondu. Et avec nos vêtements standardisés, impossible de faire la différence. Mais ça voulait dire que les autres avaient, peut-être, réussi à s'enfuir.

Niño ramène ses jambes sous la table, pose ses coudes sur le plateau. Ses poings rejoignent son front.

– Je veux anéantir ce salopard. Qu'est-ce qu'on peut faire contre lui ?

– Moloch, ce n'est pas n'importe qui. Moloch vient probablement du terme hébreu « *molek* » ou « *melek* », qui signifie « roi ». Il est cité plusieurs fois dans l'Ancien Testament. Dans le Lévitique ou dans le Livre des Rois. Ces textes se réfèrent à cette divinité démoniaque pour en condamner le culte et les cérémonies autour de sa célébration. Ses prêtres fabriquaient de grandes statues creuses en métal à son effigie : un veau ou un bœuf à la tête couronnée. Ils y allumaient un brasier et y jetaient des nouveau-nés. Vivants. Pour lui, on brûlait vif des enfants. Fort heureusement, ces cérémonies ont fini par disparaître. Mais pas le Moloch. C'est un démon qui aime la traîtrise, le sang, les larmes. Il célèbre l'injustice, la roublardise, le vol. Pour l'affaiblir, il faut cesser les offrandes et le renvoyer en enfer. Or nous approchons de la période de l'année où son pouvoir est à son apogée. Décembre.

– Y a quelque chose que je regrette, m'dame Alvarez. Tyler m'a raconté qu'Eddie, cette ordure, s'amusait parfois à filmer avec un portable quand il abusait de lui. Après le carnage, j'ai seulement pensé à fuir, mais j'aurais dû être plus courageux. J'aurais dû me rendre dans le baraquement des surveillants et retrouver ce téléphone…

Je prends sa main. Je souris pour lui dire qu'un jour tout rentrera dans l'ordre. Qu'il ne faut pas s'en faire. Il me renvoie un sourire forcé. Je suis touchée par l'effort.

– Noah aurait adoré vos fleurs dans les cheveux. Il aurait adoré ce que vous êtes. Vous ne voudriez pas m'adopter ? Vous ou m'sieur Bosco ?

PIÈCE N° 31

Capitaine-détective Wilfried Bosco
Lettre authentifiée

27 octobre 2022
Massachusetts General Hospital, Boston, MA

Ms Frazier m'a vu traverser le couloir au pas de course. J'ai déboulé dans la chambre. Recroquevillé sur lui-même, dans une posture accablée, mon père occupait le fauteuil que j'avais quitté quelques heures plus tôt. Ses cheveux teints en noir dévoraient le bout de ses doigts crispés. Je ne me suis pas attardé. Mes yeux se sont posés sur ma mère. Sur son visage paisible. Détendu. Reposé. On avait presque l'impression d'un sourire taquin sur ses lèvres devenues aussi rose pâle que son pyjama médical. Sheila Mason nous jouait un sale tour, une farce de mauvais goût. Autour d'elle, quelques mèches de cheveux se répandaient en ondulant sur l'oreiller. Ses draps passaient sans un pli sous ses bras, à hauteur de poitrine. J'ai soupçonné Ms Frazier de lui avoir donné un coup de peigne, d'avoir refait le lit avant notre arrivée. Mon père s'est levé. Je l'ai ignoré.

– Si tu t'inquiètes pour l'enterrement, rassure-toi, nous n'aurons pas à nous parler. Tout est déjà organisé. Ta mère a toujours été si prévoyante.

J'ai senti qu'il attendait une réponse.

J'ai attendu qu'il sorte.

La porte refermée, je me suis approché d'elle. À petit pas.

J'avais conduit pied au plancher, abandonné ma voiture en travers d'un trottoir, couru dans les couloirs, tourné comme un lion en cage dans l'ascenseur, et à présent, je mesurais mes pas. Au bord du lit, près de son corps inerte, je l'ai scrutée. Chaque détail comptait. Chaque morceau d'elle la contenait en entier. Ce grain de beauté sous son menton contre lequel elle râlait tout le temps. À cause de ce poil unique qui y poussait. Son front marqué d'une petite tache beige, une tache de vieillesse, que son fond de teint ne masquait jamais complètement malgré tout le soin qu'elle y mettait. Ses ongles épais, incurvés, incassables, qu'elle n'a jamais voulu laisser pousser. L'os de son poignet gauche, proéminent, qui l'obligeait à porter sa montre à droite. Ce qui, pour elle, n'avait jamais été naturel. Cette petite cicatrice datant de l'enfance, au coin de l'œil, dont je n'ai jamais su l'histoire. J'aurais voulu conserver ces bouts d'elle, les mettre dans ma poche, pour les ressortir, les admirer, les toucher quand je le voudrais. J'ai contemplé son cou contre lequel j'aimais tant m'endormir, enfant. Cette poitrine qui m'avait nourri. Ce ventre qui m'avait porté. Un être en entier s'éteignait. Deux histoires se finissaient. La sienne et la nôtre. J'ai embrassé sa joue tiède. Elle ne sentait plus les odeurs de mon enfance mais le millepertuis, l'avoine de mer, la guimauve des marais, le jasmin jaune, les parfums de sa Caroline natale, les odeurs de sa vie à elle. J'ai pris sa main, j'ai ouvert sa paume pour la coller contre ma joue. J'ai murmuré :

– Tu es venue me voir ? Tu es vraiment venue me voir ?

La porte s'est ouverte. Le voile s'est déchiré. La réalité du monde tel qu'il est s'est imposée. Ms Frazier s'est avancée jusqu'au pied du lit.

– Nous l'avons gardée le plus longtemps possible, mais le corps, vous comprenez… Il faut qu'on la descende maintenant, là où vous savez.

La poésie de l'impossible, la force de l'imaginaire, la puissance d'un « Pourquoi pas », « Je veux y croire », « Nous nous reverrons »… Tout s'est envolé.

PIÈCE N° 32

Ms Amanda Lucia Pia Alvarez
Hypnose sous polygraphe

27 octobre 2022
Elm Motel, Westfield, MA

J'ai vu la Saab 99 Turbo couleur cobalt se garer à l'autre bout du parking, près des chambres en travaux. Je sors sous le porche de l'hôtel pour faire de grands signes et indiquer à quel niveau nous nous trouvons. Mon fidèle Reinhard passe la marche arrière et vient positionner la voiture devant le numéro 32. Tommy apparaît à mon côté.

– C'est lui, Reinhard ? s'étonne-t-il. On dirait un taulard.

– Rentre tout de suite ! Qu'est-ce que t'a dit *Cariño* Bosco ?

Le petit, obéissant, file dans la chambre.

Mon ami sort de son coffre un sac de voyage. Il réajuste ses lunettes de soleil et avance vers moi en ouvrant les bras.

– Et maintenant baby-sitter ! Vous m'aurez tout fait faire, Amanda.

Reinhard me serre contre lui. J'aime sa corpulence. Son dos large, ses bras épais comme des colonnes. Ma joue se presse contre le cuir froid de sa veste, intérieur laine de mouton. Une laine blanche qui déborde en ourlet sur les manches et autour du col.

– Désolé pour le retard. Un pneu m'a lâché. Et mon téléphone portable n'a plus de batterie…

– *Pobre.* Viens, que je te présente.

J'attrape sa main. Il entre avec moi dans la chambre. Tommy est assis sur mon lit, le dos collé au mur, une BD à la main. Celle de son père.

– Tommy, je te présente Reinhard.

– C'est votre fiancé ?

Nous nous regardons. Nos mains se détachent et les joues de Reinhard rougissent autant que le haut de ma poitrine. Je ris, faussement, comme une idiote :

– Tommy, voyons, on peut se tenir la main sans être amoureux. L'amitié entre un homme et une femme, ça existe.

– Oui, bien sûr, mais là, ça n'a pas l'air d'être le cas.

– Eh bien tu te trompes, lui assure Reinhard.

J'ai un pincement au cœur.

– C'est vous qui m'emmenez à la police demain ? s'interroge le gamin.

– C'est moi.

– On pourrait y aller maintenant ? J'ai changé d'avis. Je voudrais en finir.

– Si tu y vas à cette heure, tu passeras la nuit au poste, *Niño*. Ce n'est pas un endroit pour un enfant. Tu t'y rendras demain.

Reinhard pose sa valise sur le sol et claque dans ses mains. Je sursaute.

– Dans ce cas, si je n'ai pas à faire le taxi, je peux faire le livreur de pizza… Ça vous dit ?

Le visage du gamin s'illumine.

– Coooool !

J'amène Reinhard à l'écart.

– Dis-moi, *Bonito*, demain, avant d'emmener Tommy au poste de police, je voudrais que tu me déposes à La Révélation. Je dois retourner au baraquement. Tommy m'a parlé d'un téléphone portable dissimulé dans le camp. Les autorités l'ont déjà fouillé. Pourtant, d'après ce que je sais, rien n'a été trouvé. Je voudrais essayer… Mais il va falloir ruser pour y entrer.

– Pourquoi ça ? Vous faites partie de l'enquête maintenant.

– Ford a ses soutiens.

– Ford ? Qui est Ford ?

– Un sale type qui mène une petite guerre en interne. Sans Bosco avec moi, ils m'en interdiront l'accès. Et je n'arrive pas à le joindre. Son téléphone a l'air éteint. Je ne veux plus attendre, Reinhard. Le passé a encore des choses à nous révéler.

PIÈCE N° 33

Description détaillée d'après CCTV

28 octobre 2022
Columbus Avenue, Boston, MA

1.34 am – **Club Café.**

Accolades. Claquements de mains. Mr Cameron Jimenez, 27 ans, se sépare de ses amis (au nombre de cinq). Il vient d'enterrer sa vie de garçon et quitte la boîte de nuit gay Le Club Café, South End, Boston, en empruntant Columbus Avenue. Sa démarche traduit son ivresse. Il s'engage sur Waltham Street.

1.37 am – **Waltham Street.**

La rue est déserte. Mr Jimenez prend appui sur un mur, se penche pour vomir. Mr Jimenez essuie sa bouche d'un revers de manche. Il rejoint Bradford Street pour traverser Peter Park.

1.42 am – **Peter Park – Chemin de traverse**.

Alors que Mr Jimenez arrive à hauteur d'une aire de jeu, l'individu désigné par les termes « Démon écarlate » émerge d'une rangée d'arbres. En lieu et place du visage, une lumière rouge se déclenche. Mr Jimenez marque un temps d'arrêt. Les deux individus se toisent. Le visage de Mr Jimenez se décompose au fur et à mesure qu'il comprend la situation. Lorsque Mr Jimenez fait quelques pas en arrière, le Démon écarlate reprend sa marche, d'abord lente, pour finir par accélérer et foncer sur sa victime. Mr Jimenez recule, titube et place ses poings devant lui, en les faisant rouler dans les airs, à l'image d'un boxeur du cinéma muet. Sous la capuche de l'attaquant, la lumière se teinte de variations sanguines, comme sous l'effet de puissantes pulsations. On dirait qu'un énorme viscère, un cœur chatoyant, bat sous l'étoffe. Hurlements de Mr Jimenez sans raison apparente. Son visage disparaît sous ses mains. De la fumée s'échappe d'entre ses doigts. Mr Jimenez tourne sur lui-même, s'écroule, roule sur le sol, frappe des pieds. La douleur semble insoutenable.

1.51 am.

De la poche ventrale de son sweat-shirt, le Démon écarlate extirpe un couteau de chasse et se jette sur la victime. Au sol, Mr Jimenez se défend. Coups de poing, coups de pied. Le Démon écarlate encaisse sans faillir, frappe à l'aveugle. La lame du couteau finit par se planter dans le thorax du jeune homme. Sous le choc, la victime se pétrifie. Le Démon en profite et lui ouvre la gorge. Giclées de sang. Le Démon enfonce dans la bouche de la victime une boule de papier.

1.54 am.

Le Démon fouille Mr Jimenez, trouve un portable qu'il allume en utilisant l'index de sa proie. Le tueur se redresse, filme, zoome sur les blessures, le sang, l'agonie. La séquence est envoyée à plusieurs contacts. Le Démon lâche le téléphone, qui rebondit sur le corps et s'écrase sur le sol.

1.57 am – **Bradford Street.**

Une caméra de surveillance est fixée au mur du bâtiment N° 23. Le Démon se place devant elle. Sa capuche dégorge de lumières vermillon. Pourtant, l'intensité diminue. Apparition d'un visage en pleurs. Celui de Song Gomez. Durée de l'apparition : quatre secondes. Le visage se floute, redevient une lueur. Apparition d'un deuxième visage. Noah Ferguson. En larmes. Durée de l'apparition : quatre secondes, et les traits de l'individu se modifient pour devenir ceux de Peter Bell. Détresse, peur, larmes. Même durée d'apparition : quatre secondes. Sous la capuche, la lumière en s'intensifiant gomme cette dernière apparition avant de s'éteindre, dans des effets proches d'une lampe défectueuse. Le Démon écarlate sort du champ. À l'arrière, sous les réverbères, Mr Jimenez se vide de son sang. Un message sera retrouvé collé contre la voûte du palais de la victime :

COMME NOUS OU CONTRE NOUS
QUE VIENNE LE RÈGNE DES DÉVIANTS
QUE SONNE L'HEURE DES MÉTAMORPHOSES

PIÈCE N° 34

Ms Amanda Lucia Pia Alvarez
Hypnose sous polygraphe

28 octobre 2022
La Révélation, Granville, MA

– Tommy, tu ne quittes pas Reinhard et tu fais ce qu'il te dit. *Vale?* À tout à l'heure. Poste de police de Springfield.

– Entendu, Amanda. Faites attention à vous.

Dans un nuage de poussière, la voiture continue son chemin en direction du camp de La Révélation. Avant de rejoindre Springfield, Reinhard a une mission à accomplir. À travers la fumée ocre, depuis l'arrière du véhicule, je vois Tommy m'adresser un signe de la main. Il se passe quelque chose entre ce petit gars de 14 ans et moi. Peut-être a-t-il reconnu que nous partagions une même peur : celle des adultes et de leur monde. Si on m'en avait donné le choix, je serais restée une enfant.

Je m'enfonce dans les bois. De loin, les baraquements me font penser à de vieux coffres de pirates échoués sur une plage de silice. Au fond, le lac, dont le vent strie la surface. J'approche des balises qui délimitent la zone à ne pas franchir. Reinhard et Tommy, comme convenu, jouent les touristes égarés, occupent le flic de garde. Je passe sous les banderoles. Je rase les murs avec l'impression d'être observée. La température de mon corps chute. Des frissons intenses me chatouillent l'échine. Sensation de porter des vêtements mouillés. Je suis traversée de mauvaises vibrations. Elles emplissent l'air. Des effluves de douleur et de mort. Je cours vers la cabane des surveillants en lançant des coups d'œil inquiets vers la Saab 99. Je monte les marches branlantes. Mes talons cognent contre les planches aussi lugubrement qu'un tambour de cérémonie funéraire. Je m'apprête pour la deuxième fois à enfreindre la mise en garde des bandes jaunes. La porte d'entrée émet un grincement sardonique, un ricanement caricatural de sorcière, de ceux qu'on peut entendre dans les parcs d'attractions.

La pièce, spacieuse, est équipée d'une batterie de cuisine professionnelle. Elle est suivie d'un salon que desservent des chambres. On se croirait dans un chalet de montagne occupé par une équipe de footballeurs américains livrés à eux-mêmes. Partout règne un capharnaüm sans nom. Après avoir enfilé des gants en nitrile, j'entreprends de fouiller les penderies, les commodes. Je ratisse sous les matelas, au sommet des armoires, à la recherche de ce portable, mais aussi de tout autre indice susceptible d'aider à identifier l'un ou l'autre des cerbères de La Révélation : photo oubliée, document administratif, livre marqué des initiales de son propriétaire. En vain. Dans la dernière chambre du baraquement, je m'assois, éreintée, déçue. Je ferme les yeux. Ma mémoire convoque le visage du jeune sourd. Je l'appelle. Je lui demande de venir à mon aide. Aucun signe ni mouvement. Pas une sensation. La gorge sèche, je m'avance jusqu'au lavabo. Je passe un peu d'eau sur ma nuque pour me rafraîchir. En me relevant, je remarque un conduit en PVC qui court vers le plafond et s'arrête à mi-chemin sans rejoindre aucune autre tuyauterie. Il est terminé par un raccord à double coude scellé par des bouchons de fin de ligne. Je m'imagine en train de colmater ce tuyau vertical et de le transformer en cachette idéale…

PIÈCE N° 35

28 octobre 2022
Sodom Street, Granville, MA

J'appelle un taxi. 29 dollars. Vingt et une minutes de course. Westfield State University. Bus R10. 2 dollars. Quarante-neuf minutes de trajet. Main Worthington. Ligne G1. 1 dollar 50. Quatorze minutes jusqu'au poste de police. Un long voyage pendant lequel je tiens fermement les anses de mon tote bag. Dedans reposent des informations essentielles. Probablement une découverte majeure pour l'enquête. J'en mettrais ma main au feu. Je n'en tire aucune fierté. Je suis seulement heureuse pour ce garçon qui hurle dans mes rêves. Bientôt, il trouvera la paix. Je pense à la tête que fera *Cariño*, à son étonnement. Je prépare la manière dont je vais le lui annoncer, ravie à la perspective de le surprendre. Dans l'autocar, une conversation attire mon attention. Deux jeunes hommes, 20 ans à peine, rivés à leur écran, sautent d'une vidéo à l'autre :

– Mate ! C'est LE gadget à avoir pour cet Halloween. Amazon, Walmart, tous en rupture de stock. DE mania, mec ! 40 dollars le masque LED avec effets de folie : flash lent, flash rapide, 45 affichages dynamiques, 70 affichages statiques. Douze heures d'autonomie.

– Mec... J'ai du mal avec cette idée. S'habiller en DE C'est bizarre, putain ! C'est comme leur rendre hommage, c'est comme vénérer ces ordures ! Réfléchis ! Pense aux familles des victimes !

– T'as raison, mec.

– Jason Voorhees, Michael Myers, Freddy Krueger, le Creeper[62]... Ça, c'est du lourd, des légendes ! Et eux, au moins, ils ont le mérite de ne pas exister.

À l'entrée du poste de police, des officiers me reconnaissent et m'indiquent où trouver Bosco. J'ai mal aux joues à force de sourire, heureuse et sûre de mon effet. Dès que j'entre dans la salle, mon sourire dérape telle une patineuse sur glace qui se tord illico la cheville alors qu'elle espérait épater la galerie. *Cariño* est entouré de taches lumineuses, légères, transparentes. Les traces d'une âme qui a vécu. Je me précipite sur lui et le serre dans mes bras. Je sens son corps se raidir. Je me reprends en reculant. Mes joues sont devenues aussi rouges qu'un *habanero*[63].

– Tu as pu être avec elle ? À ses côtés ? Je parle de ta mère...

– Comment savez-vous ?

– Les taches de couleur autour de toi. Elle est venue te rendre visite ?

Cariño garde le silence, préoccupé par la présence de deux officiers qui veillent à la technique – micros,

62. Dans l'ordre, personnages des films *Friday 13th*, *Halloween*, *Nightmare on Elm Street*, *Jeepers Creepers*.

63. Piment du Mexique. Si puissant qu'on le manipule avec des gants en se protégeant les yeux.

caméras – et qui nous épient. Nous sommes à proximité d'une glace sans tain et, de l'autre côté du miroir, la capitaine Patel interroge Tommy.

– Tu connais les noms de famille de tous tes amis de La Révélation, sauf celui de Shane. Pourquoi ?

– Ce n'était pas mon ami, contrairement aux autres. Et je crois bien que son nom n'a jamais été prononcé.

– OK. Voici ce que nous allons faire, Tommy. Nous allons nous mettre à la recherche de James, de Tyler et de John. Leurs parents vont être interrogés. Ils ont enfreint la loi. Les centres de conversion pour mineurs sont interdits dans le Massachusetts. Et si personne ne sait où se trouvent tes amis, alors nous lancerons un avis de recherche. L'autre possibilité, c'est qu'ils aient rejoint les Démons écarlates. Dans ce cas, ils devront eux aussi répondre de leurs actes. Quant à celui qui s'appelle Shane, sans photo, sans nom de famille, ça va être très compliqué de mettre la main sur lui. À moins que tu nous aides à dresser un portrait-robot.

– Bien sûr. Je peux faire ça… Ça veut dire que mon témoignage est important, n'est-ce pas ?

– Tous les témoignages sont importants.

– Mais le mien, plus que les autres. Je veux dire, je vous ai donné beaucoup d'informations. Je suis le témoin principal de cette affaire.

– On peut dire ça, a répondu Patel, amusée.

– Dans ce cas, vous allez m'aider à trouver un hébergement. J'ai vu ça dans les séries. Quand un témoin est important, les inspecteurs le cachent et ils lui payent une chambre.

– Tu sais, entre la fiction et la réalité… Mais on va voir ce qu'on peut faire. On ne va pas te laisser retourner dans la rue.

– Ce serait bien. Je m'en veux de coûter de l'argent au détective.

– Au détective ? Quel détective ?

Les yeux du gamin se sont agrandis.

– Non. Pardon. Personne. Je… C'est pas ce que je voulais dire.

– Tommy, si un membre de la police te paye ou t'offre des choses, tu dois nous le dire. Sinon, c'est toi qui tombes sous le coup de la loi.

PIÈCE N° 36

Capitaine-détective Wilfried Bosco
Lettre authentifiée

28 octobre 2022
Police Department, Springfield, MA

Chief Dallas fumait. Dans son bureau. Il avait arraché l'alarme incendie du plafond et la rafistolait à chaque inspection des bâtiments. Mon supérieur direct, *chief* Kenneth Watkins, était en ligne depuis Boston. Assise près de moi, la capitaine Patel triturait ses doigts, nerveuse et préoccupée. Dallas posait ses questions avec un embarras évident.

– Détective, depuis combien de temps êtes-vous en contact avec ce gamin ?

– Moins de vingt-quatre heures. Il est venu me trouver dans le bar où je déjeunais avec Ms Alvarez. Après l'avoir écouté, je lui ai conseillé de se rendre au poste de police pour y faire une déposition.

– Vous lui avez offert quelque chose en échange de son témoignage ?

– Un repas. C'est ce que le gamin a posé comme condition. En ce qui concerne la chambre, Ms Alvarez et moi dormons dans le même hôtel. Le gamin doit croire que c'est moi, le flic, qui paie tout. Comme dans les séries. Vous l'avez entendu.

Patel a tiré sur sa queue-de-cheval, soupiré, avant de poser une question qui semblait n'avoir aucun intérêt pour elle.

– Pas de cadeaux, de dessous-de-table proposé au témoin ?

– Aucunement.

– Très bien, a-t-elle soupiré en se tournant vers Dallas, tout en remuant ses épaules comme pour les détendre. Clôturons ce chapitre, du travail nous attend !

– *Chief* Dallas, nous a interrompus la voix du standard, j'ai le shérif Ford en ligne. Il insiste pour vous parler. Il dit que c'est important. Que c'est au sujet de… je ne sais pas si j'ai bien saisi… de « l'enfant ».

Le regard de Dallas a sauté sur moi.

Patel a eu un petit rire nerveux chargé de colère.

– Passez-le-moi.

– Dallas ! s'est empressé Ford. J'ai des infos explosives.

– Ford, je suis avec la capitaine Patel et…

– Le Bostonien est une saloperie de pédophile. Plusieurs témoins l'ont vu avec un mineur dans un bar de Westfield.

La main de Patel s'est posée sur mon épaule. Dallas, lui, tentait de couper Ford.

– Le gosse lui a caressé les mains. Plusieurs fois, c'est certain. Le Bostonien a flippé quand il a compris qu'on les avait surpris. Ce gamin doit être sous son emprise.

Patel s'est tournée vers moi, le regard pollué par le doute. Le contact avec mon épaule s'est rompu.

– Ford, je dois vous prévenir que…

– L'officier Thomas est en route avec deux témoins. Interrogez-les ! Elles vous diront tout.

– Le capitaine-détective Bosco est avec moi, Ford. Ainsi que son supérieur direct, *chief* Watkins. Ils ont comme moi entendu votre accusation.

Je ne saurais dire si le silence qui a suivi a marqué la gêne de Ford ou pas.

– Prenez ça au sérieux, *chief*. Mes administrés ne comprendraient pas qu'un…

Dallas a raccroché. Il a lâché son stylo et ses poings se sont fermés, comme s'il avait voulu saisir par le col l'air saturé de tension. Il s'est retenu de frapper la table. À l'autre bout de la ligne, *chief* Watkins a hurlé :

– Dallas, un bruit qui court, c'est un bruit qui reste ! Si vous ne vous occupez pas de ces calomnies, c'est moi qui m'en occuperai ! Et je m'en occuperai comme d'un putain de moustique : j'attendrai qu'il se pose sur vos fesses pour l'exploser à la dynamite. Je n'accepte pas qu'on salisse l'un de mes meilleurs hommes. Ce que je viens d'entendre est ridicule !

Chief Dallas a écrasé sa cigarette. Il s'est adressé à moi :

– Capitaine-détective, votre version des faits.

J'ai posé mes lunettes sur un de mes genoux. J'ai inspiré, profondément, le temps d'éclaircir mes pensées.

À mes débuts dans la police, j'avais été surnommé « la reine des détectives ». Si ce portrait délibérément réducteur m'avait blessé, c'est parce qu'à travers lui, on tentait de me discréditer. De m'émasculer. De nier qui j'étais véritablement. Un peu comme si on avait collé sur ma carte d'identité la photo d'un autre et que, malgré l'évidence, le reste du monde s'obstinait à l'affirmer :

cet inconnu, c'était bien moi. Mais là… Ce que Ford insinuait… S'il réussissait à en persuader les autres… Je ne sais pas. Je deviendrais… hors de contrôle.

Ford n'imaginait pas à quel point.

Ne pas se laisser déborder par ses émotions.

Respirer. Profondément.

J'ai commencé mon plaidoyer :

– Tommy King a été hébergé par des hommes de Westfield en échange de… de pratiques condamnables. Il a pensé devoir me proposer la même chose pour que j'accepte de l'aider financièrement. Je n'ai même pas eu le temps de refuser, de le raisonner. Le gamin m'a caressé les mains. Je n'ai pas donné un dollar à ce gosse. Ms Alvarez a pris Tommy King sous son aile. C'est elle qui paye pour l'hôtel.

C'était la seule façon de m'en sortir.

Il y a eu un grésillement. *Chief* Watkins soufflait dans son combiné.

– OK, je vais le faire. Je vais la poser, moi, cette putain de question. Bosco, mon cher Bosco, avez-vous agressé sexuellement ce gosse ?

– Absolument pas.

– Avez-vous forcé cet enfant à un contact physique ? Même un court instant.

– Tommy King a caressé mes mains contre ma volonté.

Je sentais les muscles de ma mâchoire se serrer et se desserrer si vite, si fort, qu'elles auraient pu s'enflammer sous le frottement.

– Je ne suis pas ce qu'on m'accuse d'être. Mais je me réjouis, *chief* Watkins, *chief* Dallas. Je me réjouis de voir vos services devenir soudainement si concernés par ce point précis de l'enquête. Par ce qui se passe pour tous ces gamins à la rue. Je me réjouis de voir bientôt les shérifs Ford, Jarvis et l'ensemble de vos services travailler nuit et jour, sans relâche, jusqu'à ce que chacun de ces hommes, chacun de ces profiteurs de détresse, ces saccageurs d'innocence, ces faucheurs d'enfance, soit arrêté.

PIÈCE N° 37

Ms Amanda Lucia Pia Alvarez
Hypnose régressive sous polygraphe

28 octobre 2022
Elm Motel, Westfield, MA

J'appuie sur la télécommande pour passer d'une chaîne à une autre. Assis à côté de moi, Reinhard, silencieux, espère que je choisisse une station et que je m'y tienne. Rediffusion de *Harold and Maude*. Je pose la télécommande. Une histoire d'amour. Ça peut aider. Cela fait longtemps que nous ne nous sommes pas retrouvés seuls, lui et moi. Moi et lui…

Dio, ce que j'ai chaud. De l'avoir là, tout près…

De son corps émane une chaleur pleine de vigueur. Comme un moteur à plein régime.

Le film est en noir et blanc alors je demande :

– Tu y vois quelque chose ?

Reinhard tourne la tête vers moi. Avec ses lunettes de soleil, on dirait Schwarzenegger dans *Terminator*. Je balbutie :

– Non, parce que, avec ces verres sombres, ça ne… Non ? *Muy bien*.

Il n'a rien dit sur mes fleurs dans les cheveux. Reinhard est un timide.

Harold, 20 ans, présente la photo de Maude, 79 ans, à sa mère. Il veut l'épouser. Je ris de la réaction de la *madre*. Reinhard est impassible. Il a gardé sa veste sur lui. Je me demande comment il fait. Si je ne me retenais pas, je poserais ma tête sur son épaule. Ça ne ferait pas descendre la température, mais ce serait bon et doux. Ma joue sur son puissant deltoïde.

On toque. Je découvre *Cariño*, col de son imper relevé, mains dans les poches, cheveux dégoulinants de pluie. Un nuage de condensation se forme devant son visage.

Je m'inquiète immédiatement :

– Où est Tommy ? Ils l'ont gardé ?

Cariño acquiesce tandis qu'il entre et retire son foulard, son imper.

– Ils l'ont placé sous protection policière.

– Pourquoi ? Tout va bien ? Tu as pu t'expliquer ?

Reinhard se lève, tend la main vers *Cariño*, sourire aux lèvres.

– Reinhard Krauss Jäger. Ravi de vous rencontrer, détective. Nous nous sommes aperçus, en forêt de Granville. J'ai beaucoup entendu parler de vous. Et pas seulement par Amanda. Je rends souvent visite à Niels Edwards[64].

Reinhard sourit comme une midinette qui vient de décrocher un autographe. Qu'est-ce qui lui prend ?

– Oh. Le docteur Edwards, se souvient Bosco. Comment va-t-il ?

– Mal. Mais il tient le coup. Pour son fils. Le petit Oscar. Le grand-père est décédé d'une crise cardiaque. La grand-

64. Voir *Un signe d'elle*, Michel Lafon, 2021.

mère, pourtant si aimante, ne veut plus s'occuper de lui. Elle dit qu'Oscar a changé. Qu'il lui fait peur. Depuis, le gamin est trimballé de famille en maison d'accueil. Un autre enfant difficile perdu dans une enfance difficile.

Bosco a l'air ébranlé par la nouvelle. Il s'assoit, laisse passer un court instant.

– Il faut que je vous prévienne… Des rumeurs dégueulasses courent à mon sujet. Au restaurant, Tommy a posé ses mains sur les miennes. Il les a caressées. Ils en ont déduit que…

Il nous faut un peu de temps avant d'arriver au sens que ces salauds ont associé à ce geste.

– *Miseria!* Qu'est-ce qui leur prend ?

– Ford et le maire de Granville sont derrière tout ça. Ils savaient pour La Révélation. J'en suis certain. Ils étaient ravis de voir de jeunes gays au supplice. Toute la ville savait. Mais personne n'ose parler. Il faudrait pour ça que les habitants s'accusent eux-mêmes !

Je me lance dans la préparation d'un thé chaud. Ça va le réchauffer, le réconforter.

– Ne t'inquiète pas *Cariño*. Tout va rentrer dans l'ordre. Curtis a été entendu par tes collègues. Il a témoigné que j'étais bien celle qui avait payé la chambre d'hôtel pour le petit, et que c'est moi qui hébergeais le gamin. Quant à Tommy, il a compris son erreur. C'est lui qui te sortira de ces histoires.

– Réveillez-vous ! Un autre « Grand Remplacement[65] » s'organise avec l'aide de l'État profond. Un remplacement d'ordre sexuel, celui-là.

65. *Great Replacement*, en anglais. Théorie complotiste notamment relayée par T. Carlson.

Sur l'écran de télévision, une émission spéciale Démon écarlate démarre. La présentatrice vedette d'ABC, Suzanne Tempton, a obtenu une interview exclusive de la fiancée de Cameron Jimenez. Depuis Boston, installée dans un salon cossu, la jeune veuve déroule le message qu'elle est venue porter :

– Si vous n'êtes pas adepte de pratiques sexuelles désordonnées, si vous ne militez pas pour le droit de changer de genre ou de sexe, si vous ne supportez pas l'idée qu'une femme puisse avoir un pénis, alors, ils s'occuperont de vous. Ils s'arrangeront pour que vous disparaissiez.

– Ms Wagner, de qui parlez-vous ? s'interroge la journaliste.

– De l'idéologie gay. Cameron a toujours trouvé ces gens « cool ». Je m'en suis toujours méfiée. Dans le club où il s'était rendu sans mon consentement, ses amis l'ont vu refuser les avances de plusieurs hommes. Cameron voulait seulement s'amuser, enterrer sa vie de garçon. Vous comprenez ? Résultat, on l'a égorgé. *« Comme nous ou contre nous. »* Le message retrouvé dans sa bouche est on ne peut plus explicite !

– Vous pensez qu'une guerre idéologique vient d'être déclarée ?

– Emily Wesley défendait la famille traditionnelle. Un père, une mère, et rien d'autre. Supprimée ! Les employés du Black Sheep avaient obtenu le licenciement d'une de leurs collègues parce qu'elle portait des tee-shirts qui prônaient un monde non genré. Il faut savoir rester neutre face à ses clients. Eh bien on les a supprimés ! La famille Ferguson s'était mobilisée pour le départ d'une élève trans qui perturbait la vie d'un établissement scolaire.

Supprimée ! « *Que vienne le règne des déviants. Que sonne l'heure des métamorphoses.* » C'est ce qu'ils lui ont enfoncé jusque dans la gorge ! Les Démons écarlates rêvent d'une Amérique homosexuelle. Nous avons été trop tolérants, trop charitables. Arrêtons de nous excuser d'être hétéros, blancs, et chrétiens ! Levons-nous ! Sauvons nos libertés ! Je veux que la mort de Cameron sonne la fin de notre immobilisme !

– Eh bien, il semble que vous ayez été entendue, Ms Wagner. Regardez ces images, elles nous parviennent de South End, Boston, où plusieurs établissements gays viennent d'être pris pour cibles.

À l'image, une vitrine brisée. Devant elle, le gérant d'un bar, le Trophy Room. Il s'exprime face caméra :

– Que ce soit bien clair ! La communauté LGBTQIA+ ne soutient pas les Démons écarlates ! Nous nous sommes battus durant des décennies pour expliquer qu'on ne choisit pas sa sexualité, qu'on ne peut pas la modifier, et maintenant, nous infligerions aux autres ce contre quoi nous avons lutté ?

Soudain, le gérant du club est interrompu par un passant.

– Vive les Démons écarlates ! Nous ne nous laisserons plus jamais faire !

Un inconnu pénètre dans le champ, attrape l'intervenant par le col. Les coups pleuvent. La transmission est interrompue.

Retour plateau. Un jingle « *Breaking News* » vient manger l'image et s'installe en bas de l'écran. Suzanne Tempton écoute ce qui se dit dans son oreillette.

– Wow. OK. Très bien. Nouveau choc. Notre bureau de Springfield vient de nous le confirmer : selon des sources proches de l'enquête, un membre de l'équipe de police travaillant sur l'affaire des Démons écarlates aurait forcé un ancien interne de La Révélation, à peine âgé de 14 ans, à lui accorder des « faveurs ». Que faut-il comprendre par ce terme ? Des images auraient été mises à la disposition des autori…

L'écran devient noir. Reinhard a décidé d'abréger nos souffrances. Je me rends compte que l'eau dans la bouilloire frémit depuis un moment. La sûreté de l'appareil s'enclenche. Au même moment, on toque à la porte. La vision de Christopher me réchauffe le cœur. *Probitas, Fides, Veritas*[66]. Toujours prêts à intervenir, les membres du Cercle spirite Margaret Hamilton portent haut les couleurs de notre devise. Les sacs du hacker bourrés d'électronique s'écrasent sur la table ronde, juste sous le nez de Bosco.

– C'est quand vous voulez !

Inspector observe sans comprendre. Je sors d'un tiroir un Samsung Galaxy A8 enveloppé dans un sac de congélation zippé. L'objet est protégé de la moindre pollution génétique :

– C'est de ça que j'étais venue te parler, *Cariño*. Il vient du baraquement des gardiens. Je l'ai trouvé dans une canalisation en PVC. Selon Tommy, il contiendrait des éléments à charge, des informations irréfutables.

– Recel de preuve. Entrave à la justice. Je ne suis pas très à l'aise.

– *Cariño, tranquilo*. Ils l'auront ce téléphone, rassure-toi, dès qu'il nous aura livré ses secrets. Dis-toi que nous soulageons les techniciens débordés du labo.

– Après tout, soupire Bosco, je ne suis plus à ça près.

66. En latin : Probité, Loyauté, Vérité.

Deux heures que Christopher branche, pianote, débranche, relie, rebranche, pianote encore, que des pages de codes et des lignes bleues symbolisant des temps de charge trottinent sur son écran. J'ai l'impression d'être dans une salle d'attente, suspendue au résultat d'une opération à cœur ouvert. Je tressaille chaque fois que Christopher émet des « Aaaaah ! » satisfaits, des « Ah… » circonspects. Et puis soudain :

– Ça y est ! Il a craché le morceau !

Nous nous agglutinons autour du pirate informatique et de son fourbi.

– Pour quel résultat ? s'empresse de demander *Inspector*.

– Un répertoire complet de contacts, des SMS, quelques photos et pas mal de vidéos. On commence par…?

Un chœur délivre un même refrain :

– Les vidéos.

– OK… fait Christopher. Préparez-vous. Avec ce que j'ai entendu sur cette affaire, pas certain qu'on en sorte indemne.

PIÈCE N° 38

Samsung A8 / Vidéos sous format MP4
Description détaillée

4 septembre 2018 / 7.52 pm.

Images troubles et mouvantes du réfectoire. Des gamins sont attablés en silence. Vêtements noirs, capuches noires. Des instructeurs placés aux quatre coins de la pièce surveillent leurs faits et gestes. L'un d'eux se dirige vers le téléphone en secouant la tête.

L'instructeur : *« Eddie, bordel, pas ça… Tu sais que c'est interdit. »*

La vidéo se coupe.

17 novembre 2018 / 4.33 pm.

Bureau du père Montgomery. Le capteur du téléphone portable semble dépasser d'une poche. Des adolescents sont regroupés à côté de celui qui vole ces images. Au milieu de la pièce, un enfant sous-alimenté, chétif, est maintenu au sol par deux instructeurs. On le tient à genoux devant le père Montgomery.

Père Montgomery : *« Sors de ce corps, démon pervers ! Rends Colin à la Sainte Église ! Au nom du Père, du fils et de l'Esprit sain ! »*

Colin : *« Je te rends Colin si tu m'offres d'autres âmes. J'ai faim. »*

Entre dans le cadre un autre instructeur. Il tient un fer rouge. Protestations des adolescents.

Père Montgomery : *« Démon, à peine arrivé, déjà démasqué ! Fuis ! Fuis Démon, tant qu'il est encore temps ! »*

Colin : *« Curé ! Stop ! Regarde ! Vois comme je te serais utile. Désigne un Incurable ! »*

Les enfants prennent peur. Ils gesticulent, trépignent, se cognent les uns aux autres, gémissent. Ils se prennent dans les bras pour empêcher qu'on les sépare. Ils ressemblent à des bêtes acculées par des rabatteurs.

Père Montgomery : *« Benjamin, rejoins-nous… »*

Colin se tourne vers le groupe d'adolescents.

Colin : *« Rejoins-nous, Benjamin… »*

Colin tend sa main ouverte. Un enfant mugit de terreur. Il sort du groupe en fixant ses pieds avec effroi. Ses jambes semblent avancer seules, comme dotées de leur volonté propre. Un ami de Colin tente de le retenir, mais une matraque vient frapper la main tendue. Inexorablement, Benjamin s'approche de Colin, comme happé par lui. Colin n'attend pas. Il bondit sur l'enfant, l'allonge sur le sol avec une force dont on le pensait incapable. Colin fixe le visage terrorisé de l'enfant, à qui il arrache son scapulaire.

Colin : *« Devient ma nourriture. Le feu purifiera ta souillure. »*

De la fumée s'élève du visage. La peau de Benjamin ulcère, brûle dans des hurlements atroces. Des exclamations d'horreur émanent du groupe. Le corps de Benjamin cesse de se tordre et meurt.

***Colin** : « Les jeunes âmes sont mes préférées. Tu me comprends, curé, n'est-ce pas ? Faisons affaire. Je les envoie en enfer. Tu me nourris. Dans l'intervalle, tu n'as plus qu'à jouir des plaisirs de leur rééducation. »*

Montgomery, pétrifié, fixe Colin avec stupeur et admiration.

17 novembre 2018 / 6.12 pm.

Montgomery jette de l'eau bénite autour de la cellule d'isolement, psalmodie des prières en latin. Un instructeur sort de l'isoloir le cadavre de Colin en le tirant par les bras vers celui de Benjamin. Montgomery verse du sel devant la cellule.

***Père Montgomery** : « Bienvenue parmi nous, Démon. Bienvenue dans ton antre. Compte sur moi pour ne pas te laisser à l'isolement trop longtemps. »*

Un instructeur pousse la lourde porte en fer et en verrouille les cadenas un à un. Un autre gratte le métal de la porte pour y inscrire la médaille de saint Benoît. Montgomery se saisit d'un feutre. Sur le mur proche de l'isoloir, en dessous des 34 croix déjà dessinées, le prêtre ajoute la lettre M, puis sous cette lettre, deux autres croix. Colin et Benjamin. Comme s'il y avait un avant et un après. On entend Montgomery soupirer : *« J'espère ne jamais regretter cette décision. »* Et la vidéo se coupe.

PIÈCE N° 39

Ms Amanda Lucia Pia Alvarez
Hypnose régressive sous polygraphe

28 octobre 2022
Elm Motel, Westfield, MA

D'autres vidéos ont suivi. Insoutenables. Viol de Tyler Bennett. Humiliations répétées sous les douches. Simulation de noyade dans le lac. Une séance d'exorcisme qui tourne au drame. Reinhard a l'air d'être le plus remué. Il remonte la fermeture Éclair de sa veste jusqu'au col.

– J'ai besoin d'aller faire un tour.

Il sort de la chambre et le froid du dehors s'engouffre dans la pièce, soulève les feuilles posées sur la table, les rideaux tout proches. Christopher nous considère, sourcils froncés, bouche de travers.

– Qu'est-ce qui se passe, on ne débriefe pas ?

– Débriefer ? s'emporte Bosco. Il n'y a rien à débriefer. Montgomery et son équipe de pédophiles étaient bons pour l'asile ! Ces pauvres gamins terrorisés ont agi comme leurs bourreaux attendaient qu'ils agissent.

– *Cariño*. Tu as vu comme nous. Nous connaissons maintenant l'origine de la présence du Moloch.

– Ms Alvarez… S'il vous plaît…

– Montgomery pensait combattre du vide, comme toutes les autres fois, mais il s'est retrouvé face à un véritable incube, le Moloch. Ils ont passé un marché. De la nourriture, des âmes, contre l'envoi de leurs victimes en enfer. Le Moloch a quitté Colin pour s'installer dans le cachot. La Révélation est devenu son garde-manger. Et Montgomery, méfiant, s'est assuré grâce à la croix de saint Benoît que le Moloch ne s'en échappe pas.

Inspector retire ses lunettes, se masse les tempes.

– Ms Alvarez. Vous avez d'incroyables intuitions. Le charnier, l'appareil auditif, le carnage de la ferme du Black Sheep, maintenant ce téléphone… mais… vous surinterprétez. Vous l'aviez déjà fait lors de l'affaire Niels Edwards et dans celle des sœurs Bailey[67].

– Des éléments restent inexpliqués. Tu l'as dit toi-même.

– Plus que de phénomènes paranormaux, parlons plutôt de zones d'ombre. Qui concernent principalement les déclarations des sœurs Bailey. Toutes les trois ayant été intoxiquées aux…

– Le visage du jeune Benjamin a pris feu !

– Une mise en scène, Ms Alvarez. Une astuce de cinéma, une projection d'un liquide acide… Nous trouverons… Colin a obéi aux ordres. On l'a certainement menacé pour qu'il accepte. Ms Alvarez, s'il vous plaît, je vous apprécie beaucoup, mais…

Il suspend sa phrase comme on coupe sa respiration avant de sauter à l'eau. Il ajuste ses lunettes, pèse ses mots.

67. Voir *Les Ombres de Salem*, Michel Lafon, 2022.

– Ce que j'ai vu sur ces images, c'est une prison pour ados, des scènes de torture, un enfermement psychologique dans une ambiance mystique hallucinée. Une atmosphère qui ferait vriller le mental le plus fort. Ces gamins étaient redevenus des animaux. Poussés à la transe, ils n'ont fait qu'obéir aux délires de leurs bourreaux. Ces images ne sont pas la preuve de l'existence du Moloch. Ces images prouvent que nous vivons dans un monde de cinglés. Et pendant que vous échafaudez des théories fantaisistes, des gamins cachés derrière des masques LED assassinent des civils et sèment le chaos. Ne vous obstinez pas. Dans cette affaire, comme pour toutes les autres, seuls des éléments concrets et tangibles seront recevables aux yeux de la justice. Et de la police.

– Ces choses existent. Votre mère, vous l'avez vue, non ?

– Ms Alvarez. Pas ça. Pas des choses si personnelles. Je ne dors que quelques heures par nuit. Sans parler de la tension extrême dans laquelle nous sommes plongés. Ne me faites pas regretter de vous avoir invitée à rejoindre l'enquête.

Il se saisit du téléphone sous plastique.

– Je vais de ce pas faire un tour à La Révélation et prétendre que je viens de le trouver. Vous ne me verrez pas demain, Ms Alvarez. J'enterre Sheila Mason. Christopher, une dernière chose. Vous qui êtes un as de la tech. À propos de ces masques LED qui s'arrachent sur Internet… Savez-vous s'il est possible pour des adolescents, des amateurs sans compétences techniques particulières, de les fabriquer ?

– C'est possible, détective. Sans le moindre problème. La technologie autour des LED a progressé à une vitesse incroyable. Laissez-moi deux heures et je vous en fabrique un ici même, dans cette chambre d'hôtel : lignes LED de 50 microns, pour une qualité d'image optimale, circuit imprimé flexible, pâte à souder sans plomb, je donne à cette pâte la forme de mon visage, deux trous pour les pupilles, deux autres pour respirer, une cuisson dans un four de refusion, en vente sur Internet, livrable en 24 heures, et mon écran est terminé. Il ne me reste plus qu'à relier le circuit à un microprocesseur, à une puce RAM, à utiliser un logiciel téléchargeable depuis le Net pour diviser mon image par le nombre de LED, et la tête de qui je veux s'affiche sur mon « masque écran ». Si j'ajoute à cela un DipSwitch, un DMX, je peux passer d'une tête à une autre, appliquer sur celles-ci des transitions de folie et même les passer par des filtres. Pour les faire rire ou pleurer ! Oui, détective, fabriquer un masque LED est devenu un véritable jeu d'enfant !

Bosco m'adresse un regard désolé et quitte la chambre. Son ombre projetée s'arrête sur les rideaux tirés. Il hésite peut-être à revenir. Mon cœur l'appelle. Je voudrais que ce moment n'ait jamais existé. C'est la première fois que notre opposition est si… frontale. Son ombre ondule sur les voilages. Il s'éloigne.

– Ms Alvarez, Bosco a raison.

Je ne m'y attendais pas, mais le dernier coup de massue est venu de Christopher.

– Des expériences scientifiques l'ont démontré. En captivité, sous la pression, on peut obtenir ce que l'on veut d'un être humain. Même les comportements les plus délirants. Montgomery cherchait à faire croire à la présence d'un démon. Rien dans ces vidéos ne prouve son existence. Là où le détective se trompe, c'est que vous êtes essentielle à cette enquête. Et ce n'est pas une opinion. C'est un fait avéré, étayé par la preuve. Sans vous…

Il désigne les vidéos sur son écran.

Le vent s'engouffre à nouveau dans la chambre. Reinhard est de retour. Il souffle sur ses doigts transis de froid.

– J'ai bien réfléchi. J'ai pris les dispositions nécessaires. Amanda, je ne vous lâche plus. Cette histoire est bien trop dangereuse pour que je vous laisse seule.

Sa proposition n'est pas pour me déplaire.

PIÈCE N° 40

Capitaine-détective Wilfried Bosco
Lettre authentifiée

29 octobre 2022
69 Walnut Street, Somerville, MA.

Une employée de chez Rosewood s'était occupée du buffet et servait les invités. Maman n'avait pas lésiné sur les moyens. Onze ans auparavant, assise dans le sofa de son salon, tout en grignotant des biscuits, Sheila Mason s'était amusée à énumérer ses dernières volontés, comme on organise son mariage ou un anniversaire. La conseillère de la société des pompes funèbres avait conversé avec elle, pris note de ses desiderata : le type de cercueil, sa qualité, la façon dont Sheila souhaitait être habillée. Un chapeau à voilette pour atténuer les rides de son visage. Une robe mauve de chez Alex Evening. À son doigt, passée sur un gant blanc pour camoufler les flétrissures de ses mains, une bague appartenant à sa mère. Et à la fin de la cérémonie, la diffusion d'un morceau de Led Zeppelin : *Stairway to Heaven*. Sa chanson préférée. Cette musique avait donc vibré entre les murs de l'église au moment où l'assemblée nous serrait la main, à mon père et à moi, en nous répétant le mot « condoléances » jusqu'à le vider de sa substance. Instant paroxystique qui m'a arraché mes dernières larmes, des larmes extorquées à un corps épuisé, à un esprit exsangue et démoli par le chagrin.

Peu à peu, l'apesanteur retrouvait une gravité normale. Les invités évoluaient entre le buffet et les sièges du salon. Les albums photos de Sheila Mason passaient de main en main. Mon oncle Dale s'est mis à partager des anecdotes à son propos. Ces pensées heureuses en ont amené d'autres. Des sourires ont refait surface. On a même entendu des rires, émaillés de reniflements. Je me suis presque senti bien. Au point de m'aventurer à relater mes souvenirs des dimanches matin. Quand l'odeur de la dinde grillée se propageait dans la maison. Pendant sa cuisson, ma mère dansait dans le salon. Mon père, assis sur le sofa, tenait devant lui son journal déplié comme un bouclier. Comme s'il voulait se préserver de ce moment de légèreté et d'abandon que les femmes savent parfois s'accorder. Moi, je m'arrêtais de jouer avec mes voitures miniatures. J'admirais Sheila. Son corps tanguait avec élégance dans la lumière du jour. Pourquoi papa ne la rejoignait-il pas ? Pourquoi ne dansait-il pas avec elle ? Alors c'est moi qui y allais. Je me collais à elle, le visage dans ses jambes, et nous suivions la musique. Depuis son sofa, mon père râlait. Ce n'était pas une façon d'élever un garçon.

L'anecdote a jeté un froid.

Au même moment, on a sonné.

Jack et Ms Alvarez se tenaient sous le porche, émus et embarrassés à la fois. J'avais souhaité leur présence. Ils avaient honoré ma demande. Face à moi, malgré sa passion bien connue pour les tenues hautes en couleur, la médium s'était vêtue de noir. Entièrement. Sans modération. Elle avait déposé la couleur du deuil jusque sur ses paupières, ses lèvres, ses ongles. Ses cheveux, devenus charbon, luisaient de multiples reflets bleus. Sa manière de me manifester une solidarité pleine et entière. Si Ms Alvarez avait une qualité, c'était bien de ne pas être rancunière.

Dans son costume décoré d'un œillet à la boutonnière, Jack me fixait d'un air affecté. Sa moustache, aussi rectiligne que ses lèvres, soulignait l'air solennel de son visage. À mon arrivée dans le département de police de Boston, dès les premiers signes d'animosité, dès les premières lettres anonymes à mon encontre[68], Jack avait fait front. Depuis, sa loyauté n'avait jamais faibli.

Alors que je m'apprêtais à les prendre dans mes bras, l'Incident a déboulé. Un bouquet de fleurs estampillé d'un logo de supermarché et un plat surgelé à la main, Luigi Bosco a poussé mes collègues pour se faufiler entre eux et se retrouver face à moi.

– Que faites-vous ici ?

– Joe ? Joe ! a réclamé l'intrus en ignorant ma question. Où il est encore passé celui-là !

Joe Bosco est sorti de la cuisine. Son visage s'est tendu aussitôt qu'il nous a découverts, l'Incident et moi, face à face. Mon père a traversé le salon tout en s'adressant au sien avec une décontraction feinte :

– Papa, enfin ! J'ai cru que tu ne viendrais plus…

J'ai compris qui l'avait invité. Mon père avait trahi Sheila Mason. Les vœux de sa femme. Les dernières

68. Voir *Un signe d'elle*, Michel Lafon, 2021.

volontés de ma mère. L'Incident a secoué les mains pour que je m'écarte :

– Demande à ton fils ce qui lui prend. Il ne veut pas me laisser entrer.

– Il ne reste pas. Maman n'aurait pas voulu.

Le regard de Luigi Bosco a retrouvé le mien. Après toutes ces années. Un moment choisi, prémédité. Froidement, il a articulé un texte méticuleusement préparé :

– Malheureusement, Wilfried, ta mère n'est plus là pour le confirmer. Ou l'infirmer. Sauf si tu as des témoins. Non ? Ah. Ce n'est que ta parole, alors. Pas grand-chose, en réalité. Terrible… C'est terrible…

Je ne sais pas comment j'ai fait pour ne pas lui coller mon poing dans la figure.

Mon père a froncé les yeux. Je le connaissais assez bien pour traduire cette mimique sans me tromper. *« Will. Pas de scandale. »* J'ai fait comme si je n'avais pas décrypté.

– Papa, s'il te plaît, pas le jour de son enterrement. Tu feras ce que tu voudras après… mais ne laisse pas ce type entrer dans cette maison. Pas aujourd'hui.

– Ce type est mon père et je suis chez moi.

– Tu es aussi chez elle.

– Ça suffit, Will.

Il a passé un bras entre l'Incident et moi. Sa main s'est posée dans le dos du patriarche et ils se sont avancés. J'ai crié :

– JE TE L'INTERDIS !

Mon père et l'Incident ont pivoté vers moi. Le silence a envahi la maison. Les invités se sont figés.

– Ce n'est pas ce qu'elle voulait. Tu ne peux pas faire ça ! Et… Et si tu te fous des morts… Je suis vivant, moi. Je suis là.

Mon père est revenu vers moi. À voix basse, mais dans une énonciation à la tonalité cruelle et impitoyable, il m'a prévenu :

– Si tu continues, c'est moi qui vais te demander de sortir.

Là-dessus, Luigi l'Incident a gémi. Il a joué le pauvre vieux accablé, meurtri, mais compréhensif et attristé.

– Laisse-le, Joe, laisse. Ce n'est pas sa faute…

Il a tendu la main pour prendre appui sur l'avant-bras de son fils. Et de sa voix de septuagénaire rauque, craquelée, il a regretté en marmonnant suffisamment fort pour que tout le monde entende :

– Wilfried a toujours cherché à être le centre du monde. Quitte à raconter n'importe quoi. Un hystérique. Une vraie petite bonne femme.

J'aurais pu me jeter sur lui et l'étrangler, presser sa gorge si fort que ses yeux seraient sortis de leurs orbites. L'Incident est entré dans le salon en saluant les uns et les autres comme un mafieux en terrain conquis. On lui répondait timidement, gêné. J'ai rejoint le salon. J'ai exploré autour de moi. J'ai embarqué deux des cadres posés au-dessus de la cheminée et dans lesquels apparaissait Sheila Mason seule. J'ai ouvert le buffet, pris le vinyle de l'album intitulé « Led Zeppelin IV », puis j'ai ouvert l'horloge à carillon et remonté le mécanisme pour qu'il se remette à sonner les heures. Je me suis tourné vers l'assistance.

– Cet homme a abusé de moi à trois reprises. L'année de mes 12 ans.

Et je suis sorti de cette maison qui n'était définitivement plus la mienne.

J'arrivais au portail lorsque tout a lâché. Les cadres photos et le disque sont tombés autour de moi. J'ai senti une masse chaude, une vague bouillonnante venue du large monter en moi : un jaillissement. J'ai cessé de faire barrage, de maintenir sous la ligne de flottaison mon ressentiment. J'ai cessé d'être dans le contrôle. J'ai hurlé. Un long, très long cri venu du plus profond de mon être.

À travers mon cri, j'ai entendu la voix de Jack m'appeler.

Griffin et Ms Alvarez ont dévalé l'escalier de la maison.

– Bosco, est-ce que ça va ?

Je haletais comme un enfant perdu dans la foule à la recherche de ses parents.

Ms Alvarez n'y est pas allée par quatre chemins.

– Un seul, ce n'est pas assez, *Cariño*. Depuis le temps que ça aurait dû sortir. Encore une fois.

Je l'ai dévisagée, déconcerté.

– Allez ! Crie encore !

Elle a crié elle aussi. Comme je ne la suivais pas, elle m'a expliqué :

– *Venga*, *Cariño*, débarrasse-toi de ce que tu ne peux pas dire. Mets-le dans ton cri ! Allez !

Derrière une fenêtre, un rideau s'est soulevé. Mon père et son père nous observaient. Ce type ignoble dans la maison de ma mère ! Le dégoût de la situation, de ce qu'il était, m'est remonté dans la gorge. Hurler ne m'a, cette fois, demandé aucun effort. Ms Alvarez a applaudi :

– C'est bien ! C'est mieux, a-t-elle lancé en souriant. Allez, Jack, avec nous, rendons hommage à nos *boludos*[69] !

Elle a crié en le pressant du regard. Jack a hésité. Mais comme j'ai imité la médium, Jack s'est égosillé à son tour.

69. Mot argentin signifiant « connards ».

– Oui ! C'est bien ! a commenté Ms Alvarez.

Et nos corps ont accompagné l'effort. Ils se sont d'eux-mêmes pliés pour aller chercher nos non-dits jusqu'au creux de nos ventres, gorges gonflées par l'effort, bras tendus et poings serrés. Nous avons rugi comme des animaux. Un orphéon désorganisé qui collectionnait les fausses notes. Nous sommes arrivés au bout de notre partition au même moment.

Jack s'est mis à rire, surpris d'avoir suivi et apprécié ce mouvement. Le voir rire m'a fait sourire. Mon sourire a empli de joie Ms Alvarez. J'ai ri à mon tour mais mon rire s'est enrayé. Il est devenu autre chose. Je l'ai compris trop tard. Quand il est devenu impossible de refréner mes sanglots. J'ai caché mon visage.

– Oh, *Cariño*.

J'ai expliqué sans retenir mes larmes :

– Elle me manque déjà tellement.

C'est dans un café bowling bien connu des habitants de Somerville, le *Sacco's Bowl-Haven* – une institution pour Ms Alvarez puisque, en plus d'y manger le meilleur *flatbread* de Boston, l'endroit est réputé hanté[70] –, que j'ai raconté l'incident. Pour la première fois de ma vie, je partageais cette histoire. Je n'ai ressenti aucun malaise, aucun embarras. Comme je n'en ressens aucun au moment de l'écrire. Ce n'est pas aux victimes d'éprouver de la honte.

Je n'ai pas décrit à mes interlocuteurs ce qui s'était produit dans cette cabine de la piscine municipale partagée

70. Une ombre et des bruits de pas se manifesteraient le soir venu, à la fermeture de l'établissement.

avec mon grand-père. Dans ce cinéma de quartier, dans cette voiture en pleine forêt. Ça n'avait aucune espèce d'importance. Ça en avait pour la victime, pour la police, la justice, mais pour les autres, le plus important, c'était de comprendre qu'il y avait eu un premier geste. Le premier geste des gestes de trop. S'il avait pu se produire, c'est que quelque chose l'avait permis. Quelque chose à l'intérieur de Luigi Bosco mais aussi à l'extérieur de lui. Les manipulateurs sont de fins observateurs. Et qu'avait-il constaté ? Qu'aux victimes, on opposait la consternation, le saisissement de l'effroi, la suspicion. J'étais perçu comme maniéré, égaré, un petit bonhomme « perdu dans sa tête ». Un garçon-fille au comportement trouble qui portait forcément en lui des idées troublées. Face à moi s'imposait, s'opposait, le mari parfait, le père solide, le grand-père présent, volcanique, impétueux, aimé des femmes, un géomètre reconnu et engagé dans la vie de son quartier. Un type au-dessus de tout soupçon. Mon père avait douté. *« Il invente. En victime, il pense que nous serons plus indulgents avec ce qu'il est. »* Ma mère lui avait répondu, presque effrayée : *« Ce qu'il est ? Je ne comprends pas. Qu'est-ce qu'il est exactement ? » « Voyons, Sheila. Ses amies sont des filles. Je l'ai vu s'habiller en princesse*[71]*. Cesse de te voiler la face. Tu sais aussi bien que moi ce qu'il est. »*

C'est la question qui me hante le plus.

Qu'est-ce que je suis exactement aux yeux de mon père ?

Lorsque je me suis tu, Ms Alvarez, Jack, et Reinhard qui nous avait rejoints, ont gardé le silence. Jack s'est agrippé

71. Voir *Les Ombres de Salem*, Michel Lafon, 2022.

à sa pinte pour en boire quelques gorgées, les yeux dans le vague, avec la crainte que je lui demande ce qu'il pensait de tout ça. Le visage de Ms Alvarez reflétait des impressions contraires oscillant entre stupeur, colère et compassion. Reinhard, je ne sais pas. Ses lunettes empêchaient de lire la moindre de ses pensées. J'ai décidé de les soulager du poids de mon témoignage en leur annonçant :

– Ma mère serait très heureuse, je crois. Je songe à devenir famille d'accueil.

Le visage de Ms Alvarez s'est illuminé.

– C'est fantastique. *Bravo!*

Jack avait l'air consterné.

– Tu ne veux pas d'abord rencontrer quelqu'un ?

– Je n'adopte pas. Je veux juste soutenir, pour un temps, un gamin que la vie a brisé. Mais c'est loin d'être fait. D'après les critères des services sociaux, mon appartement serait trop petit pour contenir deux personnes. Au prix où sont les loyers de Boston, impossible de déménager.

En sortant du café, j'ai remarqué une notification sur l'écran de mon téléphone. Un appel avait été redirigé sur la messagerie. La voix enjouée de Pamela Patel a résonné dans mon oreille : *« Tommy King vous a innocenté. Les images CCTV du coffee shop aussi. Les témoins confrontées à ces vidéos se sont rétractées. Je vous attends dès demain pour reprendre l'enquête. Heureuse de vous compter à nouveau parmi nous, détective. »*

PIÈCES N°s 41 À 57

Transcriptions révisées
à fin de publication

Tommy, Noah, Peter et les autres
ou
Les Sacrifiés

PIÈCE N° 41

Capitaine-détective Wilfried Bosco
Lettre authentifiée

30 octobre 2022
The Stonewall Center, Amherst, MA

Ms Barry, la directrice du centre LGBTQIA+ implanté à l'intérieur de l'université d'Amherst, nous servait de guide à travers le dédale de couloirs qui fractionnaient le bâtiment :

– L'anonymat ! C'est ce que nos usagers cherchent ici en premier lieu. Un espace d'échange, d'écoute, un endroit où se sentir en parfaite sécurité. Certains n'ont pas fait leur coming out, d'autres se cherchent encore. Si la confidentialité des échanges est brisée, nous perdrons la confiance de nos usagers.

– Rien qui ne soit pas lié aux Démons écarlates ne sortira d'ici. N'ayez aucune crainte, lui a assuré Patel.

– Parfait. Autre chose. Nous sommes tous très à cran. Avec les événements des derniers jours, nous craignons une recrudescence des agressions homophobes. Pour beaucoup, des souvenirs douloureux remontent à la surface. Notamment parmi les employés que vous allez rencontrer. Martha Smith, notre assistante sociale, une femme trans, s'est fait attaquer il y a quarante-huit heures à peine. Mr Baldwin, notre coach mental, est à nouveau la cible de messages de haine provenant de ses ex-collègues de l'armée de terre. On lui reproche d'avoir dénoncé l'homophobie latente du *Don't Ask, Don't tell Policy*[72]. Et puis il y a Betsy Cooper. Une femme incroyable. Une de nos meilleures psychologues. Il y a quatre ans, son fils Liam a été assassiné. En raison de son homosexualité. Un courrier signé de la main du meurtrier l'a confirmé. L'assassin court toujours et l'enquête n'avance plus. Elle en veut à la police. Elle redoute que son fils ne devienne un *cold case*. Elle vous reproche aussi de ne pas avoir répondu à ses alertes il y a trois mois.

– Des alertes ? s'est inquiétée Patel.

– Betsy vous expliquera.

Une soixantenaire aux cheveux roux, téléphone collé à l'oreille, allait et venait dans la salle.

– Je vous le répète, ça ne m'intéresse pas. Je veux seulement être remboursée, vous comprenez ? Je vais me renseigner sur mes droits et je…

Elle a remarqué notre présence…

– Désolée, je dois vous laisser. Je vous rappelle.

…et a rejoint ses collègues, déjà installés sur des chaises disposées en cercle.

72. Politique et législation en vigueur de 1994 à 2011 dans les forces armées des États-Unis vis-à-vis des personnes homosexuelles ou bisexuelles. Celles-ci pouvaient être accueillies au sein de l'armée à condition de ne jamais évoquer leur vie amoureuse ou familiale (mariage, homoparentalité, etc.).

– Un problème avec ma banque. Je suis à vous.

Ses collègues, bienveillants, lui ont souri. Martha Smith s'est assurée que le pansement collé à son arcade sourcilière tenait encore en place. Baldwin, cheville posée sur un de ses genoux, a tendu une main vers les chaises vides, et pendant que nous nous installions, le coach mental a démarré :

– C'est moi qui ai entendu votre appel sur News 22, Ms Alvarez. Même si leur visage, à la télé, ne m'avait rien évoqué, j'ai tout de même décidé de fouiller dans mes fichiers. Bell, Ferguson et Gomez. Il n'y a eu aucun match. C'est la liste suivante, celle des médias et de la police de Springfield, qui a donné des résultats. Brewer, Fitch, Bennett, King et un certain Shane. Sur les cinq, quatre figuraient dans notre base de données. J'en ai parlé à Betsy. Elle m'a confirmé leur passage ici.

Baldwin a désigné la rousse aux joues encore cramoisies de colère. Betsy Cooper a pris une longue inspiration et elle s'est mise à lire une série de notes :

– Tyler Bennett, mai 2022. *« Les hétéros, je les déteste. Je rêve de me défouler sur eux, de leur faire payer ce qu'ils nous ont fait endurer. » « Avec ma première paye, j'achèterai un flingue, et mon vrai salaire, ce sera le sang versé. »* James Brewer, juin 2022. *« Si je ne me retenais pas, ma haine, je la déverserais sur le premier venu. »* John Fitch, août 2022. *« Tant que ça ne les touche pas, les hétéros n'y arrivent pas. – À quoi, John ? – À avoir de l'empathie. Il faudrait leur faire mal comme ils nous font mal pour qu'ils comprennent. Œil pour œil. Dent pour dent. »* Ces menaces répétées m'ont bien évidemment inquiétée. J'ai émis plusieurs signalements auprès de la police d'Amherst puis de celle de Springfield. Vous pourrez vérifier. Si vous les retrouvez. Parce qu'à ce jour, personne ne m'a jamais contactée. De jeunes gays en colère, vous pensez, ça n'est pas inquiétant ! Ce sont des non-violents, des gens inoffensifs. Aujourd'hui, ce sont eux qui font l'actualité. Vous allez peut-être nous écouter maintenant. Écouter et agir.

Comme moi, Patel a préféré ne pas défendre la police, pour ne pas braquer le témoin en lui donnant l'impression de réagir en corporatiste et éviter un débat sans fin. J'ai demandé :

– Ces enfants vous ont-ils parlé de La Révélation ? De leurs conditions de détention ?

– Bien sûr que non, a répondu Betsy en haussant les épaules, sinon nous aurions immédiatement prévenu les autorités. Même si on peut se demander si ça aurait servi à quelque chose.

– D'après vous, pourquoi ce silence sur leur expérience à La Révélation ?

Martha Smith a réagi :

– Vous savez, c'est assez courant pour un survivant de taire sa douleur. Survivre donne l'impression de ne pas avoir le droit de se plaindre. Et puis le silence est un mécanisme de défense, d'évitement, une façon de mettre à distance le traumatisme et ses effets.

Betsy Cooper a complété :

– Quand ce que vous avez vécu dépasse l'entendement, lorsque vous vivez des événements « exceptionnels », il peut y avoir cette crainte paralysante de ne pas être cru.

Ms Alvarez a posé une question déterminante adressée à Betsy Cooper :

– Tu as cité James, John et Tyler… Qui est le quatrième ?

Le professeur de sport a encouragé sa collègue.

– Vas-y, Betsy. Dis-leur. C'est toi qui t'es occupée de lui.

Ms Cooper a lâché un soupir. On la sentait hésitante :

– Écoutez, je ne veux vous convaincre de rien. Je veux seulement avoir la conscience tranquille. Je partage avec vous mon diagnostic et vous en ferez ce que vous voudrez. D'accord ?

Elle s'est raclé la gorge avant de reprendre :

– Pour ne pas commettre d'impair, avant notre entretien, je m'étais renseignée sur les circonstances de l'accident qui avait coûté la vie aux parents de Tommy King. En lisant les journaux, j'ai découvert qu'on ne parlait pas de pièce de métal tombée sur la chaussée. Il n'y avait pas non plus de camion renversé. Vérifiez, vous verrez. Des différences notables avec la version donnée par Tommy lors de ses premières visites. La véritable raison de l'accident, je ne la connais pas, mais lorsque je lui ai posé la question, le glissement s'est opéré. Shane a pris la place de Tommy et...

Je l'ai interrompu :

– Attendez. Tommy King a témoigné de son passage à La Révélation. Shane était un pensionnaire du camp. Il était atteint de trouble dissociatif de l'identité. Tommy King et Shane sont deux personnes distinctes... Qu'entendez-vous par « prendre la place » ?

Elle a levé la main pour me faire taire :

– Tommy vous a dit que Shane était un individu à part entière ? Je ne suis pas étonnée. Tommy n'est pas celui qu'il veut faire croire... Tommy a l'air si... si « équilibré ». Il a l'air de si bien assumer ce qu'il est. Un jeune gay. Mais c'est une imposture, un masque. Quand j'ai questionné sa version de l'accident, l'attitude de Tommy a changé, sa voix aussi. C'était la première fois que ses *alters* se manifestaient. J'ai mis du temps à comprendre. Je n'avais rien décelé, rien pressenti. Shane est venu défendre

Tommy. En me demandant de me mêler de mes affaires. Et Shame, son deuxième *alter*, est arrivé, juste après, extrêmement menaçant lui aussi… Tommy King vous a lancés sur une fausse piste. Shane est une distraction.

À côté de moi, j'ai entendu Patel lâcher un « *Shit!* » de consternation. Je n'en pensais pas moins.

– Billy Milligan et ses 23 personnalités, a rappelé Patel. Tout bon flic connaît cette affaire.

– Une affaire qui a laissé des traces, ai-je poursuivi, et des débats encore ouverts.

– À l'époque, au début des années quatre-vingt, le grand public découvrait cette pathologie mentale. Vingt-trois identités, c'était fou, impensable. Les spécialistes eux-mêmes étaient divisés. Aujourd'hui, la grande majorité de mes confrères reconnaît l'existence de ce trouble. Il est même répertorié dans le *DSM*[73] depuis plus de deux décennies. Une publication de référence. En revanche, il est vrai que les dernières affaires dans lesquelles certains accusés prétendaient être atteints de TDI en espérant être jugés « irresponsables » pour échapper à leur condamnation, comme l'a été Milligan, n'ont pas aidé à la réputation de ce diagnostic. Certains en jouent, d'autres en souffrent. Tommy King, lui, ne joue pas. Et il ne souffre pas non plus. Au contraire. Tommy, tout comme ses *alters*, manque de remords, de culpabilité. Manipulations affectives, impulsivité, recherche d'une gratification immédiate… C'est ce que lui procurent Shane et Shame. De juin à août 2022, j'ai approché l'architecture mentale de Tommy. Le jeune King est celui qui abrite le « système ».

73. *Diagnostic and Statistical Manual of Mental Disorders* : publié par l'Association américaine de psychiatrie (APA), ce manuel est un outil de classification des troubles mentaux.

Viennent ensuite ses *alters*. Shane, qui accueille, accepte, expérimente les désirs homosexuels de Tommy. Et Shame, qui les condamne. Son homophobie intériorisée. Selon la situation, Tommy laisse place à celui qui détruira ce qui déclenche en lui du conflit, du malaise, de l'inconfort. Je n'avais à l'époque aucun moyen d'entrevoir jusqu'où cela pouvait mener… À des meurtres.

Le sang me montait au cerveau. Je dévalais un roller coaster, venais d'aborder un gigantesque looping, et espérais qu'il s'agissait du dernier. Cooper a poursuivi :

– Depuis que Baldwin m'a appris que King apparaissait dans l'affaire des Démons, je me suis replongée dans nos entretiens. Je suis de plus en plus persuadée que Tommy King fait partie des Démons écarlates. Je me demande même s'il n'en serait pas le meneur… Chez Tommy, j'en ai été témoin, pas de black-out ou d'altération de la mémoire. Je ne l'ai jamais vu perdre le fil des événements ou le déroulement d'une conversation. Il suffit d'un désir, d'une répulsion, d'une frustration, et Tommy laisse sciemment parler ses émotions. Par émotion, il faut comprendre Shane ou Shame. Supprimer un homosexuel. Supprimer un homophobe. Tommy passe d'un objectif à l'autre, d'un *alter* à l'autre, avec la même détermination. La même sauvagerie. Si j'osais une formule lapidaire, je dirais que nous avons ici trois psychopathes en un. Au vu des événements, il semblerait que Shane soit en train de prendre sa revanche sur Shame. Et Shane, avec l'accord tacite de Tommy, a décidé de faire plus fort et plus violent encore.

Ms Cooper s'est arrêtée. Marta Smith lui a demandé à voix basse si elle tenait le coup. Ms Cooper a acquiescé, souri tristement, avant de reprendre :

– Que s'est-il exactement passé entre Tommy et ses parents dans cette voiture ? Shame a-t-il pris le contrôle ? Shame s'est-il séparé de parents trop conciliants avec l'homosexualité de leur enfant ? Et ce n'est pas fini…

Patel s'est avancée sur son siège, fascinée. Le visage de Ms Alvarez, lui, s'était totalement fermé.

– Pendant nos entretiens, Tommy a évoqué plusieurs événements : un camarade d'école mort étouffé lors d'un voyage scolaire, une enseignante décédée après une chute dans l'escalier, l'accident de voiture de son ami Jeff. Je n'ai aucune preuve de ce que j'avance, mais Shame a dû leur faire du mal à tous.

J'ai expliqué, un peu K.-O., en perdant ma voix :

– Tommy nous a raconté que Shame avait tué ces gens. Ainsi que Burt Shell. Qui était donc, en réalité, tombé amoureux de Tommy… Tommy qui m'a expliqué n'avoir rencontré qu'un seul psy de toute sa vie… Et qu'il les détestait.

Ms Cooper est devenue livide.

– Mon Dieu, je m'en veux. Au moment où j'ai pris conscience de l'état de Tommy, au moment où j'ai considéré qu'il fallait diriger ce gamin vers une clinique spécialisée, c'est là qu'il a cessé de venir. Il s'est volatilisé. J'ai hésité à déclencher une procédure… mais les services de police étaient restés sourds à mes précédents signalements, et j'avais trop peu d'éléments pour étayer mes suspicions, alors je n'ai pas insisté. Au vu des événements, je le regrette. Profondément.

Ne jamais baisser la garde. Ne jamais se laisser atteindre par les histoires personnelles des protagonistes d'une enquête. Ford avait posé la bonne question. En réalité, elle était parfaitement légitime. Étais-je le bon flic pour cette affaire ? Pouvais-je conserver un jugement éclairé face à des situations qui résonnaient si fort en moi. Enquêter sur des gamins abusés sexuellement et qu'on obligeait à devenir autre chose que ce qu'ils étaient.

– Attends, Cooper, s'est indignée Ms Alvarez, quelque chose ne va pas. J'ai côtoyé ce garçon. J'ai passé des heures avec lui. Pas un de ces « *alters* » ne s'est montré. Jamais. *Cariño*, c'est grâce à Tommy que nous avons découvert les derniers éléments importants de l'enquête… Et tu l'as vu, comme moi, en larmes devant la tombe de ses parents. Rien de ce que cette femme nous dit ne correspond à ce que l'on connaît de Tommy.

– Je ne sais pas ce qu'il a apporté à l'enquête, a souligné la psychologue, mais visiblement rien qui ne le remette en question. Tommy vous a donné à voir et à entendre ce dont vous aviez besoin pour lui accorder votre confiance. Tommy maîtrise parfaitement son jeu. Tommy est un garçon dangereux.

Plusieurs moments partagés avec Tommy me sont revenus. Tommy, face à moi, dans le *diner* : « *Quand je vous ai vu à la télé, je me suis dit, lui, il n'est pas comme les autres. Lui, il a dû s'en prendre plein la figure. Il comprendra. Il sera forcément de notre côté.* » Pas une once de connivence. Un piège. Tommy, au retour du cimetière : « *C'est une erreur de vouloir chercher un sens à tout ce qui nous arrive.* » Parlait-il de son TDI ? Et cette façon qu'il avait eue de poser des questions sur l'état de l'enquête. Sur les pistes que nous suivions. La mention « malencontreuse » de la chambre d'hôtel ? Parfaitement préméditée.

Un Démon écarlate nommé Tommy King nous avait infiltrés. L'adolescent nous avait touchés, émus, affectés, mais il n'avait jamais existé.

PIÈCE N° 42

30 octobre 2022
Blandford road, Granville, MA

Les pneus de la voiture ont crissé sous le frottement des freins et celui du bitume. Granville ne possédant pas d'hôtel, Albert Owl avait accepté de louer à la police de Granville la dépendance qui occupait l'arrière de son terrain et qu'il avait transformée en chambre d'hôte. Tommy y résidait.

Un policier en faction arpentait l'extérieur. Je l'ai immédiatement reconnu. C'était un ami de Ford. Un de ceux qui avaient quitté avec lui la réunion. J'ai annoncé :

– Nous devons voir Tommy King.

– Désolé, vous n'êtes pas autorisés par le shérif Ford à entrer en contact avec le témoin.

J'ai aussitôt dégainé mon téléphone. *Chief* Dallas m'a promis une intervention dans les plus brefs délais. Pendant ce temps, l'officier narguait la capitaine.

– J'espère qu'il fait sale temps du côté ennemi, traîtresse.

Patel et Ms Alvarez ont eu l'intelligence de ne pas répondre. Quelques minutes plus tard, le téléphone du surveillant sonnait, et la porte de la chambre s'ouvrait à nous comme par magie. L'officier nous a laissés passer à contrecœur, en nous écrasant d'un regard méprisant.

L'ambiance générale de la chambre était assez vieillotte. Des tapisseries recouvraient les murs. Elles étaient d'un rouge profond marquées de lignes noires verticales. Des appliques coiffées d'abat-jour à franges éclairaient la pièce aussi faiblement que des bouts de chandelle. Assis dans un coin, un policier a levé la tête de son téléphone.

– Où est le gamin ? ai-je demandé en élevant la voix pour couvrir le son de la télé qui beuglait.

– Il vient d'entrer dans les toilettes. Pourquoi ?

Le flic a désigné une porte. J'ai toqué. Appelé. Aucune réponse. J'ai donné un premier coup d'épaule.

– Wow, s'est fâché le flic. Qu'est-ce que vous fabriquez ?

Nous avons entendu un bris de verre. Sans même nous concerter, le flic et moi avons repris les coups d'épaule.

– Patel, ai-je crié, interception à l'arrière !

Patel a détalé. Ms Alvarez, elle, a englouti plusieurs Wrigley's Big Red. Au quatrième coup d'épaule, la porte a cédé. Au-dessus de la baignoire, la fenêtre à soufflet était brisée. Le gamin s'était servi du rideau de douche pour exploser la vitre et nettoyer le cadre des éclats restants. J'ai enjambé la baignoire. Aucune silhouette à l'horizon, à part celle de Patel qui arrivait, en longeant la bâtisse. Nous étions, elle et moi, impressionnés par la rapidité du gamin.

– J'avertis mes gars pour une patrouille, a décidé Patel.

À peine sorti de la salle de bains, je me suis mis à fouiller les armoires. J'ai réclamé en haussant le ton :

– Ses affaires ? Où sont-elles ?

– Sous le lit, a dit le policier.

Je me suis penché, j'ai soulevé les draps et j'ai tiré vers moi le sac. À l'intérieur, une statue en résine, peut-être un personnage de manga, une bande dessinée, et puis un sweat à capuche, un jogging, des Dr. Martens. Tout en noir. De rage, je les ai jetées sur le sol.

– *Dearie me!* Nous nous sommes fait balader !

– Mais non, s'est scandalisée Ms Alvarez, tu aurais trouvé tes fameuses LED si Tommy était des leurs.

– Pourquoi garderait-il ces vêtements ?

Ms Alvarez s'est penchée pour ramasser les affaires. Elle les a repliées avec soin et beaucoup de douceur :

– Le gamin est à la rue. Dans sa situation, le moindre vêtement est important, même s'il provient des mauvais jours. Et puis, c'est le type de vêtement qu'adorent les ados. Je te le dis, *Cariño*, Ms Cooper se trompe. Même si Tommy est atteint de TDI, ce dont je doute, il n'est pas ce qu'elle dit. Je crois en lui. En sa version des faits. J'aurais senti s'il était le Moloch.

– Ms Alvarez. *For heaven's sake*[74]*!* Personne n'est habité par le Moloch. Ce gamin est malade. C'est un des Démons écarlates !

– Le Moloch ? a grimacé Patel qui était de retour. Qu'est-ce que c'est que ça ?

Ms Alvarez m'a arraché le sac des mains pour y remettre les vêtements. Puis elle a fouiné dans les tiroirs des tables de nuit, derrière les tableaux accrochés aux murs…

– Il ne peut pas nous avoir quittés comme ça. Sans explications.

Patel m'a interrogé du regard. Fallait-il la laisser faire ? J'ai levé les yeux au ciel et retiré mon foulard. J'avais l'impression d'être assis non sur un lit mais sur des braises.

74. « Pour l'amour de Dieu ! »

Au-dehors, une sirène de police est venue rugir sous les fenêtres de la chambre. Je savais déjà qui allait apparaître à la porte. Dallas avait forcément contacté Ford pour lever l'interdiction d'accès à Tommy King, et Ford, vexé, venait fouiner. Sa silhouette, longue et sèche comme un fouet, est apparue en contre-jour.

– Bosco, j'ai le droit d'assister à votre…

Il s'est tu, surpris de voir autant de monde dans une si petite chambre et surtout de ne pas y trouver Tommy King.

– Où est le môme ?

Ms Alvarez, heureuse, a surgi de la salle de bains.

– J'ai trouvé !

Elle est revenue vers moi avec un Post-it entre les doigts. Elle me l'a tendu.

– C'était dans l'armoire à pharmacie derrière la façade en miroir. Lis, *Cariño*…

J'ai lu le message et l'ai tendu à la capitaine Patel.

« J'ai merdé.
Désolé.
Je m'occupe de Shane. »

Ford a vociféré en serrant les dents :

– Vous l'avez laissé filer ? C'était ça le deal pour qu'il se taise ? Lui permettre de se barrer ?!

– FORD !

Je n'ai pas reconnu Patel. Elle venait de lui couper la parole plus certainement que la guillotine des Français coupant la tête de leur roi.

– Un mot de plus et je demande que vous soit adressé un blâme disciplinaire.

Sans même la regarder, Ford a repoussé Patel d'un mouvement de bras dédaigneux. Ses doigts longs et fins comme les pattes d'une grosse araignée se sont aplatis sur le torse de la capitaine. Surprise par le geste, Patel a manqué perdre l'équilibre.

Mon sang n'a fait qu'un tour.

Je me suis jeté sur Ford pour l'attraper par le col, mais ses deux cerbères m'ont immobilisé en m'agrippant les bras. Ford en a profité pour me servir une bonne droite. Il a secoué son poing juste après. Le coup avait été rude. Les flics qui m'avaient saisi les bras les ont relâchés comme s'ils se désolidarisaient de ce qui venait de se produire. D'un revers de la main, j'ai essuyé le sang qui suintait de mes gencives. J'ai quitté la chambre sans un regard pour Ford. Ms Alvarez lui a adressé le signe du mauvais œil, poing fermé, index et auriculaire dressés, telle une Napolitaine se protégeant d'un *jettature*[75]. Patel a lissé sa veste, redressé son col de chemise, et a prévenu le shérif de Granville :

– Je ne vais pas laisser passer ça, Ford. Comptez sur moi.

75. Nom donné à celui qui porte le mauvais œil.

PIÈCE N° 43

30 octobre 2022
E Glen Road, Leyden, MA

Depuis une bonne heure, toute la pluie du ciel se déversait sur les routes du comté de Hampden. Les essuie-glaces de la Ford Victoria peinaient à évacuer les trombes d'eau qui tapissaient le pare-brise. Le ciel était si bas, si sombre, que j'avais dû allumer les phares. Nous étions pourtant en plein jour. J'ai quitté le réseau principal, emprunté des chemins de terre devenus boueux. Les faisceaux lumineux du véhicule surlignaient l'épaisseur du déluge, surprenaient les corbeaux venus picorer le sol à la recherche d'insectes fuyant la submersion. Dès que les feux de croisement les effleuraient, les charognards s'envolaient dans de grands battements d'ailes. Les champs de maïs sur les côtés ressemblaient à de hautes clôtures chargées de préserver un territoire interdit. Les roues de la Ford s'enfonçaient dans d'énormes flaques en provoquant des éclaboussures démesurées. J'approchais de ma destination. Derrière le rideau de pluie, au bout de la route, la ferme se matérialisait à chaque instant plus nettement. Un rectangle rouge barrait un énième champ de maïs. Tandis que je me garais parallèlement à l'entrée, les phares ont balayé les alentours ; hangars en tôle ondulée, tracteur, engins dont je ne connaissais pas la fonction. J'ai couru me réfugier sous le porche. Immédiatement, j'ai remarqué la porte d'entrée restée entrouverte. Elle oscillait sous l'effet de courants d'air comme une aiguille à la recherche du nord. J'ai sonné. J'ai appelé. Aucune réponse. J'ai fait sauter la sécurité de mon Glock 23. L'adrénaline m'a subitement réchauffé, embrasant mon front, mes joues, mon cou, mon ventre. Il m'a semblé produire plus de condensation à chacune de mes expirations. J'ai fait quelques pas dans le hall. Un silence étonnant y régnait. Seul le parquet craquait sous mes pieds. La maison sentait l'humidité, le manque d'hygiène et la poussière. Des meubles anciens, sans valeur, cachaient des tapisseries déchirées, à moitié décollées. La lumière du dehors, déjà faible, s'amoindrissait à mesure qu'elle s'enfonçait dans les pièces, toutes plus lugubres les unes que les autres. J'ai appelé à nouveau. Un gémissement étouffé m'a répondu. Une plainte étranglée. J'ai tendu l'oreille pour repérer d'où provenaient les lamentations.

Au milieu de la cuisine, ficelée à une chaise, le visage boursouflé de brûlures, une femme aux cheveux hirsutes collés par le sang a écarquillé les yeux en me découvrant. Par contraste avec la peau carbonisée, avec les chairs ouvertes, les pupilles donnaient l'impression d'un bandeau blanc. Les plaies provoquées par la voracité du feu prêtaient au visage l'aspect d'un bifteck explosé à la grenade. Je l'ai débâillonnée. Sa tête a chancelé. Elle a toussoté en crachant du sang :

– Dehors, il faut l'aider. Il le torture. Je l'entends hurler…

Et Ms King s'est évanouie.

Un cri a retenti. Lointain mais puissant, porté par une souffrance extrême. Je me suis redressé et j'ai avancé jusqu'à la porte-fenêtre qui donnait sur l'arrière de la maison. Un peu de gazon, un chemin bétonné, et l'on arrivait au champ de maïs.

La croix s'est hissée dans les airs comme un mât de bateau. Une croix ornée d'un corps crucifié. Oncle Brett, tête à l'envers, lâchait à chaque levée, sous l'effet de la douleur, des cris de dément. Tirée à l'aide d'une corde, la croix en bois, qui jusque-là n'avait dû soutenir qu'un pauvre épouvantail, se dressait comme se dresse une divinité diabolique. Un défi à l'entendement. Une aberration visuelle.

Je suis sorti de la maison le souffle court, le corps tétanisé par cette vision dantesque. Pourtant, mes jambes ont fini par obéir et j'ai presque couru vers le champ de maïs qui m'a englouti. Je ne quittais pas des yeux la pointe de la croix, la cime de cette abjection, décorée des pieds de Brett King. Des pieds d'un blanc étincelant lavés par la pluie et qui approchaient bientôt de leur point culminant. Un jean trempé prolongeait la silhouette. Taché de terre, il collait aux jambes maigrelettes du supplicié. Le reste du corps était invisible, plongé dans les végétaux. J'ai sorti mon téléphone portable et envoyé au capitaine Patel un « SOS » ainsi que ma géolocalisation. La croix qui se découpait sur le ciel gris s'approchait de la verticale. Soudain, le poids de l'ensemble aidant, l'assemblage de bois s'est enfoncé profondément dans la cavité qui l'accueillait et Brett King a braillé son agonie. La corde s'est détendue et le sommet d'une capuche noire baignée d'une auréole rougeoyante est apparu à la surface du maïs. Comme une aile de requin, elle a dessiné une série de cercles autour de sa proie. J'ai tiré en l'air. Pour détourner l'attention du Démon. La silhouette noire au visage de flammes a pivoté, et sans hésiter, s'est précipitée dans ma direction, l'intérieur de sa capuche devenue plus incandescent encore. Je me suis installé en position de tir. Le Démon approchait à toute vitesse, prêt à débouler frontalement, comme si la perspective d'une balle en pleine poitrine ne le dissuadait en rien. Quand il a émergé des tiges et des feuilles, j'ai hurlé : *« Plus un geste ! »* La capuche a donné l'impression de prendre feu et le visage de Tommy est apparu. Ses yeux demandaient pardon, sa bouche s'étendait dans un rictus de panique. Mais ce qui lui servait de corps a continué d'avancer, tel un bulldozer indestructible. J'ai pensé : *« Tommy ? C'est vraiment toi ? »* Et j'ai senti un picotement sur ma joue gauche. Un picotement qui s'est rapidement transformé en une démangeaison vive. Une brûlure. La sensation d'une onde bouillante s'est répandue sur mon visage. Tommy n'était plus qu'à quelques pas de moi. J'ai pensé aux paroles de Ms Cooper. *« Un garçon dangereux. »* J'ai tiré. Un tir imprécis. Gêné par cette douleur sur ma joue et cette envie irrésistible d'y coller mes mains dans l'espoir d'arracher, d'extraire de sous ma peau cette souffrance. La balle a percuté l'épaule. La partie droite du corps de Tommy a été projetée vers l'arrière. La lumière dans la capuche est devenue aussi épouvantable que sa colère. Le supplice qui infestait la moitié de mon visage est monté d'un cran, passant d'insupportable à insoutenable. J'ai lâché un cri. Une perceuse électrique me perforait la chair. J'ai flanché. Mes mains sont venues se plaquer contre mon visage et Tommy en a profité. Il a bondi sur moi tel un jaguar aux yeux de braise. Ses mains gantées ont agrippé les miennes. Il cherchait à me faire lâcher mon arme. Nous nous sommes écrasés sur le sol. Nous avons roulé sur le terrain vaseux en écrasant les pieds de maïs. Mes mains bloquées autour de la crosse, mes doigts écrasés par les siens, j'ai plongé mon regard dans cette capuche qui passait d'une lumière incarnate au visage de Tommy. C'était un visage lointain, flouté, vaporeux, comme à travers un air vibrant de chaleur. J'ai murmuré : *« Tommy, s'il te plaît, rends-toi. »* La lueur dans la capuche a grésillé, à la façon d'une ampoule allumée qu'on dévisse, d'un masque LED qui ne fonctionne plus. Une ombre a agrippé le sweat noir. Tommy a été tiré vers l'arrière, soulevé dans les airs. Le corps de l'adolescent a dessiné une courbe avant de s'écraser sur le sol gorgé d'eau. Reinhard m'a tendu la main. Le temps de me relever, Tommy s'était volatilisé. J'ai voulu me lancer à sa poursuite mais Reinhard m'a retenu.

– Le terrain est immense et vous n'avez aucune visibilité. Vous feriez mieux de vous occuper de votre joue, ce n'est pas beau à voir !

– Je ne suis pas le plus à plaindre, Reinhard.

Les corps agonisants de deux victimes réclamaient des soins.

– Allez-vous occuper de Ms King, je m'occupe du mari.

L'ami de Ms Alvarez a acquiescé. Il allait s'éloigner quand je lui ai demandé :

– Reinhard, que faites-vous là ?

– Amanda est en voyage dans le Connecticut. Un dossier urgent qui vous concerne. En attendant son retour, elle m'a demandé de veiller sur vous.

Des gouttes de pluie, énormes comme des pouces, ruisselaient sur la surface sombre de ses lunettes.

– Merci, Reinhard.

– Pas de quoi !

Et nous nous sommes séparés.

PIÈCE N° 44

Retranscription du journal télévisé du 30 octobre 2022

News 22 (NBC), bureau local de Springfield, MA

Vous êtes en direct sur News 22.
L'heure de vos informations locales.
Elles vous sont présentées ce soir par Hannah Ayala.

Bonsoir. Énorme victoire pour les organisateurs des marches No Gay Nation[76] *organisées à travers tout le pays. Witchita (Kansas), Montgomery (Alabama), Tucson (Arizona), Salt Lake City (Utah) : on a compté plusieurs dizaines de milliers de manifestants dans chacune de ces villes. Plus de quatre millions de marcheurs dans tout le pays. Tous ont réclamé une révision complète des droits accordés aux personnes LGBTQIA+. Suppression du droit au mariage, suppression de l'accès à l'adoption, à la procréation médicalement assistée. Obligation d'un suivi médical et psychologique. Interdiction aux médias nationaux de diffuser films, séries ou émissions de divertissements contenant des éléments de propagande issus de*

76. Contre une nation gay.

« l'idéologie gay ». Certains politiques voudraient même aller plus loin encore. C'est le cas du républicain Donald DeMantis. Afin d'éviter, je cite, que « le prosélytisme gay » n'entre dans les écoles américaines, celui-ci voudrait établir l'obligation de scolariser dans des écoles spécialisées les enfants et adolescents LGBTQIA+. Et propose d'interdire aux enseignants gays de travailler au contact d'enfants dits « traditionnels ». La proposition la plus polémique étant la stérilisation obligatoire de toute personne LGBT.

Du côté de Granville, en revanche, la ville pourtant la plus touchée par les attaques des Démons écarlates, aucun rassemblement n'a été recensé. La population continue d'éviter tout contact avec la presse. Enfin, c'est ce matin que les autorités de Springfield ont révélé l'identité supposée du meneur de l'organisation terroriste Démons écarlates. Regardez bien ce visage. Il s'agit de Tommy King, 14 ans, atteint de troubles sévères de la personnalité. Les autorités appellent à la plus grande prudence et invitent ceux qui le pourraient à partager toute information relative à cette organisation avec les départements de police de Springfield ou de Boston. Les numéros s'affichent actuellement au bas de votre écran.

Une raison tout de même de se réjouir dans cette actualité morose : l'approche d'Halloween. Malgré les attaques redoutées des Démons, peu de villes ont annulé les festivités. Pour Henry Hinton, maire de Granville, inutile de céder à la panique. Il ne faut pas laisser gagner la peur. Toutes les polices du comté de Hampden annoncent des patrouilles renforcées et appellent à ne pas revêtir de costume rappelant celui des Démons écarlates. Cela afin d'éviter tout incident. L'utilisation de masques LED est de la même façon prohibée. Voyez ces images en provenance de Russel où les préparatifs vont bon train…

PIÈCE N° 45

Capitaine-détective Wilfried Bosco
Lettre authentifiée

31 octobre 2022
Police Department, Springfield, MA

– J'ai encore très mal dormi, s'est plainte Ms Alvarez, un macchiato odorant recouvert d'une spirale de crème fouettée dans les mains.

Après en avoir avalé une gorgée, elle a poursuivi, les lèvres ourlées d'un nuage blanc :

– Ce pauvre gamin sourd continue de hanter mes nuits. La découverte du téléphone ne l'a pas apaisée. Peut-être parce qu'on n'a toujours pas trouvé son identité. Peut-être parce que le Moloch n'a pas été arrêté. Oui, détective Bosco, le Moloch ! Ou peut-être qu'il y avait quelqu'un d'autre au-dessus de Montgomery. Un affreux qu'on n'a pas encore identifié. Quoi ? Qu'est-ce qui te fait rire ?

J'ai fait tourner mon index autour de ma propre bouche pour qu'elle comprenne. Immédiatement, Ms Alvarez a passé sa langue le long de ses lèvres qu'elle avait colorées d'un violet à l'accent liturgique. Elle a demandé :

– Comment va ta joue, *Cariño* ?

– C'est douloureux. Elle a pratiquement été percée. Une perforation de la taille d'une grosse fève. Ça va demander du temps.

– Viens, approche.

Elle a lu l'hésitation dans mon regard.

– Je veux seulement apposer mes mains. J'ai fait ça pendant des mois dans le service des grands brûlés, celui du Dr Porter[77]. Tu te souviens ?

Je me suis approché. Ms Alvarez a posé sa boisson. Elle a frotté ses paumes l'une contre l'autre avant de dessiner des cercles, mains ouvertes devant elle. Elle a murmuré des choses, très bas. Ses lèvres bougeaient à peine. Elle a posé une main sur mon bandage en fermant les yeux. Ms Alvarez a continué de marmonner des choses inaudibles et elle a achevé sa manipulation sur ces mots :

– Ça se refermera plus rapidement. Tu verras.

Elle s'est empressée de reprendre son macchiato, comme si sa boisson avait réclamé ses soins.

Je restais dubitatif. Je n'avais absolument rien ressenti. J'avais, de toute façon, plutôt qu'un commentaire désobligeant, une observation urgente à faire :

– Reinhard a parlé d'un dossier qui me concerne et dont vous vous êtes occupée hier. Vous pourriez m'en dire plus ?

– Quel idiot celui-ci ! Il ne sait pas tenir sa langue. *Mira*, si ça fonctionne, tu en seras informé. *No te preocupes*.

Elle a remué un peu plus nerveusement sa boisson, et puis, brutalement, j'ai vu son visage se briser.

77. Voir *Un signe d'elle*, Michel Lafon, 2021.

– Si tu as vu Tommy dans la capuche du Démon, c'est que… c'est qu'il lui est arrivé malheur. Ça veut dire que… le Moloch l'a avalé. Ça veut dire que…

Un médecin est sorti de la chambre devant laquelle nous attendions. Il était accompagné de la capitaine Patel.

– Je vous laisse vingt minutes, a-t-il précisé. Pas plus.

Depuis son lit, tandis que nous nous positionnions autour de lui, Brett King nous détaillait. L'homme portait une casquette, et un cure-dent pointait à la commissure de ses lèvres.

– M'sieur dame. C'est gentil de me rendre visite.

– Mr King, merci d'avoir accepté de répondre à nos questions, a démarré poliment Patel.

– Soyez concentrés. N'en oubliez pas. Ce sera la seule et unique fois que je parlerai.

L'avertissement avait été entendu. J'ai enchaîné :

– Mr King, y a-t-il des événements dans le passé de Tommy, avant ceux de La Révélation, qui pourraient nous éclairer sur ce que cet adolescent est devenu…

– J'en sais fichtrement rien.

– Quelle relation entretenait Tommy avec ses parents ?

– Avec mon frère, on ne se parlait plus. Tout ce que je sais, c'est ce que j'ai vu sur les réseaux sociaux. On vit à la ferme, mais on sait utiliser Facebook. Tommy était un dégénéré et mon frère et sa femme ont participé aux défilés pornographiques des amis dépravés de leur fils. Après l'accident, en bon chrétien, j'ai accepté d'accueillir Tommy, mais à une condition : le réparer.

– N'avez-vous jamais entendu parler de problèmes psychologiques ou de troubles mentaux chez Tommy ?

– À part son homosexualité, non.

– S'est-il confié sur des amis ou des connaissances qui pourraient l'héberger ou être ses complices ?

– Je ne l'ai pas côtoyé assez longtemps pour ça.

– Vous aviez prévenu Tommy de ce séjour à La Révélation ? a demandé la capitaine.

– Ça n'aurait servi à rien. Le démon en lui se serait révolté. Je voulais sauver Tommy et son âme. Je ne regrette pas ma décision.

J'ai ouvert la bouche mais Ms Alvarez m'a devancé.

– Tu connaissais les conditions de vie dans ce centre de conversion ?

– Vous me tutoyez ?

– Tu savais ce qui s'y passait ou pas ?

– « Conversion ». Ce sont vos mots à vous, votre manière d'en parler. Pour moi, La Révélation était un lieu de guérison.

– Tu savais pour les tortures, a-t-elle repris, les violences psychologiques ?

– Sans souffrance, il n'y a pas de transformation. Le chemin de croix. La crucifixion. Rien de bon ne s'obtient dans la facilité.

– Et si Tommy avait été désigné Incurable ?

Le cure-dent s'est mis à bouger. Les yeux de Brett King, eux, sont restés immobiles.

– Tu ne me demandes pas ce que ça veut dire ? a souligné Ms Alvarez. Très bien, j'ai ma réponse.

– Vous êtes celle qui parle aux morts ? Je vous ai vue à la télé.

– Ce sont eux qui me parlent la plupart du temps.

– Alors votre âme est perdue. Lévitique 19.31 : *Ne vous tournez point vers ceux qui évoquent les esprits, ni vers les devins ; ne les recherchez point, de peur de vous souiller avec eux. Je suis l'Éternel, votre Dieu.*

Ms Alvarez a rétorqué :

– Deutéronome 18.10 : *Qu'on ne trouve chez toi personne qui fasse passer son fils ou sa fille par le feu.* Tu es perdu toi aussi.

– Vous vous trompez. Je ne vénère pas le feu du Moloch. Moloch n'est pas mon Dieu. Nous l'utilisions simplement pour envoyer les Incurables en enfer. Là où est leur place.

Ma voix a tremblé quand j'ai voulu qu'il précise :

– Envoyer en enfer ? Que voulez-vous dire par là ? Saviez-vous qu'on tuait des innocents ?

King m'a adressé un sourire sarcastique :

– Il vous a bien amoché. Vous ne pouvez plus le nier maintenant. Vous l'avez vu, vous aussi. Le Démon de l'homosexualité existe. Ce que Tommy King avait en lui est une ignominie. J'espère qu'ils y passeront tous.

Patel et moi avons cessé de respirer. Le visage de King s'est imprégné de gravité. Il avait lui aussi compris sa faute.

– « Avait en lui » ? a relevé Ms Alvarez. Pourquoi tu parles de Tommy au passé ? Il y a quelque chose que tu sais…

– Mr King, a affirmé Patel, nous l'avons entendu. Nous l'avons ressenti. Vous vous êtes réjoui. Réjoui d'une information que nous n'avons pas. Et qui pourrait vous coûter très cher si vous décidiez de la garder pour vous.

Contrarié, King a agrippé sa casquette comme pour la visser à ses longs cheveux. Il a fermé un œil, le temps de peser le pour et le contre, et il a dit :

– C'est venu à moi, je sais plus quand ni à quel endroit. Peut-être pendant ma préparation à l'opération, peut-être pendant mon réveil, ou quand on m'a remonté dans ma chambre. J'ai été sous sédatif pendant des heures. Je ne me souviens que de la voix qui me l'a annoncé. Il paraît que ma femme et moi, on aurait été vengés.

Il paraît que les nuits sont agitées du côté de Granville. Que les habitants ferment peut-être leur gueule, mais qu'au moins, ils agissent. Y a même une rumeur qui dit que les gens de Granville vont régulièrement cracher sur leurs corps. Dans la Fire Tower de Shelburne.

– Tommy ! a presque crié Ms Alvarez.

Son visage s'est dissous sous l'acide de l'angoisse. Celui de Brett King, lui, s'est embrasé sous la jubilation.

PIÈCE Nº 46

31 octobre 2022
Fire Tower, Shelburne, MA

Percée de meurtrières, la tour émergeait de la brume en conviant chez l'observateur l'image d'un phare en bout de presqu'île. Plantée sur le haut d'une colline, au milieu de rochers simulant des vagues, les 65 pieds[78] de ce tube de pierres renfermaient des escaliers en colimaçon menant à un préfabriqué posé à son sommet. De cette pièce on surplombait la forêt de Shelburne. Durant l'été, les gardes forestiers s'y relayaient pour repérer, signaler et circonscrire tout départ de feu. Le reste de l'année, elle restait inutilisée.

Je montais les marches à toute vitesse. Mon cœur battait si fort qu'à chaque pulsation, ma vision se voilait. Sous l'effort, la douleur de ma plaie à la joue s'intensifiait. Patel était déjà arrivée au sommet de la tour. Pour ma part, je refusais d'abandonner Ms Alvarez qui s'épuisait à tenter de suivre la cadence. Lorsqu'elle m'a fait signe d'y aller, de foncer, j'ai grimpé les marches quatre à quatre. La scène sous mes yeux a coupé mon élan.

78. 20 mètres.

Pris dans le brouillard qui s'étendait à perte de vue au-dessus de la forêt, comme l'océan entoure un radeau, le haut de la tour semblait avoir atteint le paradis. Quatre anges gisaient au sol. Les visages, les jambes et les cuisses avaient été noircis par le feu. Je me suis approché, gorge nouée. Je suis passé d'un adolescent à un autre. J'ai vérifié l'épaule de chacun. J'avais blessé Tommy sur le haut du bras. J'avais vu du sang jaillir, couler. Aucune trace de tir. Aucun de ces corps n'était le sien. La rumeur était vraie et fausse à la fois. La tête de Ms Alvarez a émergé des dernières marches. Son regard interrogateur a cherché le mien. J'ai remué la tête négativement. Elle s'est assise, soulagée.

Depuis combien de temps ces corps étaient-ils là, abandonnés ? Difficile à dire. Des jours. Peut-être des semaines. Leur décomposition avait dû être ralentie par les températures négatives. Ce tombeau improvisé était-il, comme l'avait suggéré Brett King, le résultat d'un sordide lynchage ? Ces corps avaient-ils été découverts par hasard puis conservés ici, dans le plus grand secret, par les habitants du comté, pour en faire un lieu de recueillement, un odieux exutoire ? Le témoignage de Tommy ayant perdu de sa crédibilité, quel était le nombre exact de pensionnaires à La Révélation ? Et combien d'instructeurs y travaillaient ? S'il en existait d'autres, peut-être chassaient-ils les Démons écarlates ? Afin de venger la mort de leurs collègues et celle du père Montgomery. Afin qu'aucun condisciple encore vivant ne puisse parler. Et le résultat de leur traque se trouvait là, sous nos yeux. D'ailleurs, étions-nous en présence des amis de Tommy, James, Tyler et John ? Qui était ce quatrième enfant, puisque Shane n'existait pas ?

Ou bien ces corps étaient-ils ceux de jeunes homosexuels ayant rejoint les Démons pour prendre les armes ? Allait-on bientôt découvrir parmi eux, de jeunes lesbiennes, de jeunes trans ? Verrait-on un jour la fin de cette affaire ?

J'avais lu quelque part que sur les 4,2 millions de jeunes américains sans domicile fixe, près de 40 % s'identifiaient comme étant LGBTQIA+[79]. De quoi grossir les rangs des Démons écarlates.

79. Morton, M. H., Samuels, G. M., Dworsky, A., & Patel, S. (2018). *Missed Opportunities: LGBTQ Youth Homelessness in America*. Chicago, IL: Chapin Hall at the University of Chicago.

PIÈCE Nº 47

31 octobre 2022
Cardinal Lane, Westfield, MA

Aux États-Unis, pour combattre le spleen, on engloutit des burgers dont la viande est gavée d'antibiotiques. On avale des litres de glace à la crème gorgée d'additifs controversés. On s'isole dans son SUV et l'on vagabonde durant des miles sans jamais se préoccuper de l'essence consommée ni même de sa destination. En bon Américain, je roulais sans but dans les rues de Westfield en repoussant le moment de rejoindre mon hôtel, des pensées affreuses et obsédantes plein la tête.

Les rebondissements se multipliaient sans permettre à l'enquête de faire des avancées significatives. Pourquoi n'avions-nous pas encore débusqué ces gamins ? Où se terraient King et les autres ? On les voyait monter dans un bus, s'engouffrer dans une rue, emprunter un passage sous un pont, s'enfoncer dans un parc de la ville, et puis ils se volatilisaient aussi vite que le vent disperse des cendres. J'avais pour espoir, depuis le début, de trouver leur QG, de récupérer des preuves accablantes ; masques écrans à base de LED, vaporisateurs d'ypérite ou autre substance pour expliquer les brûlures… mais l'âtre et ses tisons conservaient tout leur mystère.

J'ai essuyé une longue série de feux rouges. À chaque arrêt, je me remémorais un peu plus nettement l'attaque de Tommy et ce que j'avais aperçu au fond de cette capuche gorgée de lumière. L'intensité avait baissé, le visage de Tommy était apparu… irréel. Pixelisé ? Mon assaillant m'avait semblé plus grand et sans hésitation bien plus robuste, plus athlétique, que Tommy King. Était-ce un de ses complices ?

Autour de moi, sous les porches des habitations, les lampes restées allumées signalaient aux enfants déguisés la présence de bonbons prêts à être dévorés. Sur les trottoirs, accompagnés de leurs parents, les petits monstres se multipliaient, panier à la main, pressés de dégainer, autant de fois qu'il le faudrait, la célèbre mise en garde : « *Trick or treat*[80]*?* »

Je n'avais pas encore rencontré d'individu déguisé en DE, comme les médias avaient décidé de rebaptiser les Démons écarlates, et je redoutais que cela se produise. Je me demandais quelle serait ma réaction. La seule satisfaction de la journée avait été d'apprendre qu'aucun autre camp du type de La Révélation n'avait pour l'instant été découvert dans l'État du Massachusetts ou ailleurs. Ensuite, la suspension du shérif Ford était devenue effective. Nous étions débarrassés pour quatre semaines de son pouvoir de nuisance.

Un bus scolaire m'a dépassé. J'étais pourtant à la limite de la vitesse autorisée. La masse de métal orange

80. « Des bonbons ou un sort ? »

glissait sur ma gauche. J'ai tourné la tête pour apercevoir le chauffeur, lui signaler de ralentir…

Je n'ai jamais ressenti un frisson aussi intense, aussi pénétrant, au point qu'il m'a semblé que, du dos jusqu'à l'échine, la peur criblait ma peau de fléchettes glacées.

Au volant du bus scolaire se trouvait un Démon écarlate. Sous sa capuche, une lumière enflammée scintillait, pleine de joie. Derrière lui, une vingtaine d'enfants, de 6 à 11 ans, aux visages épouvantés, ravagés par les larmes, se tenaient collés aux vitres. Certains tapaient contre les carreaux, d'autres avaient arraché des feuilles de leurs cahiers. Dessus, on lisait en lettres majuscules le mot « HELP ». D'autres encore, paralysés devant l'atrocité du moment, restaient cloués à leurs sièges, fascinés et horrifiés d'avoir pour chauffeur le diable en personne.

Et puis il y a eu les lettres.

Taguées sur le flanc du bus, sous les fenêtres et les visages hurlant de détresse, elles me sont apparues, une à une, progressivement, le temps que le mastodonte me dépasse. De la droite vers la gauche…

L L E H

Lorsque j'en ai eu une vue d'ensemble, le message m'a percuté dans toute son horreur :

STRAIGHT TO HELL[81]

Rugissements de moteur. Crissements de pneus. Le bus s'est rabattu dans l'espoir de m'envoyer dans le décor en

---

81. « Tout droit en enfer ». Le mot *straight* veut aussi dire « hétérosexuel ».

percutant l'avant de mon véhicule. J'ai pilé. L'arrière a frôlé la carcasse de ma Ford sans la toucher. Je me suis retrouvé face aux gamins réfugiés au fond de l'autocar. Certains parlaient au téléphone. Avec leurs parents ? D'autres tapaient du poing contre les vitres, regards suppliant d'agir. J'ai pensé tirer dans les pneus, mais à la vitesse à laquelle l'engin filait, il était évident que cette action engendrerait une catastrophe, un accident meurtrier.

Le chauffeur a quitté Cardinal Lane pour remonter Shaker Road. Les enfants venaient sans aucun doute de l'école élémentaire de Munger Hill, située dans mon dos. Que voulait-il faire de ces mômes ? Était-ce un coup de bluff, un coup de pression ? Allait-il envoyer ces gosses en enfer ? Après ça, même parmi les plus radicaux, plus personne ne soutiendrait Tommy et ses Démons. C'était le meilleur moyen de se mettre l'opinion à dos en un temps record.

Appel paniqué de Patel. Le standard du poste de police était près d'exploser. Le Démon écarlate venait de détourner un…

– Je sais ! Je suis derrière eux ! l'ai-je coupée. Oui ! Derrière le bus ! Ma position ? Little River Road.

Patel a envoyé des renforts. J'ai démarré le gyrophare, allumé la sirène. Le bus s'est engagé dans un carrefour. Le feu de signalisation qu'il venait de dépasser a viré au rouge. J'ai appuyé sur l'accélérateur. Sur ma droite, les voitures qui redémarraient ont pilé. Dans le dernier couloir, une Chevrolet Equinox abordait à pleine vitesse le croisement, le feu venant de passer au vert pour elle. Malgré les hurlements de ma sirène, elle n'a pas ralenti.

devenus d'un coup plus audibles, plus déchirants encore. Les deux randonneurs ont frappé de toutes leurs vieilles forces sur les vitres sécurisées. Une seconde fenêtre a cédé. Les enfants se sont agglutinés devant ces deux percées et se sont élancés vers l'extérieur, en se poussant les uns les autres. Les randonneurs, plus bas, les réceptionnaient comme ils le pouvaient. Dans l'ambiance sonore de la vidéo, des sirènes ont fait irruption. La lumière de la forêt s'est transformée. Les arbres, la façade du bus incendié, les visages et les corps des enfants, ceux des deux randonneurs, ont été traversés par de puissants éclairs bleus et rouges. Le bruit des sirènes a couvert l'assaut des policiers et celui des hommes du feu. Armés d'extincteurs, les pompiers ont étouffé l'incendie, extrait le corps sans vie du véritable chauffeur et rejoint les derniers enfants, ceux que la peur avait rendus incapables du moindre mouvement. Patel et moi sommes arrivés sur les lieux au moment où le téléphone, posé en équilibre contre un arbre, a été repéré. Aussitôt le direct s'est interrompu.

PIÈCE N° 48

31 octobre 2022
Police Department, Springfield, MA

Ms Alvarez et Reinhard Krauss Jäger patientaient sur des chaises en plastique, à proximité du bureau de Pamela Patel. Dès qu'elle nous a vus, Ms Alvarez est venue à notre rencontre, la démarche incertaine, les yeux rougis, un mouchoir serré entre ses doigts. Reinhard s'est levé à son tour mais sans la suivre. Je n'avais jamais vu la médium dans cet état. Je l'ai laissée parler la première :

– J'ai vu les images, *Cariño*... C'était Tommy. Et il pleurait. Maintenant, j'en suis sûre... Il est mort, a murmuré Ms Alvarez, le visage vibrant d'émotion. Il faudra qu'on trouve son corps. Promets-le-moi.

– Il avait pourtant l'air bien vivant au volant de ce bus, a fait remarquer Patel.

Ce n'était pas intentionnel, mais la remarque était blessante. Ms Alvarez ne le méritait pas. J'ai tenté de la rassurer :

– Un masque LED, Ms Alvarez. Son visage projeté sur un masque écran porté par un de ses complices. Tommy n'est pas mort. C'est peut-être même ce qu'il veut nous faire croire.

Elle a fermé les yeux. Elle a incliné la tête sur le côté, en la secouant lentement, sourcils levés vers le ciel, comme happée par une mélodie poignante.

– *Te equivocas*[82], *Cariño.* Tu verras. Vous verrez. Tommy était un bon garçon. Il ne nous a pas trahis. Il a tenté de l'arrêter. Je le sens en moi. *Muy fuertemente*[83].

Elle a rouvert les yeux, tamponné ses narines avec son mouchoir.

– Les corps de la Fire Tower, s'est-elle enquise, ils ont été identifiés ?

– Pas encore. Nous attendons les résultats.

Elle a opiné du chef, s'est tournée vers Reinhard, qui a pris son bras, et ils se sont éloignés.

– Ça va aller, Bosco ? a demandé Patel avant de regagner son bureau.

J'ai acquiescé, travaillé par l'âpreté de cette idée : Tommy King, mort. Quelque chose continuait de me relier à lui malgré tout.

– Cooper ne se présentera pas. Elle ne porte pas plainte. C'est la seule.

La phrase provenait d'un bureau à proximité. Mon cerveau a vibré : Cooper. Le nom de la psychologue du centre d'accueil d'Armhest. Par réflexe, je me suis concentré sur l'échange téléphonique.

– Elle dit qu'elle n'était pas sur Collins Street. Qu'elle avait prêté sa carte bancaire à une amie qui se trouvait là-bas… Ouais, bizarre… Bref. Elle veut juste récupérer son fric, le reste ne l'intéresse pas. Ce sont ses mots.

Mon cerveau a vibré une seconde fois : Collins Street. La rue face à celle des Ferguson. J'avais même failli

---

82. « Tu te trompes. »
83. « Très fort ».

l'emprunter par erreur lors de mon arrivée sur Westfield. Je me suis approché et j'ai attendu que l'officier raccroche.

– Excusez-moi. Que s'est-il passé exactement sur Collins Street ?

– Un type s'est fait passer pour un bénévole de chez Catholic Charities[84]. Son terminal NFC aspirait non seulement les versements des donateurs mais aussi leurs coordonnées bancaires. La machine fonctionnait même à travers l'épaisseur d'un portefeuille ou d'un sac.

– Vous pourriez envoyer une copie de vos documents au capitaine Patel ?

Dix minutes plus tard, nerveux au point d'avoir la sensation d'être parcouru de décharges électriques, je tenais entre les mains la liste des victimes du télé-pickpocketing.

24 octobre 2022.

Betsy Cooper.

8:04 pm.

1 000 dollars de préjudice.

Pour ne pas alarmer inutilement Patel, j'ai d'abord vérifié l'adresse. Le lieu d'habitation de la victime.

Kaolin Road.

Ce n'était pas un homonyme. Betsy Cooper se trouvait à deux pas des Ferguson au moment du meurtre. Coïncidence ?

Tout le monde sait ce que je pense des coïncidences.

– Patel, ai-je articulé presque difficilement, bousculé par l'imminence d'une possible révélation. Betsy Cooper s'est

84. Selon *Forbes*, pour l'année 2022, cette association a reçu plus d'un milliard de donations privées.

fait voler ses coordonnées bancaires dans le quartier des Ferguson.

– Betsy Cooper, la psychologue du Stone Wall Center ?

– Elle prétend pourtant qu'elle n'y était pas. Essaierait-elle de passer sous les radars ?

– Qu'est-ce que vous voulez dire ?

– Quelque chose cloche dans son explication. Elle y était… J'en ai la certitude. Mais pour quelle raison ? Que faisait Betsy Cooper à 8 heures du soir à 10 miles de chez elle, et à une rue d'un meurtre ?

– Attendez, détective. Vous envisagez quoi exactement ?

J'ai posé les feuillets. C'était une bonne question. Mon cerveau s'est mis à gamberger, à faire feu de tout bois.

– OK. Betsy Cooper. Militante pour les droits des minorités sexuelles. À la recherche du tueur de son enfant. Des gamins jetés à la rue. Dont elle s'occupe. Bien. Imaginons… Elle rencontre dans le cadre de son travail une bande de gosses rescapés de La Révélation. Contrairement à ce qu'elle nous a raconté, ces gosses se confient à elle. Ils lui décrivent les horreurs subies. Cooper fait le lien avec son fils, se dit que l'assassin de son enfant est peut-être parmi les adultes de La Révélation. Elle se rend dans le camp. Et tue Montgomery.

– Cooper ? Cooper tue Montgomery ? Sans preuve ? Et ses complices aussi ? Et quelques gosses, en plus, au passage. Qu'elle cache ensuite dans le réduit ?

– Vous avez raison, Patel. Ça n'a aucun sens. Reprenons. Le meurtre de son fils… Quels sont les éléments qui pourraient matcher entre l'affaire Liam Cooper et celle des Démons ?

La capitaine s'est précipitée sur son écran d'ordinateur. Une dizaine de minutes plus tard, nous parcourions le dossier informatisé de l'enquête et apprenions les détails de cette terrible histoire.

Septembre 2018. Liam Cooper ne rentre pas du lycée. L'absence se prolonge, dure une nuit entière. Se poursuit le jour suivant. La nuit suivante. Au troisième jour, la disparition devient officielle. Les recherches sont lancées. Elles durent. Des semaines. Des mois.

Décembre 2018, le corps de Liam Cooper est retrouvé enterré dans la forêt de Tolland, entre les camps de vacances Timber Trails, Cold Spring Campground et Camp Overflow.

– On a connu endroit plus discret pour enterrer un corps, relève Patel.

– Vous avez noté. L'article mentionne que le corps était nu. Nu ! Il n'y a pas de coïncidence.

– Nu et tué d'une balle en pleine tête.

– *Dearie me!* Là… Liam Cooper était sourd. C'est écrit noir sur blanc ! Il est le corps manquant du charnier de Granville State Forest !

Je me suis levé. J'ai déambulé dans le bureau. J'avais besoin de marcher, de me déplacer pour aider mon cerveau en ébullition à élaborer une théorie.

– Montgomery torture et assassine des adolescents LGBTQIA+. De temps en temps, malgré La Révélation, le chasseur aime retrouver le terrain, l'excitation, l'adrénaline de la traque. Il piste Liam Cooper. Qu'il supprime dans le hangar. Il se débarrasse du corps et enterre Liam avec ses autres victimes. Mais la mère de Liam n'est pas du genre à attendre assise dans son salon les conclusions de la police. Elle se met à la recherche de son fils. Elle mène l'enquête. Montgomery le sait et redoute que l'on découvre les charniers. Il déterre le corps pour le déplacer dans une zone plus fréquentée, afin que Liam soit rapidement retrouvé et que les recherches cessent au plus vite. Ce qui finit par arriver.

– 2022, Cooper rencontre King, Fitch, Bennett et les autres, a poursuivi Patel. Ils mettent Cooper sur la piste de La Révélation. Persuadée qu'elle tient le meurtrier de Liam, Cooper enquête et passe à l'action… Non. Ça ne tient toujours pas. Betsy Cooper a formellement accusé Tommy King et les autres gosses d'être les Démons écarlates… On a connu plus solidaire comme complice. Et pourquoi s'en prendre aux Ferguson ?

– Ce n'est peut-être pas après les Ferguson que Cooper en avait, ai-je tenté, mais après les mômes. Les gamins sont allés trop loin. Elle essaie de les raisonner. En vain. Elle décide de les liquider avant qu'on ne remonte jusqu'à elle. Les cadavres de la Fire Tower, c'est elle.

– Plutôt radical pour une militante pleine d'empathie, non ? Une femme qui a perdu un fils. Une femme qui œuvre chaque jour à sauver des gamins livrés à eux-mêmes. Et l'ADN ? a encore objecté Patel. Celui de Liam Cooper a forcément été enregistré au niveau fédéral, voire au niveau gouvernemental. Si vous aviez vu juste, l'ADN de Cooper aurait matché avec celui retrouvé sur les embouts de l'appareil auditif.

Patel soulevait de nombreux points qui fragilisaient mes théories. Je l'ai vue faire les gros yeux devant l'écran :

– *Shit!*… Je ne trouve aucune trace des résultats ADN de Liam Cooper. Ils devraient apparaître pourtant.

– Où sont stockées les pièces physiques du dossier ?

Après quelques clics, Patel m'a fourni la réponse :

– Le poste de police de Tolland est minuscule. On compte moins de 500 habitants là-bas. Ils archivent à Blandford.

– Qui a effectué les analyses ADN ?

Les doigts de Patel ont pianoté un temps très court sur le clavier.

– Springfield. En charge des analyses biométriques.

– Un oubli ?

– Impossible. À moins que… Attendez… À chaque fichier informatisé est adossé un historique des matricules qui se connectent à eux.

Je me suis approché de Patel et de l'écran. Nous avons prononcé le nom du dernier visiteur du dossier Liam Cooper au même moment :

– Ford ! Le 27 octobre 2022 à 9:07 am.

– Le lendemain de la découverte du premier charnier, ai-je précisé.

– *Fuck!* a lâché Patel. Ce salaud aurait effacé les résultats ADN du dossier ? Ce fumier sait des choses. C'est certain. Avec l'aide de quelques relations bien placées, il a pu supprimer d'autres informations, jusque dans les fichiers nationaux. Je préviens *chief* Dallas.

Il pleuvait des coups de théâtre. Je me suis saisi de mon téléphone portable. J'ai photographié un des portraits de Liam Cooper présents à l'écran et je l'ai envoyé à Ms Alvarez. Quelques minutes plus tard, elle appelait, affolée :

– *Cariño, Miseria!* Où as-tu trouvé cette photo ? C'est le garçon qui m'appelle. C'est lui !

– Il s'agit de Liam Cooper, le fils de Betsy Cooper. Reinhard est toujours avec vous ? Très bien. Rendez-vous au poste de police de Blandford. Aux archives. Nous allons rouvrir les scellés de l'affaire.

PIÈCE Nº 49

31 octobre 2022
Police Department, Blandford, MA

Sur la table en Formica qui nous avait été attribuée, la préposée aux archives avait déposé trois cartons quelque peu écrasés. J'ai ouvert le couvercle d'une première boîte, d'où j'ai extrait le classeur des analyses de la balistique. Il nous attendait, posé au sommet de la pile. Trace du percuteur, rayures imprimées par le canon… À ces relevés se sont joints ceux des empreintes génétiques liés à l'affaire Cooper. J'ai tout photographié et tout envoyé à Melissa Callman et Paul Bart. Leur excellente réputation n'était pas usurpée : les deux experts ont eu la même réaction. Ils allaient comparer ces éléments dans les plus brefs délais et revenir rapidement vers nous. Au moment où j'ai raccroché, Ms Alvarez a lâché un énorme :

– *JODER!*

Qui a fait se retourner la fonctionnaire à son guichet. La médium était devenue livide. J'ai cru qu'elle allait s'effondrer, victime d'un malaise. Les larmes lui montaient aux yeux. J'avais bien remarqué que, tout en échangeant avec nous, Ms Alvarez avait gardé le nez sur son téléphone portable et qu'elle maniait une ou plusieurs applications à la fois.

– *Pobre de nosotros*[85]*! Mira!*

Ms Alvarez m'a tendu son téléphone en se muselant d'une main pour empêcher qu'une autre interjection ne lui échappe. J'ai reconnu la vidéo du 4 septembre récupérée par Christopher. Le technicien avait dû la charger sur l'appareil de la médium. Arrêt sur image. Zoom. Dans le réfectoire de La Révélation, à l'arrière-plan, parmi les enfants attablés, pixelisé et presque caché par un surveillant qui passe et repasse devant lui se trouvait Liam Cooper.

– *No entiendo nada*[86]*!* J'ai regardé cette vidéo des dizaines de fois. Il était là ! Le fils d'une militante LGBTQIA+ à La Révélation ! C'est impossible !

Nous nous sommes observés, groggys, déboussolés.

– Comment avez-vous eu ce film ? s'est étonnée Patel.

– La mère de Liam soutient les droits LGBT ! Ça n'a pas de sens, s'affolait Ms Alvarez.

L'illumination est venue de Patel.

– Sauf si Liam a demandé à y être !

Simple et recevable. J'ai suivi le chemin qui s'ouvrait.

– Pertinent, Patel. Très pertinent. Parmi ces gosses, il y a forcément des gamins qui ont pu souhaiter rejoindre ce camp… Pour ne pas être mis à la porte de chez eux. En espérant une vie meilleure et compatible avec les valeurs de leur famille. Peut-être même, malgré les réticences de leur entourage. Ce qui a pu être le cas de

85. « Pauvre de nous ! »
86. « Je n'y comprends rien ! »

Liam. Sa mère sait que ces conversions ne fonctionnent pas, qu'elles ne valent rien, mais son fils insiste, réclame. Il veut qu'on respecte sa liberté de conscience. Sa plus grande espérance, c'est changer. Liam était peut-être croyant. À l'église, des paroissiens lui vantent les mérites de La Révélation. Isolement, repos, prière, groupes de parole. Quelque chose de très proche d'une retraite spirituelle. Ce à quoi ressemblent la plupart des camps de conversion pour adultes de ce pays. Impossible pour Betsy Cooper d'imaginer le piège dans lequel son fils est sur le point de tomber. Liam a pu aller jusqu'à user d'un chantage affectif pour que sa mère capitule.

– Et quand on retrouve Liam assassiné, Cooper garde le silence ?

Ms Alvarez venait de faire écrouler notre château de cartes. Je n'avais pas dit mon dernier mot.

– Alors, dans ce cas, ai-je affirmé, Betsy Cooper ne sait pas où son fils s'est rendu. Liam a rejoint La Révélation en secret. Le père Montgomery ne s'embarrassant pas des 17 ans de Liam, ni d'obtenir l'accord de ses parents.

– Oui, s'est emballée Patel. Liam n'a même pas tenté d'en parler avec sa mère. La militante n'aurait jamais accepté. Un soir de septembre, il ne rentre pas. Trois mois plus tard, Betsy Cooper retrouve son fils assassiné en pleine forêt.

– *Dearie me!* me suis-je exclamé, irrité de nous sentir si proches de la résolution sans y parvenir. Que s'est-il passé entre Liam Cooper, Betsy Cooper et La Révélation ? Nous a-t-elle vraiment tout dit en ce qui concerne les gamins du camp qu'elle a rencontrés ? Que s'est-il passé avec Tommy King ? Pourquoi retrouve-t-on cette femme à une rue du massacre des Ferguson ? Betsy Cooper est liée à beaucoup trop de gens pour ne pas être au centre de cette affaire ! *For God's sake!* Il manque quelque chose… Mais quoi ?

– Et si nous allions directement lui poser la question ? a proposé Patel avec une naïveté feinte. Après tout, nous ne sommes qu'à un demi-mile[87] de chez elle…

87. 800 mètres.

PIÈCE N° 50

31 octobre 2022
Kaolin Road, Blandford, MA

Betsy Cooper portait une longue robe d'un rouge profond. Associé aux reflets cuivrés de ses cheveux, l'ensemble lui donnait un air d'impératrice. Son buste, dos raide, nous faisait face tandis que ses jambes, de biais, dessinaient un sept, des hanches jusqu'au sol. Son regard acéré oscillait entre Patel et moi le long d'une ligne droite dont elle ne déviait jamais. Seuls de petits gestes, des gestes infimes, quasi imperceptibles, trahissaient sa suspicion. Quels secrets se cachaient derrière ce visage énigmatique ? J'ai attaqué sans attendre :

– Depuis combien de temps défendez-vous les droits des personnes LGBTQIA+, Ms Cooper ?

– Depuis toujours. Bien avant que Liam n'ait été pris pour cible.

– Liam était-il un garçon épanoui, bien dans sa peau ?

– Autant qu'on puisse l'être quand on se découvre gay.

– Aviez-vous entendu parler de La Révélation avant les Démons écarlates ?

Un masque de dureté a figé ses traits. Sa peau s'est teintée de pourpre. Nul besoin de LED. À l'intérieur, son sang bouillonnait. Les yeux de Betsy Cooper se sont plissés.

– Absolument pas, détective. Comment aurais-je pu en entendre parler ?

– Auriez-vous pu envoyer votre fils dans un camp de conversion comme celui de La Révélation si Liam vous l'avait demandé ?

Betsy Cooper est restée de marbre. Pas un frémissement. Seul subsistait le feu de la colère qui rosissait ses joues. La psychologue faisait preuve d'un sang-froid déroutant.

– Vous êtes venus pour m'insulter ? Pour insulter la mémoire de Liam ? Je peux savoir ce qui motive cette recherche sur notre passé ? Je m'adresse à vous deux, bien évidemment... a-t-elle précisé en agitant son index vers Patel et moi.

La capitaine lui a répondu :

– Nous sommes en quête de vérité, Ms Cooper. Comme vous l'êtes pour Liam. Cette notion recouvre d'ailleurs l'ensemble de votre engagement associatif, n'est-ce pas ? Aider de jeunes hommes, de jeunes femmes à atteindre la vérité de leur être. Vous comprenez notre démarche, forcément.

Je ne savais pas Patel aussi lyrique.

– En quoi la vérité de Liam vous aiderait-elle à retrouver les Démons écarlates ?

Patel est redevenue factuelle.

– Nous avons de bonnes raisons de croire que Liam a séjourné à La Révélation.

– Quoi ? Mais qu'est-ce que vous racontez ?!

– Nous avons une vidéo. Elle date du 4 septembre 2018. Alors que vous étiez à sa recherche, votre fils se trouvait à La Révélation.

Cette fois, le vernis s'est craquelé. Le masque s'est fissuré. Les lèvres ont tremblé. Le tour des yeux s'est coloré d'un halo pourpré. Les pupilles se sont humidifiées. Si c'était joué, c'était d'une grande maîtrise.

– Ce n'est pas vrai. Ce n'est pas possible…

– Patel, si vous voulez bien diffuser la vidéo.

Mon téléphone a vibré.

– Ms Cooper, un appel urgent. Où puis-je m'isoler ?

– Là-bas… Dans le couloir. Où vous voudrez…

Je n'en demandais pas tant. J'ai rejoint le corridor, troublé par la réaction de Cooper. J'avais l'impression de quitter une autre femme. Surprise ! Ce n'était pas Reinhard qui appelait comme il en avait été convenu, afin que je puisse m'isoler et déclencher l'opération « Invasion ». Paul Bart tentait de me joindre pour confirmer nos déductions : l'arme qui avait servi à supprimer le jeune Cooper était bien celle de Montgomery. Melissa Callman était elle aussi formelle : l'ADN de Liam correspondait à celui retrouvé sur les appareils auditifs, information confirmée par le numéro de série. Une compagnie d'assurances venait de retrouver le nom de son propriétaire : Cooper Liam. J'ai vivement remercié les experts et suis entré dans une sorte de cagibi qui tenait lieu de chambre d'appoint. J'ai ouvert une fenêtre et fait signe à Ms Alvarez de se presser.

– Tu l'as fait ? *Cariño*, je ne te reconnais plus. *Joder!* Tu veux me faire passer par là ? Comment je vais escalader ça ?

C'était vrai. Il fallait passer un mur assez haut pour s'introduire par cette fenêtre.

– *Cariño*, tu te moques de moi ? Jamais je ne pourrai…

– Vous avez dix minutes, pas une de plus.

PIÈCE N° 51

Ms Amanda Lucia Pia Alvarez
Hypnose régressive sous polygraphe

31 octobre 2022
Kaolin Road, Blandford, MA

J'y vais à l'instinct. J'ouvre plusieurs portes. Buanderie, salle de bains, placards. J'entre dans la chambre de Liam. Je laisse ouvert derrière moi. L'électricité dans la pièce ne fonctionne pas. Les fenêtres ont été obturées par du carton fixé au gros scotch. Plus aucune clarté ne passe dans cette chambre. Le lit est défait. Une odeur animale emplit la pièce. Je me prends les pieds dans un sac à dos posé sur le sol. Tout près d'une paire de rangers noirs. Sur une chaise, des vêtements : sweat-shirt et pantalon de jogging noirs. *Ostras*[88] ! Jamais je n'aurais imaginé que Cooper héberge le Moloch. Ça ne peut être que lui. Pour preuve, au-dessus du lit, un crucifix renversé. Je meurs d'envie de prendre un objet tranchant, d'éventrer ce matelas, de mettre le feu à ces habits. J'aimerais asperger d'eau bénite l'intérieur de

88. « Zut ! »

ses bottes pour que le démon se brûle les sabots. Dans la poubelle qui jouxte une planche posée sur des tréteaux, je découvre des bandelettes tachées de sang. La blessure de Tommy. Un doute me prend. Tommy serait-il vivant mais possédé par le Moloch ? Je me mets à fouiller la chambre. Les minutes passent sans que rien de particulier n'attire mon attention. Jusqu'à ce qu'un amas de taches lumineuses apparaisse. Elles flottent et viennent se concentrer sur un emplacement précis : l'ourlet d'un rideau de fenêtre. Liam est dans la pièce. Liam est en train de toucher ce bout de tissu avec insistance. Les traces scintillantes se multiplient, toujours au même endroit. J'inspecte le tissu. Je le tâte. Le fil de la couture a été sectionné en deux endroits. Un objet. Dans l'ourlet. On y a glissé un secret. Merci, Liam !

Je me dirige au pas de course vers la voiture de Reinhard. Je suis en nage. Je cherche mon air comme une asthmatique en pleine crise. Reinhard m'ouvre la portière. Je ventile :

– *Joder!* Ce n'est… Ce n'est plus de mon âge.

– Tout s'est bien passé ?

Je lui présente du bout des doigts ma découverte : un mini-enregistreur audio numérique.

– Bien joué, Amanda.

– Ils sont toujours à l'intérieur ?

Nous être garés au tout début de Kaolin Road nous permet de surveiller la rue sur toute sa longueur. La Ford Crown Victoria de Patel, incrustée du logo « Police de Springfield », y est encore stationnée, le capot face à la maison de la psychologue. Mais voilà que les deux agents en sortent. Patel prend le volant. *Cariño* se plie en deux et entre dans le véhicule. Nous attendons une bonne minute avant de démarrer à notre tour et de passer devant le domicile de Betsy Cooper. Troisième étape : le parking de la Porter Memorial Library.

Quand Reinhard pose ses fesses sur le cuir de la Ford Crown, la voiture tangue comme une barque en pleine tempête.

Inspector se tourne vers nous :

– Dites-nous que vous avez trouvé autre chose que de la poussière et des toiles d'araignée…

– Elle héberge quelqu'un.

– Qui ? Tommy King ?

– *Miseria!* Le Moloch.

– Encore ce Moloch ! s'est énervée Patel. Vous m'expliquez ou j'en parle à Google ?

Je brandis le mini-enregistreur.

– Il était particulièrement bien caché. J'aurais peut-être fini par le débusquer, mais j'y aurais passé des heures. Liam a clairement pointé l'endroit. Il fallait que je le trouve.

– Le Moloch va découvrir les traces lumineuses laissées par Liam, s'inquiète Reinhard.

– *Y qué*[89]*?* C'est un joli coup de pression, non ? Ce démon va enfin comprendre à qui il a affaire ! Que cet objet appartienne à Liam ou au Moloch, nous avons pris de l'avance.

Patel s'empare de l'enregistreur. Elle le fait tourner entre ses doigts comme un bâton de dynamite tout près d'exploser. Elle hésite à l'insérer dans l'ordinateur de bord du véhicule. Ordinateur relié au poste de police.

---

89. « Et alors ? »

– Si l'objet est vérolé… prévient Bosco.

– *Fuck!* lâche Patel en connectant l'enregistreur à un port USB.

Le disque dur externe apparaît sur l'écran.

– Si vous l'ouvrez, plus de retour en arrière possible, termine de nous inquiéter *Inspector*.

– Sue va me tuer !

Pamela Patel frappe la surface du TrackPad et le fichier audio se lance…

PIÈCE N° 52

Retranscription enregistrement audio
Betsy Cooper / Shane McRay

6 avril 2022
Stone Wall Center, Amherst, MA

Betsy Cooper :

– Tu vis dans la rue depuis longtemps ?

Shane McRay :

– Depuis quelques jours. Le 30 mars exactement.

– Que s'est-il passé pour que tu te retrouves dans cette situation ? Je te pose cette question parce que, si nous sommes amenés à nous revoir, je dois me faire une idée de ton parcours. Ne t'inquiète pas, Shane, quoi que tu dises, ce sera sans aucun jugement de ma part.

– Oh. OK. Très bien. Dans ce cas… Je les ai tués. Tous.

(Long silence sur l'enregistrement audio.)

Shane McRay :

– Allons, ne faites pas cette tête. Vous en avez vu d'autres.

(Long silence sur l'enregistrement audio.)

Betsy Cooper :

– Shane. Je vais te mettre en relation avec un de mes confrères qui…

– Vermont, 2012. Trois des jeunes gays qui participaient à votre groupe de parole sont assassinés. Connecticut, 2014. Vous rejoignez une association de parents d'enfants dépravés. Depuis, deux de ces familles sont à la recherche de leur enfant. New Jersey, 2021. Vous soutenez l'association Inclusive Rainbow. Deux de ses membres disparaissent. Un autre est retrouvé assassiné. Même mortes, vos victimes n'en reviennent toujours pas. Vous. La militante. Une assassin.

– Qui es-tu, petite ordure ?

– Ms Cooper ! Vous voilà enfin ! J'ai cru que vous ne vous montreriez jamais.

– Qu'est-ce que tu veux ?

– D'abord, vous rassurer. Je suis un ami. Et un admirateur. Infiltrer l'ennemi, le combattre, mais à son côté, c'est une très vieille ruse dont peu de gens sont capables sur le terrain.

– Comment as-tu su ?

– Le père Montgomery m'a raconté votre rencontre. Sur ce parking où des hommes se croisaient pour quelques minutes de plaisir. Ce soir-là, vous aviez choisi la même cible. Vous vous êtes fait des politesses et puis… vous l'avez massacré ensemble. Le genre de choses qui rapproche. Plus tard, autour d'un verre, Montgomery vous a parlé de La Révélation. De sa mission. Vous vous êtes dit que c'était un signe du destin. Vous qui supportiez les frasques de votre fils uniquement pour ne pas perdre l'aura protectrice que vous offrait le titre de « maman de petit pédé ». Vous l'avez échangé pour un autre. « Mère d'un fils victime d'un crime homophobe ». Les sbires de Montgomery ont kidnappé Liam et… quelques jours plus tard, l'affaire était réglée. Son assassinat a fait de vous une « Intouchable ». Mais le père Montgomery a enterré Liam avec les autres Incurables. Un endroit beaucoup trop sûr. Ça ne vous arrangeait pas. Vous, ce que vous vouliez, c'était que l'on retrouve le corps de votre fils. Pour qu'il n'y ait aucun doute sur sa mort et son assassinat. Alors Marcus et Eddie le déterrent et le déplacent. Les mêmes vous envoient un courrier raillant la mort de Liam, soulignant une haine des « homos ». Votre stratégie fonctionne. La police vous interroge, mais à peine. Qui pourrait soupçonner une mère militante et endeuillée par un horrible meurtre homophobe d'être en réalité celle qui a ordonné l'exécution de son fils ? Du génie pur.

– Qui es-tu pour que Wallace se soit livré à toi avec autant d'honnêteté ?

– J'ai séjourné à La Révélation. Le père Montgomery a changé ma vie. Il m'a transformé. Il m'a nourri. Il m'a libéré. Il m'a même guéri. Je suis une tout autre personne maintenant. Grâce à lui. Pour le remercier, je me suis investi. J'ai beaucoup donné de ma personne. En retour, le père Montgomery m'a ouvert son âme. Je sais tout de lui. Ou presque… Mais… Si je suis ici, Ms Cooper, c'est que… Je suis retourné dernièrement à La Révélation et…

(Long silence sur l'enregistrement audio.)

Betsy Cooper :

– Et…? Quoi ? Comment vont-ils ?

– C'est vrai. Vous ne pouvez pas savoir. Depuis Liam, vous avez coupé tout contact avec eux. Il ne fallait prendre aucun risque.

– Qu'est-ce que je ne peux pas savoir, Shane ? Comment va Wallace ?

– Je pense qu'il y a eu une révolte, Ms Cooper. J'ai

retrouvé le cadavre du père Montgomery, de Marcus, de tous les autres, éparpillés dans La Révélation…

– Wallace est mort ?

– Wallace est mort. Et quelques pédés aussi.

(Long silence sur l'enregistrement audio.)

Shane McRay :

– Aidez-moi à le venger. Vous ne le savez pas, Ms Cooper, mais vous êtes en contact avec des gamins de La Révélation. Des évadés. Occupons-nous d'eux.

(Long silence sur l'enregistrement audio.)

Betsy Cooper :

– Wallace est mort. Ils me l'ont pris.

– Ça ne restera pas impuni, Betsy. J'ai un projet. Une idée diabolique… Votre méthode n'est pas la bonne. Les supprimer un par un, comme vous le faites, c'est un peu comme espérer vider un océan à la petite cuillère. Il faut être plus efficace. Redonnons des raisons à la majorité de détester cette minorité. Pour ça, il va falloir revenir aux fondamentaux. Anéantir leur capital sympathie. Vous et moi, nous allons les rendre à nouveau détestables. Nous allons faire en sorte qu'ils réapparaissent dangereux, mauvais, malades, aux yeux des masses. Comme au bon vieux temps. Leur simple évocation produira de l'écœurement, du mépris et de la peur. Comme vous vous êtes servie de votre fils, je me servirai de leurs dépouilles. La *vox populi* nous croira une armée. Nous ne serons que deux. Vous et moi, nous allons mettre ce pays à feu et à sang. En souvenir du père Montgomery.

– Si c'était possible. Dieu tout-puissant ! Ils s'embrassent sans honte dans nos rues. Ils se tiennent la main devant nos enfants. Ils les adoptent. Ils les pervertissent. Et ce sont eux, maintenant, qui nous donnent des leçons de morale. Eux et leurs alliés, les *Woke*, les « éveillés », les bien-pensants… Je les hais. Tellement. Je veux que revienne cette époque bénie où on lapidait, où on pendait, où ces invertis n'avaient droit à aucune existence. Ils ne se montraient pas, ils ne réclamaient rien, la honte les étouffait.

– Parfait, Betsy Cooper. La haine est bonne conseillère. La haine est nécessaire. Désigner un groupe d'individus, en faire une menace, on n'a pas trouvé mieux pour réunir les individus, pour « faire société ». Les humains aiment fraterniser autour de boucs émissaires. Sur une haine commune on peut bâtir une nation. Beaucoup l'ont oublié.

– Tu parles comme si tu avais vécu mille vies.

– Bon… Je vous dois la vérité, Betsy. Je suis un démon. Un des rares qui prennent encore plaisir à venir s'amuser parmi vous.

(Rire nerveux de Betsy Cooper.)

Betsy Cooper :

– Oh, mais… Tu es sérieux. Tu te prends vraiment pour un démon ?

– Je suis un démon, Betsy Cooper !

– Tu n'es qu'un cinglé, Shane McRay. Mais un cinglé plutôt malin. Comment vas-tu faire, concrètement, pour faire croire à une légion et déclencher la guerre que tu me promets ?

– Il suffira d'une étincelle. Patience. Vous verrez… En attendant, effacez mon nom des registres du centre. Ce rendez-vous n'a jamais existé. Je ne suis jamais venu et nous ne nous sommes jamais rencontrés. En revanche, je veux bien occuper sa chambre. Ce sera plus simple pour fomenter. Rassurez-vous, je ne vous appellerai pas « maman »…

(Rire sardonique de Shane McRay.)

PIÈCE Nº 53

Ms Amanda Lucia Pia Alvarez
Hypnose régressive sous polygraphe

31 octobre 2022
Kaolin Road, Blandford, MA

Je sonne chez Betsy Cooper. Pas trop longuement, pour ne pas paraître trop agressive. Pas trop rapidement, pour ne pas sembler hésitante. La porte s'ouvre. Cooper est surprise de me trouver là. Elle veut prendre la parole mais *Ghostbusters* de Ray Parker Jr. – Halloween oblige – l'en empêche. Trois maisons plus loin, une voiture vient de s'engager dans une allée où un chien l'accueille en vociférant. Les vitres sont closes, et pourtant la musique dans l'habitacle est si forte qu'on peut l'entendre jusqu'ici. Le moteur se coupe. La musique aussi. Le voisin claque sa portière et rentre chez lui. Le chien s'apaise et retrouve sa niche. Le calme est revenu. Cooper reprend :

– Vous les avez loupés. Vos amis sont passés il y a trois bonnes heures maintenant.

– Je suis médium. Pas flic. Je veux vous parler de Shane McRay.

L'expression de Betsy Cooper change. Un mur de chair et d'os.

– Connais pas. Partez où j'appelle la police.

Je sors mon téléphone portable et j'enclenche la lecture de son échange avec McRay. Elle m'attrape le bras et me pousse à l'intérieur. Je la préviens :

– Ça ne servirait à rien de me faire du mal, j'ai informé mes proches de cette visite et j'ai multiplié les copies de ce fichier audio.

Sans explication, Cooper s'éloigne. J'attends quelques instants. Je crains qu'elle ne revienne avec le Moloch. Elle réapparaît avec dans les mains un appareil électronique qu'elle passe sur mes rondeurs. Je demande :

– C'est le brouilleur d'ondes que vous avez utilisé pour tenter de cramer ces pauvres gosses ?

– Il peut aussi détecter les transmissions de signaux, les fréquences RF, les caméras, les trackers GPS, les micros…

Les flics avaient voulu me barder de capteurs. Heureusement, j'avais refusé. Et amplifié, par ricochet, les plaintes de Reinhard qui me suppliait de renoncer à cette folie. J'ai aimé qu'il se fasse du souci pour moi.

– Comment vous êtes-vous procuré cet enregistrement ?

– Chacun ses petits secrets.

– Vous voulez quoi ?

– J'ai de gros problèmes financiers. Prévenez-moi de qui vous attaquez, de quand et de comment vous l'avez fait. Dites-moi où vous laissez les corps. Échangeons un maximum d'informations, que j'impressionne les foules. Je prétendrai retrouver les victimes grâce à mes dons. Faites de moi une médium célèbre. Si vous refusez, je balance l'enregistrement aux flics. Si vous acceptez, je vous informe des avancées de l'enquête.

– Vous n'avez aucun scrupule à pactiser avec nous ?

– Mon banquier n'en a pas. Pourquoi j'en aurais ?

– Vous pourriez offrir ces informations à la police ? Ça vous rendrait célèbre en un rien de temps.

– Et en un rien de temps, on m'aura oubliée. Je veux inscrire ma renommée sur la durée.

– Je ne suis pas seule à décider.

– Allez lui demander ce qu'il en pense. Il est là-haut, dans la chambre de votre fils, n'est-ce pas ?

Cooper baisse la voix :

– Aide-moi, la médium. Je ne suis plus en sécurité. Je ne sais pas comment me débarrass…

Une planche craque au-dessus de nos têtes. Nous devons nous trouver sous la chambre de Liam. McRay est là. Je l'imagine allongé sur le sol, oreille collée au plancher pour nous épier.

– Je ferai part de votre proposition à l'intéressé, me lance Cooper d'un ton presque théâtral, pour qu'il entende.

Je me mets à parler fort moi aussi. Je veux que McRay connaisse les termes du contrat :

– Pas de SMS ni d'appels. Aucune trace de contact entre nous. Je vous attends, en personne, toi ou Shane, au Elm Motel de Westfield, chambre 32. Réponse avant ce soir, minuit. *Vale?* J'espère que vous prendrez la bonne décision.

Cooper acquiesce et me désigne la sortie :

– Qui me dit que vous ne roulez pas pour les flics en ce moment ?

– C'est un risque à prendre. Mais vous vous y connaissez en double jeu. Vous saurez faire la différence.

Les dés sont lancés.

C'est pour toi que je le fais Tommy. Pour toi.

D'arrêt en arrêt, le bus se remplit. À chaque ouverture des portes, je me raidis. J'attends qu'il se montre. C'est notre plan. Lui offrir l'occasion de m'attaquer. En public, sous les caméras, comme il aime. Le seul hic, c'est qu'à part le portrait-robot de Tommy, nous ne connaissons pas le visage de Shane McRay. Chaque voyageur qui monte dans cet autocar est un suspect. L'intercepter en pleine action, en flagrant délit, c'est notre seule chance.

Des fées, des lutins, des vampires, des Chucky[90] et des Pennywise[91] occupent les sièges et les allées de l'autobus. Il y a des *cheerleaders* aussi, sublimes. Et des *lifeguards*, sexy. Il est tard. Les enfants seront bientôt couchés. Place à l'imaginaire des adultes.

Nouvel arrêt. Les portes s'ouvrent. Un Démon écarlate se glisse entre les passagers. Je sens mes poils se hérisser. Lui ? Pas lui ? Une attaque, là, dans un bus bondé, de son point de vue, ça aurait de la gueule. Est-ce que les collègues de *Cariño* se tiennent prêts ? Des flics en civil sont censés me suivre. Où sont-ils ? Impossible de les identifier. Est-ce bon signe ? Je ne suis pas la seule à être happée par cette apparition. Casper, Aladin, Link et Morticia Addams chuchotent entre eux, s'éloignent de lui. À proximité, Darth Vader accompagné d'un Stormtrooper[92] ivre mort trinquent à la nuit des esprits. Totalement saouls, ils n'ont pas repéré la présence sinistre dont l'intérieur de la capuche reste froid et sombre. Pourtant la silhouette, perturbante, menaçante, attire tous les regards. Une jeune

90. Personnage du film *Child's Play,* 1988.
91. Personnage du roman *It*, de Stephen King, paru en 1986. (*Ça*, en français.)
92. « Dark Vador » et « Soldat impérial », dans la version française.

femme grimée en Annie Wilkes[93] ose s'approcher de lui. Désolée, *buddy*, dit-elle, mais il est interdit d'être déguisé en DE ce soir… On entend un murmure sortir de sous la capuche. *« Brûle en enfer. »* La petite recule. Elle n'est pas la seule. Il se crée dans la seconde une sorte d'espace de sécurité autour du Démon. Le bus n'a toujours pas redémarré. La voix du conducteur crache dans les hauts parleurs : *« On me signale une personne habillée en DE, je vous demande de descendre. Pour des raisons de sécurité. » Joder!* Mais où sont les flics ? Les portes du bus sont restées ouvertes. Des gens en descendent, paniqués, mais d'autres y grimpent. Des enfants sautent dans l'autocar – Non ! Pas des gosses ! Pas maintenant ! –, suivis de près par leurs parents. Les gamins courent, percutent quelques voyageurs pour atteindre les derniers sièges libres. Parmi eux, un garçon d'une dizaine d'années habillé en *park ranger*[94]. Le visage de Deborah Bailey[95] me revient dans un flash.

La capuche s'allume brusquement. La présence d'enfants. Le Moloch les espérait ! Que le carnage commence !

On entend un cri, deux, les gens s'affolent devant la lumière incandescente. Démarre un mouvement de foule… Alors l'adolescent repousse sa capuche et ôte son masque LED. *« C'est bon !* gueule-t-il. *On se calme ! On va pouvoir démarrer maintenant ? »* Il part dans un fou rire. Ses mains apparaissent au-dessus des têtes. Il tient fermement un téléphone. Il est au milieu d'un appel vidéo, heureux et fier de la tension qu'il est parvenu à générer. *Tontito*[96]*!*

93. Personnage du roman *Misery*, de Stephen King, 1987.
94. « Garde forestier ». Souvent affecté à un parc national.
95. Voir *Les Ombres de Salem*, Michel Lafon, 2022.
96. « Petit imbécile ».

Les portes se referment. Le bus redémarre. Des jurons destinés à qui l'on sait se répandent parmi les voyageurs. Je me détends, légèrement. Pour ne pas dire à peine. Au-dehors, des araignées géantes grimpent sur les façades des maisons. Des têtes de mort pendent sous les porches. Nouvel arrêt. Trois Freddy Krueger montent dans le bus et entament à tue-tête sa ritournelle :

One, two, Freddy's coming for you
Three, four, better lock your door[97]...

L'un d'eux approche. Krueger m'offre un bonbon. Je n'en veux pas. Il insiste. Fait les gros yeux. J'obéis, impressionnée. L'emballage cache un objet de la taille d'une molaire. Un écouteur. Krueger me lance un clin d'œil et s'éloigne en reprenant sa chanson. Je place discrètement l'appareil dans mon oreille. La voix de Bosco est comme un appel divin.

– Ms Alvarez. Je ne peux pas vous voir, mais je peux vous entendre.

– *Cariño,* pourquoi une oreillette ?

– Nous voulions vous prévenir. Rien ne se passe comme prévu. À vous de décider. Nous pouvons annuler l'opération...

Palpitations. Sueurs.

Le bus m'a lâchée à quelques pas de l'hôtel. À peine un pied posé sur le trottoir, la vision de cette masse grouillante, de ce rassemblement de capuches enflammées

97. « Un, deux, Freddy vient s'occuper de toi / Trois, quatre, tu ferais mieux de fermer ta porte. »

m'a asphyxiée d'angoisse. Un coup de poing en plein plexus. Une centaine de Démons écarlates dansent sur le parking de l'hôtel. Sur un pick-up, un baffle surpuissant fait vibrer la nuit de battements endiablés. Curtis gigote, saute. Pas pour danser. Il tente de se faire entendre : *« C'est une propriété privée ici ! J'ai appelé la police ! Vous feriez mieux de vous en aller. »* Le voilà mon moment. Je le sens. Je vais me faire rôtir au milieu de cet attroupement. Le temps que les flics fendent la foule, je serai déjà grillée. Et au lieu de chercher un extincteur, d'appeler les secours, ou de me venir en aide, ces gamins, rameutés par le Moloch via les réseaux sociaux, s'empresseront de filmer la scène et de la diffuser en direct. *Maravilloso*[98]*!*

La musique est assourdissante. Je peine à entendre la voix de Bosco pourtant collée à mon tympan. À la musique s'ajoute une mauvaise réception :

– Jarvis… viennent… Moloch… prudence, Amanda.

C'est la première fois que *Cariño* m'appelle Amanda. Ça me fait chaud au cœur. Ça me donne du courage.

J'étire les anses de mon tote bag et sors le large porte-clés en bois marqué du logo de l'établissement. Je le place devant moi en évidence pour signifier à la foule que si je la traverse, c'est pour rejoindre ma chambre.

Dans mon oreille, la voix de Bosco crépite :

– Doucement… va bien… restez attenti…

Autour de moi, consumés par la musique, des gamins bondissent, frétillent, dans des mouvements de danse hargneux, belliqueux. Les pulsations électroniques les enflamment. Les capuches flambent. Ils sont parfaits dans leur rôle. Visage caché, tels des pénitents,

98. « Merveilleux ! »

plusieurs silhouettes menaçantes me fixent, épient mes déplacements. Est-il l'un d'eux ? On me frôle. On rôde autour de moi. On me touche. Je n'arrive pas à savoir qui. Ce sont des sensations rapides. Des bouts de doigts gantés effleurent mes épaules, mes bras, mon dos, tandis que le feu calcine le creux des bonnets qui m'encerclent. S'ils veulent me terroriser, c'est parfaitement réussi.

– Vous y êtes presque… chambre vide… c'est OK.

Un corps plus grand et plus imposant que les autres se déplace vers moi. Sa simple vision me provoque des frissons de répulsion. Je me sens immédiatement, entièrement menacée. La silhouette s'arrête, face à moi. Elle s'oppose. Elle empêche. Quelque chose de diabolique émane d'elle, comme une odeur nauséabonde qui entrave la respiration, comme une bourrasque gluante de chaleur qui vous empoisse le corps.

– Ms Alva… Que se passe…

Je ne parviens plus à bouger. Les basses surpuissantes me torpillent le corps, font trembler mes organes. L'intérieur de la capuche s'illumine et prend feu. Mon regard se noie dans cette lumière qui n'a rien de synthétique. Elle est au contraire organique, vivante. Elle enfle, prend de l'ampleur. Je me perds dans sa chaleur. La voix de *Cariño* résonne, lointaine :

– Faites un signe… Est-ce qu… lui ?

Une main gantée s'extrait du sweat-shirt. Ses doigts enserrent une surface métallique.

Une lame.

Des sirènes de police rompent les rythmes électroniques. Des flashs bleus zèbrent la foule, lacèrent le toit de l'hôtel, tailladent la forme dressée devant moi. Quatre voitures déboulent sur le parking. Jarvis et ses collègues. Dans la capuche, le feu s'éteint. Des cris s'ajoutent à la musique, aux sirènes. La foule se disperse. Les corps qui fuient cachent mon opposant, le brouillent. Il a disparu.

Je fonce tête baissée vers ma chambre. Des corps me percutent, me dévient de ma trajectoire. J'arrive tant bien que mal devant ma porte. Je peine à faire entrer les clés dans la serrure tant mes mains tremblent. Derrière moi, la voix de Jarvis ordonne à la foule de se disperser. Je claque ma porte et la ferme à double tour. Je glisse vers les rideaux que j'écarte légèrement. Aussitôt, la puissance des gyrophares projette dans la pièce les ombres affolées des jeunes raveurs.

– Ms Alvarez ? C'était lui ? demande Bosco dans mon oreille.

– Tiens-toi prêt. Il va revenir. Ne me lâche pas.

– Aucun danger, Ms Alvarez. Je vous le promets.

Sa voix me réconforte. Les éclats lumineux du dehors traversent l'interstice entre les rideaux et sont d'une telle force qu'ils parviennent à illuminer la pièce, à l'habiller d'ombres mouvantes, de lueurs sombres et d'étincelles. Je suis aux aguets, comme une petite fille qui redoute que le croque-mitaine ne jaillisse de sous son lit. J'ai si peur que mes dents cognent les unes contre les autres, que des tremblements vifs me parcourent le corps. C'est si intense que je me gratte le visage. De plus en plus fort. Mes joues, mon front picotent, démangent. Ma peau se tend, se durcit, se contracte. J'ai l'impression qu'on m'a craché au visage des gouttelettes de lave en fusion. La sensation empire, se répand.

– *Cariño*, j'ai mal.

– Pardon ?

– Mon visage. Il chauffe.

Je me retourne d'un côté, de l'autre, pour affronter un ennemi invisible. Il est là. Il veut me consumer. Il veut me voler mon âme. J'appelle à l'aide :

– Il est tout près, Bosco. *Joder!* Réagis !

– Calmez-vous. Il n'y a rien sur nos caméras. Il n'est pas dans votre chambre.

– Ça brûle, *Cariño*, ça... Rhaaaaaaaaaaa !

Moloch allume les brûleurs. Il projette sa vapeur chaude contre mon visage. Je le frotte, je le griffe, en me pliant, en tapant des pieds tant la douleur est insupportable. Une sensation atroce me dévore : celle d'être prise dans une fournaise, un tourbillon de braises incandescentes. Je ne suis plus qu'un cri.

– Sortez, Amanda...

Je me jette sur la porte, j'attrape la poignée. La paume de ma main grille sous la brûlure du laiton surchauffé. Je recule sous la douleur et m'écrase sur le sol.

– La fenêtre ! Par la fenêtre ! crie Bosco.

Je me précipite vers les rideaux. Ils s'embrasent à mon contact. Je me recule en échappant de justesse au souffle des flammes. Le feu s'étire vers le plafond. Le brasier se répand à une vitesse folle. Je tourne sur moi-même à la recherche d'une issue. Je me réfugie dans la salle de bains. Mon visage continue de brûler. Verser sur lui de l'eau froide ! Faire cesser la torture ! J'attrape le pommeau de douche qui manque de me glisser des mains. L'eau jaillit, inonde mon visage. Calme un instant ma souffrance. J'entends des coups de bélier contre la porte d'entrée. Elle cède. Bosco et Reinhard surgissent. Reinhard se précipite vers moi. Il m'enveloppe de ses bras. Je murmure :

– J'aurais dû être transformée en torche vivante. Quelque chose le gêne. Son champ de vision doit être restreint. Il faut qu'il puisse voir ce qu'il veut embraser.

La voix de Patel jaillit dans nos oreillettes :

– Le faux plafond. Les combles. Curtis nous dit qu'il doit être au-dessus de vous. Dans la soupente. Visez les bouches d'aération.

Bosco, nez en l'air, cherche les grilles de ventilation et nous hurle de sortir. Un coup de feu. Les suivants s'égrènent à toute vitesse. De la poussière blanche coule du plafond, flotte dans la pièce. Reinhard et moi traversons la chambre. L'incendie s'est étendu aux murs, aux chaises, à la table ronde qui bordait la fenêtre. Tête en avant, corps plié, nous déboulons sur le parking. Aussitôt, le supplice de ma peau cesse. La musique électronique s'est éteinte. Jarvis et ses équipes tentent de faire reculer la vingtaine de gamins restants qui, portable à la main, assistent à la scène. À l'intérieur de la 32, le feu prend de l'ampleur. Bosco shoote un dernier coup, avant de battre en retraite. Des sirènes des pompiers approchent. Reinhard veut s'éloigner mais, comme ces gosses agrippés à leur portable, je veux voir le Moloch. Patel, dans nos oreillettes, alerte *Cariño* : le Moloch n'a pas d'autre choix que de ressortir par les escaliers de service, à gauche du bâtiment. À peine Patel a-t-elle fini sa phrase qu'une forme humaine fracasse la porte de la 54, une des chambres en travaux, à l'extrémité opposée. Clameur sidérée des jeunes gens dont les caméras avalent le spectacle et le diffuse en direct. Le Moloch se lance dans un sprint effréné à travers le parking. Bosco se tourne vers le fuyard avec un calme impressionnant. Ses jambes s'ancrent dans le sol. Main droite sur la gâchette, main gauche en support, *Cariño* porte l'arme à hauteur de ses yeux, tout cela à une vitesse impressionnante. Il appuie sur la détente. Le Moloch s'écroule. Je lâche un cri de surprise. Qui se mêle à ceux des gamins derrière nous. Bosco se tourne vers la foule :

– Dans les jambes ! J'ai visé les jambes.

Au bout du parking, le Moloch essaie de se relever mais une de ses cuisses ne le tient plus. Il s'écroule dans des cercles rouges et liquides que l'asphalte, dans un effet étrange, semble dégorger. Les yeux du Moloch, comme un animal pris au piège, jaillissent du rose de sa peau nécrosée. Sa figure n'est qu'une surface craquelée, percée, suintante de fluides vermillon aussi épais qu'un sirop de fruits rouges. De là où je me trouve, sa maladie de peau – effrayante – a fait de la chair de son visage une bouillie.

PIÈCE N° 54

Capitaine-détective Wilfried Bosco
Lettre authentifiée

4 novembre 2022
BayState Noble Hospital, Westfield, MA

Garé discrètement à l'arrière du bâtiment, adossé à une Ford Interceptor, j'attendais Shane McRay. Il m'est apparu sur une chaise roulante, les mains et les pieds entravés par des chaînes et des menottes. J'ai remercié l'agent de sécurité employé par l'hôpital qui l'a aidé à s'installer à l'arrière du véhicule. J'ai demandé aux deux policiers de Springfield de bien vouloir patienter et j'ai pris place à l'avant. Je voulais m'entretenir avec l'inculpé. Derrière moi, un filet de protection me séparait de McRay.

– J'ai besoin de réponses, Shane. Nous n'avons que quelques minutes. L'ADN a parlé. Tommy se trouvait parmi les corps de la Fire Tower. Que lui est-il arrivé ? Je veux savoir.

– Pauvres humains. Vous et votre sentimentalité. Vous ne pouvez pas vous empêcher de vous attacher aux autres.

Faut-il que vous vous détestiez pour ne pas être capables de vivre seuls.

– Racontez-moi.

– Que vous dire… Quand le gamin a malencontreusement évoqué qui payait la chambre d'hôtel, il s'en est tellement voulu qu'il a cherché à se rattraper. Il s'est échappé pour retrouver Betsy Cooper. Il n'avait aucune idée du véritable rôle qu'elle jouait. Il espérait qu'elle avait revu Shane. Qu'elle avait des informations à lui donner. Ce qu'elle a fait. Elle a jeté Tommy dans la gueule du Moloch. Je peux vous le dire : il a été vaillant. Courageux même. Vous l'auriez vu. Il a sorti des breloques piquées dans une église, en pensant que ça suffirait à me renvoyer en enfer. Mais c'est une science qu'il faut connaître. Je n'en ai fait qu'une bouchée.

– Pourquoi, Shane ? Quel besoin y avait-il de s'en prendre à ce gosse ?

– C'était le seul de La Révélation à être encore dans la nature. Nous avions retrouvé tous les autres. Il connaissait mon visage. Je n'aime pas ça, qu'on connaisse mon visage. Avec ce portrait-robot, Tommy a tout compliqué.

– Votre visage. C'est une blague ? Vous êtes méconnaissable. À cause des produits que vous…

Accompagné par le cliquetis de ses menottes, McRay venait de soulever la manche longue de son tee-shirt. Un bandage enserrait le haut de son épaule.

– C'était moi, dans le champ de maïs.

– Vous et votre masque LED.

McRay s'est mis à rire. Un rire insupportable. J'ai voulu sortir du véhicule, mais il a su me retenir : en enchaînant sur Tommy.

– King n'a jamais été atteint de TDI. Betsy Cooper s'est servie de son unique mensonge pour le discréditer et en faire un mytho, un manipulateur, un roublard. La pièce de métal sur la route. Il n'y en a jamais eu. Mettez-vous à sa place. Impossible pour Tommy d'avouer que l'accident était arrivé par sa faute.

– Il vous a raconté ? Que s'est-il passé exactement ?

– Il n'a rien raconté. J'ai avalé son âme. Maintenant, je sais tout de lui. Il ne parvenait pas à connecter son téléphone à la radio. Il a passé son torse entre les sièges pour atteindre les boutons du poste. Son père lui a demandé de regagner sa place. Tommy n'a pas écouté. Ils se sont énervés. Il y a eu des gestes. La voiture a quitté la route. Vous connaissez la suite… Brett, La Révélation, les sévices, l'arrivée de Shane McRay atteint de TDI – celui que j'ai fini par posséder –, la mort de Burt, de Noah…

– Tommy n'a peut-être pas menti, mais il a été berné. Par vous, par Montgomery. Tommy a cru à ces histoires de Démon. Vous avez besoin de soins, Shane. Vous allez passer quelque temps en clinique spécialisée.

– Parfait. Ce sera plus simple là-bas de trouver un nouveau corps. Un corps atteint lui aussi de TDI.

– Vous n'y ferez qu'un court passage. La prison vous attend. Vous y croiserez le shérif Ford. Les langues se délient. La parole se libère. D'anciens survivants de La Révélation témoignent et accusent publiquement Ford d'avoir couvert les agissements de Montgomery et les décisions du maire de Granville. Ford est un fusible qui ne suffira pas.

– Dans ce cas, j'attendrai. Des personnes atteintes de TDI, il doit bien y en avoir aussi en prison, non ? Des individus avec de multiples personnalités malsaines qu'il me plaira de côtoyer.

– Betsy Cooper sera inhumée demain. Vous auriez pu vous enfuir et disparaître après l'avoir égorgée. Pourquoi avoir pris le risque d'attaquer Ms Alvarez, de vous faire arrêter ?

– J'ai entendu Cooper demander de l'aide à la médium. Elle voulait se débarrasser de moi. Alors je me suis débarrassé d'elle. Le seul à avoir le droit de trahir, c'est moi. L'enregistrement de notre échange, tôt ou tard, j'aurais fini par m'en servir. J'aime avoir plusieurs coups d'avance. Et puis, cramer la médium et foutre le feu au Elm Motel, c'était une idée suffisamment plaisante.

– C'est Cooper qui est allée nettoyer le camp après votre carnage ?

– Bien vu, détective.

– C'est donc elle, la croix rouge à côté de celles tracées par Montgomery. Cette croix représentait Wallace.

– Exactement. Ça a été plus fort qu'elle. Malgré les risques, Betsy Cooper a voulu voir Wallace une dernière fois. C'est elle qui a empilé les corps dans le cachot. C'est elle qui a brûlé les documents administratifs. Elle qui a vidé les armoires. Mon histoire de rébellion dans le camp n'a pas tenu très longtemps. Quand j'ai laissé les lueurs des enfers suinter de mon visage devant les caméras, elle a cessé de m'appeler « le cinglé ». Elle a su qui les avait assassinés. Elle avait constaté les brûlures sur les visages, et surtout sur celui de Montgomery. Mais sa haine des déviants a été plus forte. Elle a souhaité poursuivre l'œuvre de son amant. Elle s'est impliquée. Elle m'a aidé dans mes déplacements entre deux attaques. C'était bien elle, détective, à proximité de la maison des Ferguson. Elle patientait, le temps que je termine ma besogne.

– Betsy Cooper a laissé une famille se faire décimer.

– La fin justifie les moyens.

– Vous avez perdu toute humanité, Shane.

– Je suis le Moloch. Le Moloch ne respecte rien. Il n'a pas d'alliés, pas d'amis. Il ne tient aucun pacte, aucun serment. Le Moloch aime seulement le Moloch.

– Le Moloch est une nouvelle personnalité, Shane ? Un nouvel *alter* ?

– Shane n'existe plus.

– Qui êtes-vous, Shane ? D'où venez-vous ?

– Oh. C'est assez simple. Je suis arrivé à La Révélation par l'intermédiaire de Colin. Le petit s'est battu comme un forcené contre ma présence. C'est usant, vous savez, ces corps qui vous rejettent constamment. C'est pour ça que j'ai accepté le cachot. Cet endroit était… reposant. Mais quand Montgomery y a fait entrer ce grand gaillard de Shane McRay, quel cadeau ! Montgomery ne le savait pas, mais les TDI sont des hôtes extrêmement recherchés par les démons, les incubes. Il y a de la place en eux. Ils ne vous rejettent pas tant que l'on parvient à leur faire croire que nous sommes un des leurs, un *alter*, comme ils disent. J'ai tué Noah, investi Shane, et lorsqu'ils ont ouvert le cachot, j'ai pris son contrôle. J'ai « fronté[99] ». Sans aucune peine. Je suis le Moloch. Je suis tout-puissant… Shane McRay n'a gardé aucun souvenir du massacre.

– D'où vous vient cette ferveur pour le Moloch, au point que vous vous preniez pour lui ?

– Détective, ne vous obstinez pas. De nouveau libre, j'ai laissé Shane redevenir le jeune gay qu'il était. Un

99. Anglicisme. *To front* : passer devant. Se mettre en avant. Terme utilisé par les patients pour décrire la sensation ressentie lorsqu'un *alter* (une autre personnalité) vient prendre le contrôle.

adolescent livré à lui-même, atteint de TDI, avec en sus une nouvelle personnalité. Un nouvel *alter*. Moi. Le Moloch. Terré dans son être. Quel luxe ! Plus besoin de se battre pour survivre. J'ai cohabité, à l'intérieur de Shane avec Shame. L'assassin homophobe. Mais très vite, les événements se sont emballés. Au bout d'un moment, j'ai dû prendre le pouvoir. Définitivement. Je n'ai pas eu d'autres choix que de les absorber, de « fusionner ». Ce que je fais depuis toujours avec les âmes que j'absorbe. Montgomery ne s'est jamais confié à moi. J'ai su, en l'aspirant, pour sa rencontre avec Cooper. Et j'ai entraîné Shane vers elle. Dans ce corps qui se tient face à vous, détective, il y a des milliers d'âmes avalées par mes soins depuis des millénaires. À ma façon, je suis aussi un TDI.

– Vous ne ressembliez pas à ça quand vous vous êtes rencontrés avec Tommy, n'est-ce pas ? À partir du moment où vous avez décidé de devenir le Moloch, votre visage s'est dégradé… Psoriasis, zona, eczéma sévère… Ce sont des réactions allergiques aux produits que vous utilisez lors de vos attaques ?

– De quoi parlez-vous ?

– Comment infligiez-vous ces brûlures ? Jets d'acide ? Vapeurs d'ypérite projetées dans l'air ? Hydroxyde de sodium en solution aqueuse ? C'est Montgomery qui avait mis au point ce procédé ? Quel est-il exactement ? Personne n'y comprend rien. Même mes collègues de la scientifique ne parviennent à aucune explication.

– Je suis le Moloch. Je suis le feu purificateur.

– C'est Colin qui a été forcé à utiliser ce procédé, quel qu'il soit, pour la première fois ? Benjamin en a été la première victime ? Montgomery voulait faire croire à la présence du Moloch à l'intérieur du camp. En bon entrepreneur, il a cherché à utiliser ce mythe pour donner à La Révélation une aura particulière. Et vous… À quel moment avez-vous décidé d'incarner le Moloch ? Étiez-vous convenus d'une petite mise en scène autour de la mort de Noah avec Montgomery ? À quel moment avez-vous décidé de ne plus suivre les ordres de Wallace ? Pourquoi vous être retourné contre lui ?

– Chuuuut. On m'a appelé le fou, le toqué, le perché, l'illuminé. On m'appellera la légende, le mythe, le Démon écarlate. Je suis le Moloch. Attention. Ne jamais trop en dire. Ne jamais se montrer. Cacher son vrai visage. Laisser le doute les tourmenter.

– Pour quelqu'un qui voulait garder le silence, vous avez été particulièrement prolixe.

– Un démon n'a aucune parole. Même pour lui-même.

– Peut-on au moins compter sur vous pour nous aider à identifier les gamins de la Fire Tower ? Les victimes des autres charniers ? Celles tuées par balle de la main de Montgomery. Aiderez-vous à leur redonner un nom, un prénom, un visage ?

– Je vous donnerai les noms des corps de la Fire Tower et ceux des cinq enfants dont j'ai absorbé l'âme au cours de ma résidence dans le cachot. Je n'ai malheureusement pas eu le plaisir de rencontrer Liam Cooper. Colin et moi sommes arrivés juste après sa disparition. Ma présence a quelque peu transformé les habitudes de La Révélation. Pour les autres charniers, les morts qui ont précédé Liam, je ne sais rien. Et je crois bien que vous n'identifierez jamais ces corps, détective. La clause de l'Incurable. Personne ne va venir vous les réclamer. C'était noté dans le contrat. La plupart des parents la signaient. Plutôt un fils mort qu'un fils déviant.

J'ai posé ma main sur la poignée de la portière quand Shane m'a demandé :

– Vous voudriez voir Tommy une dernière fois ?

– Vous n'avez pas votre masque LED.

– Ah oui. C'est vrai. Le masque LED. Vous avez l'air d'y tenir.

– On a retrouvé un prototype parmi vos affaires dans la chambre de Liam Cooper. Il est loin d'approcher les effets observés sur les images vidéo, mais c'était un début.

– Peut-être que ce masque LED n'existe que pour semer le trouble.

– Où avez-vous caché les masques les plus performants ? Vous ne l'aviez plus sur vous lorsque nous vous avons arrêté au Elm Motel. Vous vous en étiez pourtant servi dans la foule, face à Ms Alvarez.

Il a posé son index sur les chairs purulentes qui lui servaient de lèvres.

– Chuuuut ! On m'a appelé le fou, le toqué, le perché, l'illuminé. On m'appellera la légende, le mythe, le Démon écarlate. Je suis le Moloch. Attention. Ne jamais trop en…

J'ai claqué la portière sans écouter la suite. J'ai secoué la tête pour chasser de mon cerveau ce que je venais d'entendre. Les officiers de police ont pris place à l'avant. Je devinais plus que je ne voyais le visage de McRay derrière la vitre. Sa figure était mangée par le reflet du ciel, par celui des murs de l'hôpital, par ma silhouette. Le moteur a démarré. McRay s'est reculé. Son visage a disparu, avalé par l'obscurité du véhicule. Au moment où les roues ont quitté le trottoir, son visage est revenu se coller à la vitre. Dans la voiture, Tommy m'observait avec des yeux implorant le pardon.

J'ai hurlé. Mon corps s'est propulsé en arrière comme si une main invisible m'avait tiré par le col. Je me suis affalé sur le goudron du parking. Une dame a couru vers moi pour m'aider à me relever.

– Vous allez bien ? Vous êtes blême. Comme si vous veniez de voir un fantôme.

PIÈCE N° 55

Joe Bosco
Lettre authentifiée

7 novembre 2022
69 Walnut Street, Somerville, MA

En toute honnêteté, si l'honnêteté existe, je n'écrirais pas pour vos archives si Wilfried ne m'avait pas dit que ces mots finiraient dans un placard au milieu de dossiers que personne ne vient jamais lire. Revenir sur ce qui a été m'a toujours paru inutile. Will dit le contraire. Il trouve que c'est un bon exercice. Il dit qu'avec du recul, les choses nous apparaissent à la fois plus claires et plus confuses, ce qui nous place au plus proche de ce qu'elles sont, face à toute leur complexité. C'est pour lui le seul moyen d'atteindre la vérité. Wilfried dit aussi que, quand il écrit pour vous, il en oublie sa pudeur. Ça ne risque pas de m'arriver.

J'avais gardé ma serviette de table coincée dans le col de ma chemise. J'attendais un colis et j'ai pensé qu'il s'agissait du livreur. La petite dame ronde qui accompagnait Will le jour de l'enterrement se tenait sur le pas de ma porte. Le message sur son tee-shirt m'a occupé un instant : « *I see dead people*[100] ».

– Tu permets que j'entre, *Papito*[101].

Elle l'a dit et l'a fait avec une familiarité qui m'a laissé sans voix. J'ai tiré sur ma serviette, le visage cramoisi, tout près de m'emporter. Je l'ai menacée d'appeler la police. Elle a sorti d'un sac un vieil ordinateur.

– Ça ne prendra que cinq minutes. Mais ces cinq minutes pourraient tout changer entre toi et ton fils.

Le jour du grand départ de Sheila, après l'esclandre avec mon père, Will avait partagé son histoire. Ms Alvarez s'était alors aventurée dans l'Océan (c'est comme ça qu'elle appelle l'endroit où, selon elle, les âmes dérivent), à la recherche de défunts qui auraient connu, rencontré, ou entendu parler de mon père. Très vite, des messages lui sont parvenus. Des défunts l'ont dirigée vers des vivants. Ceux qui ont croisé la route de Luigi Bosco.

Je vous passe les détails de ce qu'ils ont raconté, face caméra, mais je les ai crus. Toutes et tous. Ces gens ont mentionné des détails qui correspondaient parfaitement à des épisodes de la vie de mon père. Des épisodes qui nous ramenaient à une époque où l'on ne divulguait pas encore tout de soi sur les réseaux sociaux. C'était bien trop spécifique : lieux de vacances, noms des hôtels, des chewing-gums et du parfum qu'il utilisait pour masquer l'odeur de cigarette. Les marques de nos voitures. La

100. « Je vois des gens morts », *The Sixth Sens* (*Sixième Sens*), M. Night Shyamalan, 1999.
101. « Papounet ».

mention faite, de façon répétée, jusqu'à l'écœurement, de cette couverture blanche ornée de motifs bleus (un lapin sautant dans un miroir). Mes parents laissaient traîner cette couverture sur la plage arrière de notre véhicule. Elle servait à nous couvrir, Agatha et moi, lorsque, enfants, nous nous endormions sur la route des vacances. Les périodes durant lesquelles mon père « opérait ». J'ai appris, en écoutant ces témoignages, que cette couverture avait servi à bien d'autres choses. Des choses abjectes. Pourtant, sans état d'âme, Luigi Bosco laissait ses enfants s'emmitoufler dedans.

Pourquoi ai-je préféré sa parole à celle de mon fils ? Pourquoi ai-je soutenu le bourreau et bâillonné la victime ? Si on m'assurait qu'en m'ouvrant le cœur on trouverait les réponses, je vous jure, quitte à y laisser la vie, je le ferais, sans hésitation. J'ai dit à la médium :

– Vous croyez qu'il me pardonnera ?

Elle a dit :

– Vous pardonner, *no lo sé*, mais vous écouter, oui.

Sept mois plus tard

PIÈCE N° 56

Capitaine-détective Wilfried Bosco
Lettre authentifiée

29 mai 2023
69 Walnut Street, Somerville, MA

J'ai jeté un dernier coup d'œil pour vérifier que nous n'avions rien oublié. Une banderole « Bienvenue » s'étendait entre deux pylônes, au-dessus des marches qui menaient au perron. Tout le long de la façade, jusque sur la porte d'entrée, des ballons roses et blancs flottaient dans l'air de ce printemps finissant. À l'étage, la chambre était prête. Mon père et moi avions aménagé cette pièce qui n'avait jamais eu de véritable fonction. Sa porte se trouvait face au portrait de Sheila Mason, celui qu'elle avait voulu qu'on installe au milieu de l'autel le jour de ses funérailles. Nous avions investi dans quelques meubles, armoire, lit, et mon père avait assaini l'air de la pièce à coups de Febreze, son produit d'entretien préféré. Il en aspergeait quotidiennement les pièces de la maison. Ce qui m'exaspérait au plus haut point. Comme il était exaspéré d'entendre le carillon de l'horloge sonner les heures.

Bientôt quatre mois que nous apprenions à cohabiter. L'idée était venue de lui, quand il avait appris que je risquais de voir mon dossier d'« accueillant » être retoqué pour non-conformité aux critères de logement. La maison, sur trois étages, était assez grande pour accueillir un enfant et permettait de nous éviter quand le besoin s'en faisait sentir.

Plus colorée encore qu'à son habitude, Ms Alvarez attendait, fébrile, en haut de l'escalier. À côté d'elle, égal à lui-même, ersatz d'un Tom Cruise époque *Top Gun*, Reinhard tentait d'éloigner à grands mouvements de bras une abeille attirée par le parfum de son after-shave. Jack Griffin et sa nouvelle petite amie, Terry, patientaient, émus et impressionnés par l'événement. Jack était heureux. Terry partageait avec lui la même volonté : ils n'auraient pas d'enfant. À côté d'eux, engoncé dans un costume trois-pièces, comme s'il s'apprêtait à passer un entretien d'embauche, mon père trépignait. Enfin, collés les uns aux autres, Pamela Patel, Sue et leurs jumeaux, Sullivan et Tara, se tenaient les mains en formant un cercle. Leurs splendides sourires donnaient l'impression que c'étaient eux qui se trouvaient sur le point d'agrandir leur famille. Ce que tous ces individus représentaient dorénavant pour moi. J'étais comblé. Heureux et conscient de l'importance du moment. Je misais sur la cicatrice qui me barrait la joue pour me rendre instantanément, aux yeux de l'enfant, unique et fascinant. Les médecins n'avaient pas caché leur surprise quant à la rapidité avec laquelle la peau s'était remise de la brûlure. Les muqueuses s'étaient ressoudées en un temps record et la cicatrice était belle. Pourtant, je n'avais jamais remercié Ms Alvarez, n'ayant pas la preuve que son imposition des mains expliquait à elle seule cette guérison express.

Le taxi est apparu au bout de la rue. Des *« Le voilà ! »*, *« C'est lui ! »* se sont multipliés. La berline s'est arrêtée avec douceur devant le portail. La portière s'est ouverte et Ms Sloan, du DCF[102] Foster Care, s'est extirpée de la Toyota blanche estampillée du logo vert « MetroCab ». Derrière elle, un garçon de dix ans a suivi. Ses cheveux s'entortillaient comme des copeaux de bois carbonisé. Son teint caramel rendait hommage à la peau noire de son père et à celle, très blanche, de sa mère. Pour avoir connu ses parents, je savais une chose de lui. Il était né du plus beau des alliages. L'amour.

– Salut, Oscar. Bonjour, Ms Sloan.

Le chauffeur de taxi a déposé ses valises. Jack et Reinhard se sont occupés de les apporter à l'intérieur.

– Hey, Oscar, a dit le faux aviateur. Tu me reconnais ? Je suis un ami de ton père, Niels Edwards.

Le gamin l'a dévisagé, sans répondre.

– Venez, ai-je proposé à nos deux invités. J'espère que vous aimez les gâteaux et le chocolat.

Le petit a repoussé ses lunettes au bout de son nez. Il a levé la tête et fixé le toit de la maison sans bouger. Ms Sloan et moi avons avancé, mais, très vite, nous nous sommes rendu compte que le petit ne suivait pas. Nous l'avons observé. Oscar restait le nez levé, le visage traversé de tressaillements crispés. Cela a duré si longtemps que Ms Sloan et moi, ainsi que les invités, avons fini par examiner le toit, le ciel, à la recherche de ce qui pouvait

102. Department of Children and Families.

intriguer le gamin. Oscar a tendu la main devant lui. Il est resté un bon moment dans cette position, paume tournée vers le bleu éclatant du ciel. Ms Sloan m'a jeté un regard chagriné et j'ai essayé de ne pas perdre mon sourire. Une goutte d'eau est tombée exactement sur la paume ouverte d'Oscar. Très vite, d'autres ont suivi et percuté le trottoir, l'allée de la maison, l'herbe du jardin, et l'averse a démarré. En quelques secondes, elle s'est transformée en une pluie diluvienne. Le chauffeur s'est réfugié dans son taxi. Nous avons couru vers l'intérieur de la maison. Sauf Oscar, qui a continué à scruter le ciel. Ms Sloan a dû aller le chercher. Elle l'a tiré par les vêtements et il a fini par la suivre. Quand j'ai claqué la porte d'entrée, les premiers éclairs ont déchiré le ciel et des nuages obscurs et ténébreux se sont amoncelés. Juste au-dessus de la maison.

PIÈCE N° 57

Note additionnelle du Cercle spirite Margaret Hamilton

Shane McRay est mort le 16 décembre 2022, de cause naturelle, selon les médecins du centre carcéral. Autant qu'une mort puisse être naturelle quand on a 17 ans et pas le moindre problème de santé. Sur les images fournies par la prison, on peut voir Shane McRay s'effondrer subitement, comme si la vie (ou le Moloch) avait décidé de le quitter.

La Massachusetts Correctional Institution (MCI) compte plus de 1 200 prisonniers et plus d'une centaine d'employés. Shane McRay y a côtoyé un nombre important d'individus : gardiens, médecins, cantiniers, psys, détenus, visiteurs. C'est sans aucun doute parmi ces personnes que le Moloch a trouvé son nouvel hôte.

Malgré nos demandes répétées, l'administration pénitentiaire refuse de nous transférer la liste des détenus de la MCI atteints de TDI.

REMERCIEMENTS

Merci aux Éditions Michel Lafon, et à Elsa Lafon en particulier, de permettre à la littérature autant de liberté, de fluidité : glisser d'un genre à l'autre, dans un même récit, au fil des tomes, des chapitres, des pages, en annihilant toute supposée frontière. Merci pour cette liberté éditoriale. Merci à Maïté Ferracci, Emma Kobo et toutes celles et ceux qui ont œuvré à la naissance de ce roman et à sa diffusion.

Thanks to my dear friend Jessica Morand, LED Systems Engineer, pour son tuto « Masque Écran ». Boston est dans la place !

Merci à ce « Maître des morts », voix au bout du fil qui connaît les secrets des os humains et de l'autre vie, celle des cadavres. Merci à cette voix qui préfère fuir la lumière et ne veut être remerciée que par l'envoi d'un « livre dédicacé ». Je n'en suis pas encore revenu.

Merci aux libraires, gardiens de nos rêves (ou de nos cauchemars), dealeuses d'univers, passeurs impartiaux, dont le travail et la générosité ne seront jamais assez salués. Beaucoup d'entre vous m'ont rencontré grâce à leurs conseils. Merci aussi à celles et ceux qui, sur les réseaux sociaux, font vivre mes romans et mon univers. À vous toutes et tous, reconnaissance éternelle.

Je dédie ce livre à tous les Tommy, James, Burt, Pamela, Wilfried, Amanda, de ce monde, à ce petit homo de dix ans si mal dans sa peau, dont les bulletins scolaires étaient aussi désespérants qu'il était désespéré, à ce fils de boucher dyslexique, zozotant, qui se pensait sans avenir (en 81, on cassait du pédé tout en discutant tranquillement de savoir s'il fallait ou non abroger le « délit d'homosexualité »), à tous les rêveurs et rêveuses, planqués au fond de la classe, dont on prend soin de briser la moindre ambition à coups de : *« Qu'est-ce qu'on va bien pouvoir faire de vous ? »* Aux membres du Losers Club, faites de vos blessures une force. Osez la plus belle des aventures : tracer sa route et devenir soi.

PLAYLIST

Au cours de l'écriture de *Metamorphosis*, des mélodies me sont venues. Elles m'ont même envahi. Pour ne plus me quitter. Épaulé par mon ami et musicien électro-atmosphérique Alteran, j'ai voulu leur donner vie en composant la BO de ce roman. Douze projections sonores à retrouver sur toutes les plateformes de streaming : *Metamorphosis – Slø* (les initiales de mes trois prénoms) *& Alteran*. Immersion totale garantie dans l'ambiance de Granville et ses secrets. À savourer pendant votre lecture dans cet ordre ou un autre. C'est vous qui décidez ! Bonne écoute et surtout… bons frissons !

METAMORPHOSIS

1 • *Ouverture avec Tommy // Opening with Tommy* – Alteran.
2 • *Le Démon écarlate // Red Demon* – Slø.
3 • *Attaque sous CCTV // Attack Under CCTV* – Alteran.
4 • *Tommy à La Révélation // Tommy at The Revelation* – Slø.
5 • *Bye Bye Sheila* – Slø.
6 • *Leyden* – Slø.
7 • *La Tour d'incendie // Fire Tower* – Alteran.
8 • *Tout droit en enfer // Straight to Hell* – Alteran.

9 • *MF! She's F***** with Us* – Alteran.

10 • *Amanda et la fête d'Halloween // Amanda's Halloween Party* – Slø.

11 • *Rave au Elm Motel // Rave at the Elm Motel* – Alteran.

12 • *Final avec O. // Ending with O.* – Alteran.

Les morceaux auxquels il est fait référence dans ce livre :

The Foundations of Decay – My Chemical Romance.

Stairway to Heaven – Led Zeppelin.

Within You Without You – The Beatles.

Ghostbusters – Ray Parker Jr.

A Nightmare on Elm Street: One, Two, Freddy's Coming for You – Geek Music.

Imprimé en France par
CPI Bussière
en septembre 2023

Composition
PRESS·PROD

Dépôt légal : octobre 2023
N° d'impression : 2073978
ISBN : 978-2-7499-5526-1
LAF : 3409